달빛
조각사

달빛 조각사 42

2014년 1월 14일 초판 1쇄 인쇄
2014년 1월 17일 초판 1쇄 발행

지은이 남희성
발행인 이종주

기획 팀 이주현 이재범
책임 편집 이세종

발행처 (주)로크미디어
출판등록 2003년 3월 24일
주소 서울시 용산구 원효로97길 46 5층
Tel (02)3273-5135 Fax (02)3273-5134
홈페이지 rokmedia.com **E-mail** rokmedia@empal.com

ⓒ 남희성, 2007

값 8,000원

ISBN 978-89-257-8277-5 (42권)
ISBN 978-89-5857-902-1 04810 (세트)

달빛 조각사 42

남희성 게임 판타지 소설

ROK
MEDIA
로크미디어

차례

왕궁 재건 계획

위드는 무너진 대지의 궁전 자리에 서 있었다.

산들과 함께 붕괴한 아르펜 왕국의 왕궁은 어마어마한 잔해 더미를 쌓아 놓은 폐허처럼 변해 있었다.

며칠 전까지는 산봉우리마다 웅장하게 건설된 왕관 형태의 왕궁이었지만 지금은 과거의 모습을 알아보기가 불가능했다.

"상처뿐인 영광… 아니, 침략자들은 물리쳤지만 빛 좋은 개살구로군."

위드는 깊은 한숨을 내쉬었다.

"과연 이놈의 인생은 그냥 술술 풀리는 법이 없어."

그렇더라도 누구도 막지 못할 것이라던 하벤 제국의 북부 정벌군을 멋지게 이겨 냈다.

또다시 새로운 신화를 남긴 것이다.

"전쟁의 신 위드!"

"아르펜 왕국의 번영은 대대로 계속되리라."

"풀죽신교 만세!"

힘겨운 전투를 끝낸 북부의 유저들이 무기를 높이 들고 환호하고 있었다.

위드는 멋지게 망토를 휘날리면서 사람들을 향해 돌아섰다.

높게 쌓인 잔해 무더기 위에서, 평원을 완전히 가득 메운 유저들을 볼 수 있었다.

아르펜 왕국의 유저들. 전쟁이 끝나는 바로 그 순간에까지도 계속 모여들어서, 처음보다도 오히려 사람들이 더 많아지게 되었다.

이 광경만 놓고 본다면, 하벤 제국군이 제아무리 강하다 해도 패배한 것이 너무나 당연하게 여겨졌다.

군중 중에는 구경꾼으로 왔다가 전쟁이 충분히 해볼 만하다 싶어지니 참여한 자들도 적지 않으리라.

헤르메스 길드 유저, 하벤 제국군은 싸워서 이기기만 한다면 많은 명성과 공헌도, 전리품을 아낌없이 남겨 주었다.

북부의 용맹한 전사.

정의의 수호 기사.

악인 사냥꾼.

2급 전쟁 용병.

전투 중에 마을에서 퀘스트를 얻을 때 유용한 이런 호칭들을 획득한 유저도 많았다.

정령사, 마법사 중에는 특이한 전투에서 승리를 거두어야 그다음 정령 소환이나 마법을 익힐 수 있는 경우도 있기 때문에 진귀한 경험이 되었다.

위드는 전쟁에 적극적으로 나서 준 유저들과 뒤늦게 나선 유저들을 차별하지 않기로 결심했다.

아르펜 왕국의 국왕으로서 그런 생각은 적합하지 않다고 보았다.

'어쨌든 나중에는 모두가 세금을 바치니까.'

세금만 많이 내면 애국자!

"한마디만 해 주세요."

"위드 님께서 승리를 선언해 주세요!"

"국왕 폐하 만세!"

위드를 향하여 유저들이 정신없이 외쳐 댔다. 전쟁이 끝나고 나자 위드에게 승리를 확실하게 선언해 달라는 요청이 빗발치는 것이다.

북부 유저들의 달아오른 가슴은 전투가 끝나고 나서도 식지 않았다. 석양이 지고 해가 저물어 가고 있었지만 승산이 희박하고 힘들었던 전투를 극복한 만큼 열기로 가득했다.

호주머니에서 돈이 나가는 것도 아니니 위드에게는 조금
도 어렵지 않은 부탁이었다.

"대제. 많은 이들이 기뻐하고 있습니다. 위대한 승리의 기쁨
을 함께 나눌 수 있도록 뭐라고 말씀을 해 주시지요."

어느새 전투에서 최고의 공적을 세운 헤스티거가 위드의
옆으로 다가왔다.

조각 부활술로 되살린, 전쟁의 시대에서의 훌륭한 부하이
며 질투의 대상.

이번 전투에서도 혼자서 하벤 제국군을 쭉쭉 쓸어버리고,
헤르메스 길드에서 자랑하는 최고의 유저들을 몰살시켰다.
왕궁 붕괴에서도 살아남은 1군단장 드라카를 포함하여 3군
단장 포르칼, 6군단장 드룸을 혼자 다 없앴다.

'저놈 때문이었어. 막 내가 밥숟가락을 들려고 했는데.'

위드는 2군단장 발바로라도 상대하려고 하였지만 그조차
도 갑자기 튀어나온 북부의 고레벨 유저들에게 빼앗겨 버리
고 말았다.

이번 전쟁을 계기로 재차 확인된 것인데, 북부에도 은근히
대륙에서 이름을 날리는 고레벨 유저들이 많았다. 중앙 대륙
에서 크고 작은 세력을 형성했던 길드의 수뇌부가 북부로 상
당수 넘어왔던 것이다.

그들은 유저들에게 산 원한도 많았고 평판도 나쁜 편이었
다. 그래서 북부에서는 있는 듯 없는 듯 조용히 지냈지만, 막

상 전투가 벌어지고 하벤 제국군이 불리해지니 벌 떼처럼 모여들어서 싸웠다.

결과적으로 위드는 군단장급은 1명도 해치우지 못하였다.

그렇더라도 전쟁이 불리해지자 헤르메스 길드 측 유저들과 제국의 기사들은 위드만이라도 해치우려고 악착같이 덤벼들었다. 마지막까지 무섭게 몰려드는 그들을, 헤스티거의 근처에 붙어 있으면서 조각 생명체들까지 끌어들여서 모조리 쓱싹할 수 있었다.

전형적인, 질보다 양!

위드는 전쟁을 통해 레벨을 무려 3개나 올려서 422를 달성했다.

전투 경험을 통해 힘과 민첩과 같은 중요한 스텟도 몇 개씩 얻었으며 명예, 투지, 기품, 카리스마도 상당히 올랐다.

-아르펜 왕국의 국왕으로서 전쟁을 승리로 이끌었습니다.
대륙 최대의 전투에서 적들을 모두 물리치는 위업을 달성했습니다.
중앙 대륙을 통일한 하벤 제국의 침략군을 몰살시킴으로써 국왕의 존엄이 크게 높아집니다.

짭짤한 부수입은 있었지만 그럼에도 헤스티거를 보면 얄밉고 아쉬운 기분이 들었다. 과거에 왜 그렇게도 헤스티거를 질투하고 미워했는지 다시 느낄 수 있었다.

시미터를 들고 가만히 서 있기만 해도 멋이 넘쳐흐르고,

벽에 기대 있기라도 하면 그 자체로 예술이다.

여자들이 불나방처럼 덤벼드는 게 너무나도 당연할 정도로 매력이 넘치는 것이다.

'조각 부활술로 되살려 놓은 시간이 아직도 꽤 남았나? 이러다 벽에 칠할 때까지 살아 있겠군.'

달면 삼키고, 쓰면 뱉어 내고 싶은 상황!

위드는 스스로 속이 무척 넓고 대범해져야 한다고 생각했다. 아르펜 왕국의 국왕으로서 넓은 배포를 보여 주어야 한다.

'내가 부하를 잘 키웠기 때문이지. 헤스티거가 뛰어난 게 아니야. 이만큼 한 것도 주군을 잘 만난 덕분이야.'

역시 결론으로는 자기 자랑!

"그래, 승리를 다 함께 나누도록 하자꾸나."

위드는 군중을 향하여 고개를 돌렸다.

채 눈에 다 들어오지도 않을 정도로 많은 사람들이 자신을 주목하고 있다.

방송국들이 중계를 하고 있을 것은 물론이었다. 최소 수천만 명의 사람들이 텔레비전을 통해 지금의 위드를 지켜보고 있으리라.

또 직접 이 자리에 모인 아르펜 왕국의 유저들은 오늘의 일을 감명 깊게 여기고 오랫동안 기억하게 될 것이기에 무척 중요한 순간이었다.

국가의 통치 측면에서 본다면 전쟁보다 뒷마무리에 훨씬

더 막대한 비중을 두어야 한다.

'이럴 줄 알았으면 연설도 준비를 해 놓는 건데.'

전투가 어떤 식으로 벌어지고 끝나게 될지 몰라서 준비해 놓은 문구는 하나도 없었다.

'텔레비전에서 보던 정치인들은 이럴 때 희생한 사람의 위로부터… 아냐, 식상하게 질질 끌게 되면 금방 아무도 듣지 않을 거야. 그렇다면.'

위드는 사람들을 향하여 큰 소리로 사자후를 터트렸다.

"승리를 기뻐하지 마라!"

"어어?"

차가운 얼음물을 끼얹은 것 같은 군중의 반응.

"뭐라는 거야."

"잘못 말한 거 아냐?"

"좀 이상한데?"

위드는 대충 터트린 사자후에 군중이 이상해하는 것을 느꼈다. 그래서 이어서 더 크게 사자후를 터트렸다.

"우리가 이긴 것은 당연한 결과다!"

"우와아아아!"

이 간단한 말에 군중은 떠들썩하게 호응했다.

절망적이던 그들에게는 하벤 제국을 물리친 것만큼 기쁜 일이 없었다.

유저들이 살아가는 터전이 되는 아르펜 왕국이 건재하고,

지금처럼 계속 자유를 누릴 수 있게 되었다.

유저들에게 아르펜 왕국에 대한 충성심을 강제적으로 기대할 수는 없어도, 이들은 자유와 행복이라는 가치를 지키기 위하여 너 나 할 것 없이 나섰다.

헤르메스 길드가 패배한 궁극적인 이유도 힘을 앞세워서 강제적으로 침략하였기 때문이다.

위드는 유저들이 따르지 않는다는 관점에서 헤르메스 길드는 아직도 멀었다고 생각했다.

'무리하게 쥐어짜 내면 안 돼. 성공한 독재자들도 그러다가 반란 한 방에 무너지는 게 인생이지. 무릇 좋은 정치인이라면 국민들을 보살필 줄 알아야 해. 정성을 들여서 천천히 물을 끓여서 삶아 먹을 줄 알아야지.'

성공한 훌륭한 장기 독재자들은 억압과 해방감을 절묘하게 이용할 줄 알았다. 위드도 바로 그러한 독재자가 되기 위하여 지금 힘겹게 인내를 하고 있는 것이 아닌가.

위드는 다시 사자후를 터트렸다.

"당장 전쟁은 끝났지만 하벤 제국은 끝없는 탐욕을 억누르지 못하고 우리를 포기하지 않을 것이다. 진정한 싸움은 지금부터라고 할 수 있다."

축제라도 벌어진 것처럼 떠들썩하게 환호하던 유저들은 침묵했다. 눈빛에도 긴장이 어렸다.

하벤 제국군의 전력이 이것이 전부가 아니라는 점은 누구나 알고 있었다.

베르사 대륙 최대 최강의 세력.

북부 유저들의 항전은 용감한 것이었지만 기실 고분고분하게 굴복하고 싶지 않았던 발악과도 마찬가지였다.

위드는 사자후를 계속 이어 갔다.

"아르펜 왕국은 약하다! 다음의 침략에서는 그들을 막아 낼 수 없을지도 모른다."

"……."

이때부터가 민망하지만 중요한 순간이기에, 위드는 입술에 침을 듬뿍 발랐다. 두꺼운 얼굴 가죽도 필수였다.

"그러나 그때에도 우리는 이겨 낼 것이다. 우리는 혼자가 아니라 함께이기 때문이다!"

"오오오!"

피부에서 돋아나기 시작하는 닭살!

단둘이 있을 때 이런 말을 한다면 정신병자 취급을 받을지 몰라도 군중에게 이야기하면 더할 나위 없는 큰 효과를 자아 낸다.

막 거대한 전투에서 극적인 승리를 거둔 직후이기 때문에 감정도 고조되고 분위기는 더욱 훌륭해졌다.

"아르펜 왕국은 신생 국가라서 부족한 것이 많고 개개인은 약하지만 우리는 힘을 합하여 해낼 수 있다. 농부는 씨앗을 심어라. 곡물을 키워서 사람들을 먹여라. 기사들은 사냥을 해서 몬스터들로부터 도시를 지키고, 모험가는 자신의 귀중한 생명을 아끼지 말고 먼 곳으로 떠나라. 그대들이 발견한 미지의 무언가가 우리를 이롭게 할 것이다. 화가, 건축가, 상인, 조각사, 대장장이, 재봉사, 각자의 직업은 전부 중요하다. 모두가 자신의 역할을 즐겁게 해낼 때 아르펜 왕국은 탄탄해지고 다시는 우리의 자유를 침범당하지 않을 것이다!"

위드는 열정적으로 연설을 마쳤다.

높은 학식을 가지고 체계적으로 한 명연설은 당연히 아니다. 모든 국민이 열심히 일을 해서 왕국에 헌신을 하고 세금을 내라는 이야기를 돌려서 말한 것이다.

"아르펜 왕국 만세!"

"위드 님, 영원히 아르펜 왕국을 지켜 주세요!"

군중의 반응은 주체할 수 없을 정도가 되었다.

이미 타오르는 열기에 취해서 옆에 있는 사람을 끌어안는 등, 말 그대로 축제 분위기였다.

오늘 대지의 궁전은 적들과 함께 무너지고 말았지만 그들에게는 아르펜 왕국의 번영에 대한 기대감이 생겨났다. 힘든 일이 있더라도 다 함께 할 수 있는데 무엇이 무섭고 어렵겠는가.

자신의 작은 힘이라도 모았다는 사실에 스스로 감격했다.

"우리가 이겼어! 이겼다고!"

"하벤 제국, 아무리 몰려와 봐라. 우리는 자유로운 아르펜 왕국인이다!"

"으흐흐, 독버섯죽으로서 전투가 끝날 때까지 살아남다니 수치스럽다. 그렇지만 승리는 실컷 즐겨야지. 그리고 깔끔하게 한 사발 마시고 잠드는 거얏."

"크하하하하! 오늘은 실컷 놀고 마시자. 제가 멧돼지 20마리 쏘겠습니다!"

"호두죽 부대원들은 이쪽으로 모이세요. 밤새도록 뒤풀이 있습니다. 1명도 빠지지 않도록 해 주세요."

"콩죽과 콩나물죽이 사백 대 사백으로 전쟁 승리 기념 합동 미팅을 개최합니다. 예쁘고 멋지게 차려입고 동쪽 큰 소나무 앞으로 가시죠!"

평원 전체에 기쁨의 환호가 가득했다.

그리고 잠시 후, 하벤 제국의 황궁이 잔해만 남기고 처참하게 무너졌다는 소식이 전해졌다.

처음에는 말도 안 되는 거짓말이라는 의견이 대세였지만, 하벤 제국은 온통 들썩이고 있었다. 유저들의 귓속말이나 길드 내부의 채팅을 통해 그 소문이 사실이라는 이야기가 급속도로 퍼져 나갔다.

생방송을 하는 각 방송국에서 무너진 하벤 제국의 황궁 영상도 보여 주면서, 사람들은 진실을 알게 되었다.

금은보화가 뿜어내는 황홀한 빛으로 가득하던 하벤 제국의 황궁이 있던 자리에는 대지의 궁전처럼 잔해들만이 남았다.

중앙 대륙의 지배자로서 그 권위와 위엄을 자랑하기 위해 높고 거대한 규모로 세워졌던 제국의 황궁이 송두리째 무너져 내린 충격.

헤르메스 길드 유저들과 하벤 제국의 병사들은 잔해 속에서 난민처럼 기어 나오고 있었는데, 북부 유저들에게는 그 광경이 통쾌하기 짝이 없었다.

"뭐야, 우리가 싸우는 동안에 쟤들은 저러고 있었어?"

"놈들도 당했구나!"

"아니, 달라. 우린 일부러 무너뜨린 거지. 하지만 헤르메스 길드에서는 완전히 바보 놀음을 하고 있잖아."

사전에 계획된 일은 아니었지만 분위기가 너무나도 좋았다. 그래서 위드는 가장 크게 사자후를 터트렸다.

"이 시간부터 세금을 60% 올리겠다!"

꿈에도 그리던 세금의 폭탄 인상!

아르펜 왕국의 유저들은 배를 잡고 큰 소리로 웃어 젖혔다.

"우헤헤헤!"

"낄낄, 장난으로 말씀하시기에는 정말 좋은 타이밍이었어."

"정말 위드 님의 농담은 따라갈 수가 없다니까."

"전쟁의 신 위드, 만세!"

"승리 기념으로 세금 좀 낮춰 주세요. 아예 공짜로 해 주세요!"

"끄응."

검삼치는 땅에 드러누워 있던 상태에서 간신히 상체만 일으켰다.

−체력이 완전히 소모되었습니다.
굶주리고 있습니다.
신체의 면역력이 최하입니다.
온몸에 심각한 부상이 발생하였습니다.
생명력이 빠르게 감소하고 있기에 어서 치료하지 않으면 목숨을 잃을 것입니다.

"크크크, 최악이군. 살아 있는 자체가 기적이라고 해야 하나."

검삼치는 스승과 수련생들과 같이 하벤 제국에 맹렬히 돌격했다.

보이는 모두가 때려잡아야 할 적!

전투를 하면서 기사단 3~4개를 격파했던 것까지는 명확하게 기억이 난다.

말들이 울부짖고 기사들이 떨어진다.

스승과 제자들이 같이 기사단을 깨부수며 지나가던 통쾌하기 그지없는 순간들!

모든 것은 자기 자신의 힘과 판단에 의존하여야 한다.

그리고 그 후에는 전투의 짜릿함에 휘말려서 여기저기로 흩어졌다.

─각자 알아서 즐겨 봐라!

검치의 명령도 있었다.

스스로의 힘으로 전장을 헤치고 살아남아 강자들을 꺾는다.

전술이 아닌, 자기 자신의 희열을 경험해 보라는 지시다.

입시에서부터 안정된 직장, 재테크, 노후 등으로 시달리면서만 살아가는 게 과연 행복이겠는가.

1분 후, 1초 후를 모르는 인생을 만끽하며 부딪치고 부숴 보는 것이다.

스트레스가 사라지고, 뇌가 새하얗게 타 버릴 정도의 진한 쾌감이 일어난다.

"남자로서 이런 전쟁을 경험해 본다면 부러울 게 없지."

검삼치는 적군의 병사들과 기사들을 상대로 싸우고 또 싸웠다.

하벤 제국군은 호락호락하지 않았다. 견고한 벽과도 같았으며, 순간적으로 발휘되는 그들의 원거리 공격은 무차별적인 위력을 발휘했다.

검오치와 검칠치가 기사단에 둘러싸여서 최후를 맞이하

고, 검사치가 마법 공격에 의해 비명횡사하는 것도 지켜봤다. 적진에 포위되어 버티다가 쓰러진 수련생들의 죽음도 셀 수 없었다.

아군이 간간이 나타나지 않았다면, 조인족이 견제를 해 주지 않았다면 적군 한복판에서 놈들과 부딪쳤던 검삼치도 살아남지 못했으리라.

검삼치는 아르펜 왕국이 유리해진 이후에도 계속 전투를 이어 나갔다.

"지금부터는 우리가 맡겠습니다. 조금만 쉬세요."

북부 유저들이 다가와서 말했다.

검삼치는 그들이 스쳐 지나가고 나서야 간신히 대꾸했다.

"여긴 내 놀이터야. 아직 내 놀이는 끝나지 않았다고!"

가끔 아르펜 왕국 사제 유저들이 다가와서 치료의 손길을 걸어 주기도 했다.

'모르겠다. 이놈의 인생이란 살아갈수록 어렵고 힘들어. 근데 지금 와서 내가 잘 살았다거나 못 살았다거나 하면서 후회할 수도 없는 노릇 아닌가. 내 방식대로의 삶을 살아 버렸는데.'

검삼치는 지독할 정도로 싸웠다.

전투를 하면서는 나 자신을 잊을 수 있다. 불우했던 어린 시절의 과거도, 싸움 외에는 알지 못하는 현재와 불안하고 겁나는 미래도 제쳐 둘 수 있었다.

'난 아무것도 아니야. 그저 싸우는 존재다. 강자들을 꺾고 싸우면서 살아가는 것. 그뿐이다.'

온몸을 타고 도는 희열!

어린아이처럼, 강한 자들과의 승부를 만끽했다.

몸 상태가 아무리 나빠져도 신경 쓰지 않았다. 헤르메스 길드 유저가 가까이 있으면 무조건 다가가서 덤볐고, 승부를 벌였다.

그때마다 이기고 살아남은 건 검삼치의 전투 실력 덕도 있겠지만 운이 정말 많이 작용했다고 볼 수 있었다. 비슷한 과정에서 검둘치도 죽었고, 다른 수련생들도 마구 죽어 나갔기 때문이다.

그리고 검삼치는 결국 기적처럼 전투가 끝날 때까지 살아남았다.

─무예 구도자로서 전쟁에서 절대의 무를 달성했습니다.
전투와 관련된 모든 스킬들의 숙련도가 증가합니다.
육체의 한계를 극복해 냈습니다.
생명력의 최대치가 3,405만큼 증가합니다.
맷집과 인내력이 앞으로 1달간 350만큼 높아집니다.
투지, 카리스마, 정신력이 2달간 최대치를 달성합니다.
모든 스텟들이 6씩 높아집니다.

호칭 '전장의 초인'을 얻었습니다.
전사 중의 전사, 더없이 명예롭고 꺾이지 않는 강함을 가진 자에게만 부여되는 호칭입니다.

"크흐흐."

검삼치는 만족스러웠다.

전투에서 승리하고 얻은 초인이라는 호칭!

육체를 고되게 혹사시키고 얻는 뿌듯한 충족감도 들었다.

"내 삶이 헛되지 않았다."

순간, 앉아 있던 검삼치의 몸에 빛이 어렸다.

띠링!

―투신 바탈리가 당신의 전투를 지켜보며 깊은 감명을 받았습니다.
당신을 '투쟁의 파괴자'로 임명하였습니다.
바탈리의 강함을 세상에 펼치는 자로, 전투 계열의 직업에서만 대륙에 5
명에 한정되어 선정됩니다.
현재 직업과 무관하게 바탈리 교단의 신성 전투 스킬들을 익힐 수 있게
됩니다.
신성 전투 스킬들의 효과가 2배로 발휘될 것입니다.
육체에 신성 마법 '싱그러운 회복력', '완전한 무기', '가공할 주먹'이 각인
됩니다.
투쟁의 파괴자로 임명되어 있는 동안 모든 스텟들이 45씩 증가합니다.
신앙 스텟이 생성됩니다.
신앙이 최초로 120만큼 부여됩니다.
일곱 번 목숨을 잃거나 신앙심이 완전히 사라졌을 때, 바탈리 교단의 퀘
스트를 두 번 연속으로 거부하게 되면 임명이 취소될 것입니다.

"크크크크."

검삼치는 더욱 강해진 자신을 느꼈다.

"다음에는 더 제대로 싸울 수 있겠군. 강한 놈들도 놓치지

않고 말이야."

─생명력이 1초에 45씩 회복됩니다.
부상이 조금씩 낫고 있습니다.

육체에 부여된 신성 마법에 의하여 회복까지 이루어지고 있었다.

가만히 있어도 아르펜 왕국의 사제 유저들이 와서 구해 줄 가능성이 컸지만, 인생은 어디까지나 스스로 나아가는 것이다.

검삼치는 전투의 마무리를 위하여 분주하게 뛰어다니는 여자 사제들을 봤다. 그녀들의 하얀 사제복만 봐도 그렇게 예쁠 수가 없었다.

스승인 검치와 사형 검둘치, 검오치. 수련생 중에서도 여자 친구가 생긴 몇몇 이들을 보며 얼마나 부러웠던가.

로열 로드야말로 연애를 위한 천국과도 같은 곳이었다.

검삼치는 주먹을 강하게 쥐었다.

"다 필요 없어. 사나이의 인생, 이대로 끝까지 간다. 크흐흑! 아이고, 슬퍼라."

"위드 님! 많이 보고 싶었어요."

위드는 전투를 끝내고 페일과 수르카, 이리엔, 화령, 로뮤나 등 동료들이 모여 있는 곳으로 갔다. 그러자 가장 먼저 달려와서 반겨 주는 수르카였다.

이번 전쟁에서 북부 유저들의 생존률은 그리 높지 못했다.

그렇지만 위드와 함께 온갖 고난과 역경을 경험해 온 동료들은 어찌어찌 무사히 살아남을 수 있었다.

벨로트가 환하게 웃었다.

"조각술 퀘스트하는 모습 잘 봤어요. 그걸 성공시키다니 과연 집요하고 끈질긴… 아니, 멋있으시네요."

"고맙습니다. 다들 살아 있어서 다행입니다."

"그러게요. 정말 우리도 1명도 안 죽을 줄은 몰랐어요."

동료들 중에서 수르카와 제피를 제외하고는 근접 공격을 하는 직업이 아니었고, 전투의 중반부터는 조각 생명체들과 주로 어울려서 싸웠기 때문이었다.

대지의 궁전이 무너지고 난 이후, 하벤 제국군은 뚜렷한 목표 없이 우왕좌왕하다가 유저들의 공격을 받아 전멸하고 말았다. 물론 워낙 대단한 군세이기에 파상 공세에도 불구하고 상당히 오랫동안 버텼지만 말이다.

"위드 님, 우리가 진행하고 있던 퀘스트 말인데요."

위드는 제피로부터 지금까지 제국의 유물을 상당수 찾아냈다는 소식을 들었다.

"유령들을 퇴치하면 저주는 대부분 해소되고, 개중에는 신성력이나 퀘스트와 연관된 물품들도 있었습니다. 무기를 사용할 수 있는 올바른 후계자를 찾아라, 뭐 이런 것이지요."

"장비의 수준은요?"

"레벨 300대가 대부분. 400대도 100개는 충분히 넘습니다. 하지만 아쉽게도 진짜 비싸고 귀한 것들은 없었습니다."

"으음."

위드는 잠시 생각에 잠겼다.

본인이 쓰던 물건들을 비롯하여 사막 전사들의 장비들은 어딘가로 흩어졌을 것이다. 처음에는 사막의 후예들이 썼겠지만 많은 시간이 지난 만큼 그 후로는 대륙 곳곳으로 흩어졌을 가능성이 크다.

게시판을 보면 사막 전사의 무기나 특별한 물건들을 발굴했다는 소식들을 가끔 접할 수 있었다. 역사가 변하면서, 이미 발굴이 끝난 던전과 유적에서도 새롭게 물건들이 나오기도 했던 것이다.

하지만 위드는 그 보물들의 대략적인 양을 정확히 알고 있는 유일한 사람이었다.

전쟁의 시대. 수많은 유물들과 보물들, 예술품들, 기사의 장비들, 마법사의 연구 자료들이 있었다.

그 목록만도 혼자서는 제대로 훑어보지 못할 정도로 방대하였으며 몇 개의 성을 가득 채울 수 있는 분량이었다. 대륙을 휩쓸면서 여러 왕가와 귀족들의 보물을 몽땅 약탈해서 모아 놨던 것이다.

그 당시에 수집했던 보석과 금괴, 은괴만 하더라도 지금의 가치로 따진다면 위대한 건축물을 수천 개는 세울 수 있는 분량이다.

'팔로스 제국의 유물이 모조리 한곳에 묻히진 않았던 모양이로군. 어떤 놈들이 빼돌렸어.'

북부까지 와서 묻은 장비들은 일부에 불과할지도 모른다.

위드가 명령을 남기긴 했지만, 사막 전사들의 습성상 어쩔 수 없었다.

위대한 대제에게는 절대복종!

사막 부족의 운명을 걸고 대제왕을 따르고 복종했다.

그렇지만 그 대제가 사라지고 난 이후라면 이야기가 다르다.

약탈과 투쟁을 하면서 살아온 사막 부족들은 팔로스 제국의 보물들을 자신의 것으로 여기고 가져갔을 것이다.

위드의 영향력이 크게 미치는 직속 부하들만 자신들의 보물을 북부까지 와서 매장해 놓은 후 자금력 부족으로 금방 몰락했으리라는 추측이 어렵지 않게 가능했다.

'대충 그림이 그려지는군. 그리고 나머지 보물들도 어딘가에서 계속 나오겠지.'

위드가 그 당시 사용하던 장비가 현재는 아마도 사막의 대제왕 퀘스트에서 나오게 될 가능성이 높았다.

"그리고 사소한 문제가 있는데요."

"뭔데요?"

"유물을 발굴하면서 유령들이 계속 등장했는데, 최대한 노력해 봤지만 우리로서는 더 이상은 버틸 수가 없었습니다. 완전히 정화를 마친 유물들은 다른 장소로 옮겨 놓았지만, 거긴 유령들의 천국이 되어 버릴 겁니다."

"일종의 사냥터나 던전처럼 바뀌겠군요. 유령들을 전부 퇴치하고 나면 보물을 얻을 수 있는."

"그런 셈이죠."

팔로스 제국의 보물이 분산되었다고 해도 붙어 있는 유령이 너무 많아서 일행만으로는 모조리 처치할 수 없었다.

'그렇다면 발굴되지 않은 다른 보물들에도 유령들이 나타날 수 있겠군. 대륙 전역에서 말이야. 사막 부족들 사이에서도 유물이 많이 등장할 테고. 아마 대제왕의 흔적을 찾는 그런 퀘스트와 연관이 있을 거야.'

위드의 시선이 화령에게로 향했다.

그녀도 마침 위드를 쳐다보고 있었다.

항상 그렇듯이 화려한 색상의 짧은 치마를 입고, 귀와 목에는 예쁜 보석 액세서리들을 걸고 있었다. 그녀처럼 반짝이는 아름다움이 잘 어울리는 여자도 또 없으리라.

"음, 그러니까……."

위드는 선뜻 말을 꺼내지 못했다.

자신에게는 이제 서윤이 있으니 화령과는 서먹할 수밖에 없는 상황.

다른 동료들도 그 사정을 짐작하기에 조용했다. 남녀 관계란 자칫하면 크게 다툴 수도 있는 부분이었다.

위드가 먼저 정중하게 말했다.

"잘 지내셨죠?"

"네."

"어디 아프신 곳은……."

화령이 새침하게 말했다.

"없는데요."

페일은 비명을 지르고 싶었다.

이 어색하고 뻣뻣한 분위기!

여자들은 오히려 흥미를 가지고 지켜보고 있었지만 남자들은 온몸이 오글거렸다.

그러다가 화령이 환하게 웃었다.

"괜찮아요. 그리고 고마워요."

"예?"

"가수라면 인생 경험이 많이 필요하잖아요. 뭐, 실연도 당해 보고 해야 진실성 있는 감정 전달이 되죠. 노래란 감정을 담아서 마음을 울리는 것이니까요. 그리고 어차피……."

화령은 살짝 말을 끌다가 다시 이었다.

"저를 좋아하지 않는 남자란 있을 수가 없으니까요. 남자의 본능에 딱 하고 각인되어 있어요. 깊이 있는 인생을 위해 이런 감정까지 들게 해 주다니, 나름 괜찮은 선물인걸요."

무한 긍정주의!

화령은 가수이면서도 매력적인 여자였다. 위드가 절대로 자신을 벗어나지 못할 거란 확신을 가지고 있었다.

동료들은 그녀를 보며 생각했다.

'아직 포기하지 않았구나. 하긴 제대로 시작도 하지 않았으니……'

'엄마가 연애란 결혼식장 들어가 보기 전까지는 모르는 거라고 했는데. 그 말이 맞는 거야?'

'근데 왜 위드 님을 좋아하지? 난 이게 제일 이해가 안 되는데… 여자들이란 참 불가사의한 존재야.'

위드는 한결 가벼워진 마음으로 배낭을 땅에 내려놓았다.

"그럼 식사나 하죠!"

"만세!"

손맛으로 가득한 위드의 요리!

퀘스트나 사냥을 하러 다니느라 바빠서 한동안 맛보기 힘들었던 산해진미를 먹을 시간이었다.

"이럴 수가… 말도 안 되는 일이 벌어졌다."

자랑스러운 하벤 제국의 황궁에서 휴식을 취하던 헤르메스 길드의 유저들은 무너진 건축물을 보며 망연자실했다.

　중앙 대륙의 모든 권력이 집중되어 있는 제국의 황궁.

　금과 보석으로 장식되어 사치와 호화로움의 극치로 찬란하게 빛나던 황궁.

　방대한 면적에 세워진 건축물에서는 귀족들과 유저들을 포함하여 10만 이상의 주민들이 살아갔다.

　수천 개의 도시와 수억의 인구를 지배하는 권력의 정점에 있는 그 황궁이 한순간 폭삭 무너져 버리고 만 것이다.

　거짓말처럼 연속해서 무너지는 건물들 아래에서 유저들은 대부분 죽지 않고 빠져나왔다.

　"우리 황궁에 이런 끔찍한 일이 발생하다니, 이게 어떻게 가능한 것이지?"

　"어떤 이벤트 아닐까요?"

　"신의 징벌이라도 내리지 않고서는 납득이 안 되는 사태다."

　기둥이 흔들리고 천장에 균열이 발생할 때에 이미 이상한 낌새를 느꼈으니 유저들이 황궁 건물에서 신속하게 빠져나오는 일 자체는 어렵지 않았다.

　그럼에도 상당한 숫자가 마지막 순간까지도 혹시나 하며 황궁 내에 있다가 매몰되기는 했으나, 목숨을 잃진 않았다. 엉망진창이 되긴 했지만 잔해를 파헤치면서 살아 나왔다.

산꼭대기의 완벽한 험지에 있던 대지의 궁전과는 달리 평지에 세워진 하벤 황궁이었기에 생명의 위협은 그다지 발생하지 않았다.

그렇지만 찾아오는 방문자들을 압도하고 헤르메스 길드 유저들에게 자부심이 되어 주었던 황궁은 더 이상 존재하지 않았다.

"살아남은 사람들은 응답하라!"

"생존자들의 구출을 신속하게… 아니, 죽은 사람은 별로 많지 않을 것 같군. 그보다 우린 뭘 해야 하는 거야?"

헤르메스 길드의 일반 유저들은 너무나도 막대한 사건에 갈피를 못 찾고 당황하고 있었다.

하벤 제국에서 고위 귀족의 자리에 올라 있는 유저들.

황궁 연회장에 있던 바드레이와 라페이를 비롯한 수뇌부도 무사히 빠져나왔지만 폭삭 무너진 건물들을 보며 잠시 동안은 할 말들을 잃었다.

"아르펜의 왕궁이 무너지는 건 방금 봤지만 이건 도무지……."

"무슨 일이랍니까? 마법 공격을 당한 것도 아닌데."

"반란입니까? 그렇지만 누가 감히 이런 짓을 벌일 수가 있지요?"

"위드입니다. 위드 그놈이 우리에게 음모를 꾸민 겁니다!"

"위드라니요. 북부에 있는 그놈이 어떻게 무슨 방법으로 우리에게 이런 수작을 벌입니까. 그리고 증거도 없는데 말입니다."

"정황을 따져 봐야지요. 그놈이 아니라면 누가 우리에게 이런 짓을 한단 말입니까."

누구를 비난하려고 해도 아직 상황 파악도 안 되고 있었다.

항상 냉정하게 대비책을 만들어 내던 라페이도 황궁이 처참하게 무너졌다는 현실을 받아들일 뿐 그 이상은 무리였다.

'도대체가, 이런 일이 벌어질 수가 있는 것인가?'

쿠르르릉!

아직도 황궁의 일각에서는 남아 있던 건물들이 차례로 무너져 가고 있었다.

기울어진 건물들의 기둥과 벽면이 가닥가닥 부서지는 광경도 나름 다시는 볼 수 없을 장관이었다. 금 광산과, 다른 왕국에서 약탈한 재물들을 바탕으로 지어진 황금 벽면들이 무너진다.

그렇게 황궁의 건축물들은 남김없이 쓰러지고 말았다.

그래도 성문만큼은, 헤르메스 길드의 유저들도 설마 설마 했다.

"저기만큼은……."

"마지막 남은 곳은 성문뿐인데."

황궁이 전투 장소가 될 리는 없다고 생각했지만 명색이 성문이니만큼 기본적인 수비력은 갖춰 놓으려고 했다.

성벽은 커다란 바위들을 옮겨 와서 다듬은 후에 균일하게 쌓았고, 엘프의 숲에서 나온 나무의 진액을 발라서 접착력을 유지하게 만들었다.

공성 무기로 타격을 하더라도 하루 종일 버틸 수 있는 황궁의 성벽!

성문은 희귀하기 짝이 없는 세계수 나뭇가지와 뿌리를 얽어서 만들어 놓은 것이었다.

금으로도 구할 수 없는, 엄청난 가치를 가진 성문.

세계수를 가져오면서 엘프들과의 관계가 악화되고 퀘스트가 발생하여 수많은 습격을 받았지만, 하벤 제국의 위엄을 과시하기 위하여 아랑곳하지 않았다.

그렇게 단단하게 축성된 성벽마저도 유저들이 보고 있는 동안 바위들이 떨어져 나갔다. 그리고 황궁의 다른 건축물들처럼 성문도 곧 쓰러지고 말았다.

"말도 안 돼."

"거짓말이야."

띠링!

-하벤 제국의 황궁이 무너졌습니다.
황제의 집무실, 황궁 기사의 연무장, 대귀족의 회관 등 모든 건물이 파괴되었습니다.
태양의 궁전은 하벤 제국의 수도로서의 기능을 완전히 상실했습니다.
제국 명성이 49 감소합니다.

방대한 영토를 다스리기 위한 행정력이 약화됩니다.

중앙 정치가 크게 퇴보합니다. 점령 지역에서 불온한 움직임이 발생합니다. 무장 단체들의 준동이 상당히 높은 확률로 시작됩니다.

군대의 사기가 악화됩니다.

최대 훈련도가 저하되며, 보급품에 대한 부정부패가 생겨날 수 있습니다. 당분간 전투를 위한 원정에 나선다면 탈영이 빈번할 것입니다.

제국 군대에 대한 통제력이 거리에 따라서 줄어듭니다.

기사들의 명예가 추락하고 충성심이 감소하여 평소에 불만이 많은 자들은 소속을 이탈하게 됩니다.

지방 군벌들을 일찍부터 강력하게 규제하지 않는다면 제국에 대하여 딴 마음을 먹을 수도 있을 것입니다.

주민들의 제국에 대한 충성심이 저하됩니다.

특히 점령 지역의 주민들은 제국에 대한 불신이 커져서, 명령에 잘 따르지 않고 정상적인 통치에도 심한 반발을 할 수 있습니다.

드넓은 점령 지역에서 반란군과 저항군이 대규모로 출현하게 하지 않으려면 빠른 수습이 필요합니다.

지능이 높은 몬스터들이 부족을 이끌고 요새와 마을을 공격할 수 있습니다.

상인들의 거래가 위축되고, 장거리 교역을 위한 도시 외 운송 비율이 감소하게 될 것입니다.

소비와 상업이 불황에 빠지게 되어 경제력이 감소할 것입니다.

일시적으로 세금 납부율이 줄어들게 됩니다.

제국 내부의 혼란으로 인근 지역에 대한 영향력이 42%가 되었습니다.

218개 마을이 하벤 제국 소속에서 이탈합니다.

하벤 제국과 관계된 모든 퀘스트들의 보상이 정상적으로 이루어지지 못하거나 취소됩니다.

"이럴 수가!"

똑같이 왕궁을 잃어버렸지만 아르펜 왕국보다 하벤 제국의 피해가 훨씬 심각했다.

제국은 광활한 영토와 그에 걸맞은 무수한 인구와 다양한 종족들을 지배했다. 상업적인 교류와 문화를 통한 종속이 아니라 군대를 통해 강제로 정복한 것이기 때문에 황궁이 무너진 파장이 더 컸던 것이다.

지금은 하벤 제국에서 원정을 보낸 북부 정벌군이 전멸해서 국가 명성에 입은 손실에 곧바로 뒤따라온 심각한 피해였다.

"어서 수뇌부 회의를 소집해! 그리고 모든 영주들은 즉시 각자 통치 지역의 상황을 보고하고 안정화를 위한 방법을 준비해라!"

드넓은 하벤 제국을 통치해야 하는 만큼 라페이와 수뇌부에서는 할 일이 아주 많았다.

점령 지역의 치안과 경제는 정책적으로 필요에 따라서 최소한으로만 유지하고 있다. 그런데 불미스러운 일이 발생하여 저항군이 심각할 정도로 더 많아지고, 설혹 요새라도 탈환당한다면 실질 피해 여부를 떠나 그보다 수치스러울 수 없다.

중앙 대륙에서 하벤 제국의 절대적인 위엄과 통치 능력이 시험을 받고 있었다.

"노세, 노세. 한 살이라도 더 어릴 때 노세. 나이를 먹으면 똑같이 놀아도 이 맛이 안 나나니."

"크흐흑, 어제도 여성 유저를 3명이나 친구 등록을 했는데 그 이후에 1명도 연락이 안 돼요."

"미지근한 맥주 있어요. 진정한 술꾼들이 찾는다는 미지근한 맥주가 한 잔에 단돈 1실버! 가슴 속까지 적셔 주는 시원한 맥주는 3실버에 소량 팔아요. 안주로는 소금에 절인 시금치가 2실버!"

대지의 궁전이 있던 자리 부근에서는 그날 밤 북부 유저들의 축제가 벌어졌다.

언제 이만한 유저들이 모여서 기쁨을 함께 나눌 수가 있겠는가.

곳곳에 모닥불을 피워 놓고 장사도 하고, 음식도 만들어서 먹었다. 인원수에 비해 술과 음식이 귀해서, 가격과는 상관없이 바로바로 팔려 나갔다.

따라라랑!

하프와 기타가 연주되었다.

모닥불가에서 춤을 추는 아리따운 여성 유저들.

드레스는 없지만 모험가용 복장이나 갑옷, 상인복을 입고도 기꺼이 어울렸다.

사실 평원을 가득 채우는 이 많은 인원이 동시에 다 먹고 논다는 것은 불가능에 가깝다. 막대한 물자가 소모되는데, 승패가 결정지어지지도 않은 전장으로 축제를 위해 식료품을 가져올 수는 없었다.

그렇지만 하벤 제국군으로부터 노획한 어마어마한 양의 보급품들이 있었다.

전투가 막바지로 치달아 갈 때쯤, 개미 떼 같은 북부 유저들의 습격이 벌어졌다.

"쥐포닷!"

"오오, 쥐포야! 짭조름한 맛이, 술이라도 한잔 곁들이면 일품이겠군."

"으아악, 또 쥐포다!"

"여길 봐. 쥐포가 산더미처럼 쌓여 있어!"

"뒤쪽 마차에는 전부 쥐포들이 실려 있다."

"이쪽은 쥐포 지옥이야!"

위드는 헤르메스 길드 유저들을 해치우고 그들의 전리품을 얻느라 안타깝게도 보급 마차 행렬까지는 챙기지 못했다. 그 덕에(?) 북부 유저들은 저마다 배낭과 호주머니에 식량과 보급품들을 잔뜩 얻었다.

제국군 병사들이 쓰는 기본 무기 몇 개만 건지더라도 초보들에게는 제대로 된 장비들을 구입할 수 있는 훌륭한 밑천이 되었다.

강철 화살이라도 듬뿍 얻으면 그것도 상당히 좋은 가격에 팔 수 있다.

막 대륙을 떠돌기 시작한 북부 유저들은 전리품을 판매하기 위해서 먼 지역이라도 기꺼이 이동하리라.

북부의 상인들은 이미 돈 냄새를 맡고 유저들로부터 즉석에서 전리품을 매입했다.

말과 마차까지 한꺼번에 구입한 상인들은 이미 자신들이 교역품을 팔아야 할 마을들을 염두에 두고 있었다.

'대목이구나!'

'앞으로 난 북부 상인의 전설을 쓰게 되리라, 크후후. 이 세상의 돈은 다 내 것이다.'

'화살 하나에 60쿠퍼씩은 남겨 먹을 수 있어. 이게 다 얼마야!'

전쟁이 끝나고 나니 유저들의 마음도 푸근해졌다.

중앙 대륙의 특산품인 다양한 치즈와 위스키 등을 푸짐하게 얻어서, 즉석에서 먹자판이 벌어졌다. 그것이 곧바로 평원 전체에 승전 기념 축제로 확대된 것이다.

아무 곳에나 자리를 펴 놓고 가까이 있는 사람과 술잔을 나누었다.

"허억! 예전 코볼트 던전에서 함께 사냥했던 네로 님 아니십니까?"

"엇, 엑소즈 님도 오셨군요."

"당연하지요. 북부 유저로서 어떻게 이런 자리를 빠질 수 있겠습니까. 정말 오랜만이군요."

"코볼트 던전이 제 첫 모험이었는데. 벌써부터 까마득한 과거처럼 느껴집니다."

"후후, 지금은 웬만한 모험으로는 그때의 흥분이 잘 느껴지지 않습니다."

"그야 우리도 많이 성장했으니까요."

"네로 님은 레벨이 몇이십니까?"

"54입니다."

"굉장하시군요! 저는 51밖에 되지 않았는데. 비결이 뭔가요?"

"열심히 하시면 저처럼 되실 수 있을 겁니다. 조금 강해졌다고 해서 여유를 부리면 안 되지요."

"명심해야겠군요."

한쪽 구석에서는 군중 사이에서 쫓고 쫓기는 추격전도 벌어졌다.

"이놈의 가시나가 하라는 공부는 안 하고! 내일이 시험인데, 학원 간다고 나가서 접속했어? 파이어볼!"

"꺄악, 살려 주세요!"

모닥불을 크게 밝혀 놓고 유저들끼리 노래도 부르고 춤도 췄다.

"산맥의 아침, 붉은 해가 떠오르고 거센 바람이 분다, 취 췻. 구름도 다가온 전투를 예감하는지 무거워 보이고, 나는 다크 엘프들과의 전투 최전선에 서 있다, 췍!"

남자 유저들이 노래를 시작하고, 여성 유저들이 뒤를 이었다.

"싱그러운 아침에 나는 희망을 품는다, 취취췟. 우리의 용기와 승리를 향한 열망, 버리기에는 고귀한 정신, 영혼! 나는 노래하고 싶다, 추이익! 저 다크 엘프들이 강하다면 더욱 노래를 부르라, 우리의 승리를 기원하는 노래를. 모두가 포기하지 않는다면 승리할 수 있으리라."

오크 카리취의 노래!

승전 기념으로 남녀 유저들이 1,000명도 넘게 모여 모닥불을 중심으로 오크들의 춤을 추면서 놀았다.

밤이 어두워질수록 그런 모닥불 자리들은 많아졌고, 사람들은 저마다 춤을 추고 악기를 연주했다.

무언가를 하기 위하여 한밤중에 바쁘게 말을 타고 평원을 떠나는 유저들도 있었지만, 남아 있는 유저들은 여유로움을 한껏 만끽했다.

"이야, 끝내준다."

"우리 북부 대륙의 문화라고 할 수 있지, 에흠!"

북부 유저들은 오랜만에 축제를 통해서 하나가 되어 어울릴 수 있었다.

"이번에 매우 위험한 무덤을 찾아냈는데 들어가면 몽땅 죽는답니다. 저도 벌써 세 번이나 죽었죠."

"퀘스트의 냄새를 맡아 본 적 있으신 분?"

"그게 뭐요?"

"전쟁의 신 위드 님께서 하신 표현에 따르자면 아주 지독한 냄새를 풍기는 연계 퀘스트들을 알아냈지요."

모험과 교역, 정보의 교류도 활발하게 이루어진다.

한쪽 구석에서는 건축가들이 줄자와 삽자루를 들고 대지의 궁전 잔해들을 뒤지고 다녔다.

"음, 이쪽 기둥은 자잘하게 쪼개져서 다시 쓰진 못하겠군."

"대박이야. 왕궁 지붕의 형태를 이렇게 일부라도 알아볼 수 있다니, 내구력에 신경을 많이 쓴 보람이 있군. 무너질 때도 운이 좋았겠지만 말이야."

"재활용도 가능하겠는가?"

"그건 좀 무리죠. 그래도, 왕궁 재건에는 쓸 수 없더라도 상가에는 활용이 가능할 것 같네요. 남은 부분이 조금만 더 많았다면 기념물로 만들 수도 있었겠지만……."

"석재들은 관리를 잘하면 오래 보존되기는 하는데 이렇게 제대로 무너져서 깨지니 남아나는 게 별로 없어. 아쉽군."

돌무더기 속에서 재활용을 할 수 있는 부분을 찾고 있었다. 왕궁에 투입한 최고급 건축자재들을 그냥 버려 버리기에는 너무나도 아까웠던 것이다.

"깨진 석재들은 전부 다 걷어서 다듬은 후에 도로를 까는데 쓰도록 하죠."

"금속은 제련 과정을 거치면 사용할 수 있으니 대장간과 용광로를 설치한 후에 제대로 작업을 합시다."

"하벤 제국군과 함께 파묻힌 전리품도 꽤 되니 강철이 부족한 경우는 없겠는데요. 강철은 북부에서 수요가 급증해서 가장 재고가 없는 자원이니까 말입니다."

"빨리빨리 해냅시다. 사람들이 많이 모여 있는 지금이 기회입니다."

건축가들은 곧바로 대지의 궁전 복원 계획을 진행하려고 했다.

아직 아르펜 왕국의 재정이나 예산이 본격적으로 투입되지는 않았다. 하지만 건축가들은 자신들이 직접 지은 건축물이었기 때문에 더욱 애정을 가지고 재건을 서둘렀다.

"과거처럼 산봉우리에 왕궁을 세울 수는 없겠군요."

"산이 완전히 깎여 나갔으니 이제 어렵게 됐죠."

"나름 독창적인 멋이 있는 왕궁이었는데. 흙과 돌, 모래를 다시 쌓으면요?"

"하긴, 우리의 노동력이라면 산 몇 개 정도는 충분히 만들어 낼 수 있지요."

"다른 건물도 아니고 왕궁이라면 백만 명 정도는 쉽게 동원이 가능하리라고 봅니다."

건축가들은 무시무시한 노가다 계획을 구상했다.

북부의 사기적인 인간 노동력을 이용해서 산까지 다시 세우자는 거대한 계획을 내놓았다.

"흠, 대지의 궁전은 좋긴 했는데 어중간한 높이에 있었지요. 산의 높이를 500미터나 1킬로 정도로 과감하게 더 높이는 것도 괜찮지 않나요?"

"산이 높으면 왕궁으로 올라가는 길에 온갖 건물들도 세워 놓을 수 있을 것 같고, 그것 참 좋은 아이디어입니다."

"하지만 그러면 시공의 어려움은 제쳐 놓더라도 상당히 장기간의 공사가 될 텐데, 인력 수급이 그리 원활하게 유지될지……."

"북부 유저와 주민은 하루가 다르게 늘고 있지 않습니까. 왕궁이 본격적으로 지어질 무렵에는 지금보다 인원이 2~3배는 될걸요."

"하기야… 우리가 왕궁을 짓기 시작할 때보다 정말 많이 늘긴 했지요."

그렇지만 파보는 회의적이었다. 그가 보기에는 왕궁 건설 계획이 지나치게 거창해지고 있었다.

"여러분의 생각은 잘 알겠습니다. 저 역시 대지의 궁전을 더 멋지게 복원하고 싶은 마음은 굴뚝같습니다. 하지만 이 부분은 건축가의 욕심만으로 처리해서는 안 됩니다."

"예?"

"아르펜 왕국에는 왕궁이 하루라도 빨리 필요합니다. 왕궁이 없으면 치안과 문화 확장, 상업 부분에서 계속 불리한 면이 있을 것입니다."

왕궁이 없으면 영토를 통치하는 데 있어서 불리한 측면이 꽤 되었다.

지방 마을과 도시의 영주관이 원활하게 역할을 하지 못하게 되어 내정을 파악하고 관리하기가 어려워지며 세금 징수 비율도 낮아진다. 예산의 집행에서도 부정부패로 인한 손실액이 끊임없이 발생하고, 치안도 최대 100% 유지되지 않는다.

아르펜 왕국은 병력의 규모에 비해 방대한 땅을 다스리고 있기에 도적 떼가 들끓기 시작하면 악화되는 것도 순식간일 것이다.

기술 발전을 위한 대형 시설물, 부자들을 대상으로 하는 상업용 건물, 직업 건물에도 불리함이 있다. 모라타와 같은 대도시에는 어떠한 건물이든 세워질 수 있지만, 작은 성과 마을에는 공공건물의 건설이 더욱 까다로워진다.

그러면 기사 유저들 같은 경우에는 작위를 수여받지도, 고급 스킬들을 익히지도 못하게 된다.

일반 유저가 모험을 하려고 먼 곳으로 가더라도 국가 명성이 낮으면 못 알아보고 퀘스트 부여, 교역에서 불리함을 감수해야 하는 경우가 있다.

그동안은 변변한 왕궁도 없이 성장했던 아르펜 왕국이다.

초창기의 확장 시기였기 때문에 정상적인 왕국이 아니라서 받는 불리함을 유저들은 당연한 것처럼 감수하면서 살아왔다.

하지만 수많은 마을을 영토로 받아들이고 다스리고 있으

며 인구도 폭발적으로 증가하고 있는 지금은 왕국의 발전을 위해서도 왕궁이 시급하게 필요했다.

건축가들 역시 그 부분을 잘 알고 있었다.

상인들이 교역을 통해 마을과 도시를 부유하게 만든다면, 건축가들은 그 내실을 다진다. 자신들이 시공한 건축물이 많은 도시가 인구 증가와 상업 확대 등으로 나날이 커지는 모습을 보노라면 그보다 더 기쁠 수가 없다.

건축가라면 누구나 도시의 주요 거리에 멋진 건축물들을 세워서 사람들이 구경하고 또 편하게 이용하며 살아갈 수 있기를 원했다.

파보가 계속 말을 이었다.

"지금은 아르펜 왕국의 발전을 위해 우리 건축가의 욕심을 버립시다. 북부의 건축가들이 다른 이들보다 나은 면이 무엇이겠습니까?"

"필요한 건물을 만든다. 사람들을 위한 건물을 짓는다."

"바로 그렇습니다. 우리 건축가들이 욕심을 부리다 보면 공사 일정은 길어지고 자금은 끝없이 들어가게 될 것입니다."

"으음, 산을 쌓아서 왕궁을 다시 짓는 계획이 무모하기는 했지요."

"빨리 짓는 것도 중요하지만, 어쨌든 아르펜 왕국의 중추적인 역할을 해야 하는 건물입니다."

건축가들은 밤샘 회의 끝에 왕궁 재건 기본 계획을 수립

했다.

1. 아르펜 왕국은 현재 잔해의 옆에 다시 건설한다.

2. 왕궁에 필요한 건축자재들은 잔해를 파악하여 가능하면 재사용하고, 나머지는 상인들을 통해 조달한다.

3. 평지에 지어지는 만큼 왕궁의 면적을 과거보다 3배 이상 넓힌다. 중심 지역을 먼저 완공한 후에 추가 확장이 가능한 방식으로 한다.

4. 왕궁 부지 부근에는 모라타 이상의 거대도시가 들어설 수 있도록 강을 따라서 터를 닦는다. 특히 7개 이상의 위대한 건축물을 지을 최적의 부지를 미리 배정한다.

5. 도시의 이름은 앞으로 아르펜 왕국의 새로운 도약과 발전을 위해 '새벽의 도시'라고 한다.

6. 원활한 인력 수급과 공사비 절감을 위해 새벽의 도시에 신규 유저들이 들어오고 왕궁 건설에 참여할 수 있도록 기초 발전을 서두른다.

7. 이틀 내로 판자촌을 7개를 짓고 추후 필요에 따라 계속 확장한다.

8. 북부의 모든 건축가 조합은 왕궁 재건을 최우선 목표로 하고 최선을 다해서 협조한다.

"이만하면 되겠습니까?"

"아쉽지만 더 이상은 욕심이니까요."

건축가들은 왕궁 재건 계획을 확정 짓고 발표하기로 했다.

하지만 외부로는 공개하지 않고 내부적으로만 합의한 사항이 이면에 따로 있었다.

9. 다시는 불행한 사태가 재발하지 않도록 왕궁 주변에 9개의 난공불락의 요새를 신축한다.

10. 새로 건설하는 왕궁은 아르펜 왕국의 발전에 비하여 창피하지 않을 정도로 크고 호화스럽고 웅장하게 짓는다.

11. 공사 비용은 최대한 아끼되, 왕궁과 도시를 합쳐서 최소 예산을 1,700만 골드로 한다. 공사 비용은 필요하다면 상황을 봐서 계속 증액한다.

위드가 봤다면 바로 뒷목을 잡고 쓰러졌을 사항이었다.

헤스티거의 마지막 부탁

파이톤과 양념게장은 하벤 제국과의 전쟁에서 혁혁한 공을 세웠다.

하벤 제국군과 헤르메스 길드를 상대로, 남부 사막에서 지옥 같은 사냥을 하고 돌아온 분풀이를 유감없이 해치웠다.

파이톤은 대지의 궁전을 지키면서 헤르메스 길드 1군단의 정예 유저들을 상당수 해치웠으며, 그 후에도 전투가 완전히 끝날 때까지 계속 싸웠다.

물러설 줄 모르는 명예의 존속자 파이톤.

암살자인 양념게장은 헤르메스 길드에서도 상당한 강자, 지휘관들만 골라서 해치우며 전장을 휘젓고 다녔다.

강추위와 해일이 일어나는 동안에도 적진 침투와 암살을

반복했다.

"뭐, 고작 이 정도? 내가 목숨을 거두어 가는 데는 아무 장애도 없어."

그에 의하여 목숨을 잃은 기사단의 단장만 14명, 상위 기사들을 대거 잃고 와해된 기사단도 4개나 되었다.

죽음을 결정하는 양념게장.

그런 큰 공을 세우고 나서 그들은 위드를 만났다.

위드가 먼저 귓속말을 보낸 것으로, 당연히 전투를 끝내고 난 이후의 성대한 뒤풀이를 기대했다.

'허헛, 자랑거리가 좀 생겼군. 너무 노골적으로 이야기하기에는 좀 그렇지? 그럼 어디서부터 자세히 말을 해 주어야 할까.'

'죽음을 결정하는 나 양념게… 아무튼! 이 전쟁에서 나를 빼놓고는 이야기하지 못할 것이다. 헤르메스 길드에서도 내 칼을 피한 자가 없었으니까. 비록 전쟁의 소란스러움을 십분 활용했지만 이것도 실력이지.'

두 사람은 위드에게 자랑거리들을 실컷 이야기할 생각이었다. 조각술만큼이나 유명한 그의 요리들을 실컷 맛보면서 지난 전쟁 이야기를 나누는 것도 잔재미가 있으리라.

두 사람은 먼저 도착해 있는 페일을 보고 조용히 고개를 끄덕였다.

'그 지독한 대지의 궁전 전투에서도 살아남았군. 과연 나

파이톤이 인정한 실력자.'

'전쟁의 영웅들이 모인 자리인가. 암살자인 나에게는 쑥스럽지만, 즐겨 둬야지.'

그런데 위드가 말했다.

"아직 덜 모였으니 좀 기다리죠."

두 사람은 생각했다.

'하긴, 위드가 아는 사람들이 고작 3~4명은 아니겠지. 원하던 자리다. 북부 대륙 각 분야 최고의 전문가들을 만나서 친해지는 것도 좋아.'

'음, 부끄럽지만 재미있는 자리가 되겠군. 여성 유저가 오면 뭐라고 소개를 해야 하나. 가명을 알려 줘도 실례가 아니려나. 가명은 카푸치노 정도가 무난하겠지.'

기대를 품은 파이톤과 양념게장!

이윽고 헤스티거가 도착했다.

"대제왕, 숨어 있던 적까지 전부 물리쳤습니다. 이 왕국은 이제 안전합니다."

"그래, 수고했다."

두 사람은 헤스티거를 곁눈질로만 보았다.

전쟁터에서 그의 독보적인 무력을 확인했다. 상대가 보통 만나기 힘든 강자가 아니라서 궁금한 게 산더미 같았지만, 자존심 때문에 말을 걸지는 못했다.

'검은 내가 더 크다.'

'목숨은 하나뿐이지. 적으로 만났다면 암살을 시도해 볼 텐데. 찰나의 완벽한 기회만 있다면 누구든 죽는다.'

잠시 후에는 프레야 교단의 교황 후보 알베론이 도착했다.

일반 유저들 중에는 그를 모르는 이들도 꽤 많지만 파이톤과 양념게장은 잘 알고 있었다.

사냥에 미친 귀신인 위드의 하수인, 그 저주와도 같은 강력한 회복 마법을!

'커억! 이 인원 구성은 설마……! 아니겠지, 아닐 거야, 아니어야 한다!'

'히, 히익!'

그리고 위드의 말.

"그럼 어서 사냥 가시죠."

위드에게는 단 하루뿐인 헤스티거의 부활일.

최대한 본전을 뽑아내야 하는 건 당연했다.

이리엔과 로뮤나 등의 일행이 감당하기에는 위험한 데다 워낙 피곤해하니 휴식을 주어야 한다. 대신에 아주 잘 싸우고, 심지어는 죽더라도 별로 아쉽지 않은 사냥 동료들을 부른 것이었다.

"……."

"……."

파이톤과 양념게장의 눈이 다급하게 마주쳤다.

눈을 몇 번 깜박이는 것으로 의견 조율도 이루어졌다.

"머리가 어지럽고 몸이 불편해서……."

"집에 급한 일이 있어서 그만 가 봐야 되겠습니다."

왠지 꾀병으로 담임선생님에게 조퇴를 시켜 달라고 엄살을 부리는 학생의 심정.

그러나 위드는 조금도 자상하거나 호락호락하지 않았다.

"정말 몸이 안 좋으십니까?"

"그렇소. 남자가 당당하게 살아야지 뭐하러 거짓말을 하겠소."

"정 같이 가기 싫으시다면 어쩔 수 없죠. 그냥 편하게 말씀해 주세요. 앞으로는 저와 사냥을 하지 않으실 겁니까?"

"다른 사람을 구해 보시오. 내가 아니더라도 좋은 사람이 있을 테니까."

"역시 꾀병 맞네요."

"……."

"헤스티거야, 칼 들어라. 오늘 피를 좀 보겠구나."

"예. 대제."

"……."

양념게장은 덩달아서 아무 말도 못 하고 끌려가게 되었다.

그렇게 시작된 밤샘 사냥!

헤스티거라는 걸출한 전사가 있는 만큼 평소에는 엄두도 못 내던, 그야말로 최고 난이도를 자랑하는 던전을 두루두루 돌 수 있었다.

사냥법도 자신들의 힘으로 격파하는 것이 아니라 헤스티 거에게 의존하여 몬스터들을 뚫는다.

　"우리 아버지가 도둑을 걱정해서 그곳에 신묘한 삽을 숨겨 놓았다고 해요. 결국 아무도 찾지 못하게 되었지만요."

　던전과 관련 있는 퀘스트도 꼼꼼하게 수행했다.

　위험도는 피가 마를 정도였으며, 잠깐의 휴식 시간도 없었 다. 밤샘 사냥에서 잠이나 식사 같은 건 사치에 불과했다.

　"다시 말하지만 1분1초도 아깝습니다. 헤스티거가 떠나기 전에 최대한 많은 일을 해내야 합니다. 헤스티거야, 이 대륙 의 평화를 지키기 위해서는 더 빨리 움직여야 한다."

　"알겠습니다, 대제. 그 위대하고 고귀한 마음은 역시 조금도 변하지 않으셨군요."

　"정의를 수호하기란 원래 힘든 것이다. 그렇기에 내가 더 욱 열심히 움직여야지. 세상에 잠자고 있는 보물들을… 아 니, 정의를 되살려야 한다."

　북부 대륙과 중앙, 남부 대륙을 넘나들면서 사냥을 했다.

　헤르메스 길드의 영역인 중앙 대륙에서는 그들의 눈치가 보이지 않을 수 없었지만 짧게 치고 빠지는 것인 만큼 상관 이 없었다. 어중간한 병력 따위는 여차하면 헤스티거가 나서 서 몰살을 시켜 버리면 될 테지만, 시간이 부족해서 가능한 내버려 두었다.

　위드는 하벤 제국의 황궁으로 침공하는 것도 고민해 보았다.

"헤스티거가 사라지기까지 아직 몇 시간 여유가 있는데. 바드레이에게 한번 제대로 엿을 먹여 봐?"

이미 무너져 버리고 말았지만 하벤 제국의 황궁 터야말로 현재 베르사 대륙에서 최고의 수준에 육박하는 유저들이 구름처럼 모여 있는 장소.

헤스티거가 그곳에 가서 헤르메스 길드 유저들을 마구 학살한다면 상당히 좋은 결과다. 위드의 묵은 체증도 단번에 쑥 내려갈 정도의 쾌감을 안겨 줄 것이다.

그건 헤스티거만이 해낼 수 있는 일이다.

앞으로도 조각 부활술로 역사적인 강자를 데려올 수는 있겠지만 헤스티거처럼 특별한 인연으로 명령에 절대복종하는 사람은 찾기가 어려운 탓이다.

다른 사막 전사 부하들도 조각 부활술로 데려올 수 있다고 생각하겠지만, 그건 상당히 위험한 생각이다.

위드는 사막의 대제왕으로 있으면서 부하를 결코 인덕으로만 대하지 않았다. 마구 굴리고, 힘을 과시했다. 퀘스트에 쫓기다 보니 하루의 시간이라도 단축하기 위해서 부하 몇 명쯤은 가볍게 버렸다.

대제왕 위드에게는 철저히 복종하며 대륙을 휘젓고 다녔지만, 조각 부활술로 불러오면 상황이 완전히 달라진다. 사막 전사들에게 위드는 더 약한 자에 불과한 것이다.

"특히 위험한 몇 놈은 더러운 성질로 아르펜 왕국을 약탈이나 하지 않으면 다행일지도."

곰곰이 생각하던 위드는 결국 하벤 황궁 터 침공 계획은 포기했다.

헤스티거가 하벤 제국의 황궁 터로 가서 헤르메스 길드 유저들을 학살한다 해도 결말을 고려하면 결국은 그것도 위험한 선택이다.

최고 수준의 유저들 수만 명.

함부로 모습을 드러내지 않는 절대 강자들이 직업별로 구성되어 있을 뿐만 아니라 NPC 기사들도 발길에 차일 정도로 많이 있다.

반 호크를 상대했던 것보다는 훨씬 어렵겠지만, 헤스티거도 불사신은 아닐 것이다. 위드나 알베론이 옆에서 도와줄 수 있는 환경도 되지 못한다.

반 호크에 이어 헤스티거까지 헤르메스 길드의 고위 유저나 바드레이에게 당한다면 놈들에게는 그것만 한 희소식이 없다. 전설적인 영웅을 죽임으로써 군대의 사기를 높이고 제국의 권위를 높일 수 있는 것이다.

어쩌면 반 호크 때처럼 바드레이가 힘 빠진 헤스티거와의 전투에서 이겨서 또 많은 것들을 얻어 내게 되는 배 아픈 결과가 일어날 수도 있다.

하벤 제국군 입장에서는 대처만 잘 해낸다면 그야말로 굴러들어 온 돈뭉치일 수도 있는 것이다.

그리고 헤르메스 길드의 유저들 중에서 꽤 많은 숫자를 학살하더라도 당사자들이 페널티를 좀 입게 될 뿐 국가 전력이 크게 감소되는 게 아닌 점도 감안해야 했다.

결국 위드는 헤스티거를 데리고 다니면서 그동안 입은 손실을 보충하는 쪽에 집중하기로 했다.

사실 위드가 조각술의 비기들을 활용하며 불가능에 가까운 퀘스트들을 성공시켰지만 그로 인해 입은 레벨의 손해 또한 너무 막대했다.

"유린아, 다음 장소로 가자."

"응. 준비하고 있었어. 그림 이동술!"

던전을 격파하고 나가면 어김없이 유린이 있었다.

그녀는 퀘스트상 필요한 다음 목적지, 사냥터와 사람들을 미리 그려 놓고 그림 이동술을 사용했다. 위드와 일행이 도착만 하면 미리 완성한 그림과 같은 모습이 되어 순식간에 이동이 가능했다.

'악마의 스킬이다. 화가와 조각사는 진정 악마임에 틀림없다.'

'인류에게 사냥 인권 따위는 없는 건가. 나는 전투 노예란 말인가. 인간은 두뇌와 육체로 발전하는 게 아니라 정신력으로 버텨 내는 것이란 말인가.'

그렇게 밤샘 사냥을 마치고 일행은 마침내 모라타로 돌아오게 되었다.

남부 사막 지대에서의 연속 사냥, 전쟁, 밤샘 사냥까지 하고 난 후라서 정신적으로나 육체적으로나 완전히 녹초가 되었다. 지금은 레벨 2짜리 초보자가 나타나서 같잖은 칼로 위협하며 돈을 내놓으라고 해도 그냥 내주고 싶은 심정이었다.

대부분의 유저들이 하벤 제국과의 전쟁에 나서기 위하여 대지의 궁전이 있는 남쪽으로 이동한 탓에 모라타의 거리는 전에 없이 한가했다.

성문을 오가는 사람도 거의 없었지만, 곧 이러한 조용함도 잠시 동안의 기적처럼 느껴지게 될 것이다.

지금은 전쟁의 여파가 채 가시지 않은 데다 승리의 축제가 질펀하게 벌어진 직후의 고요한 시간. 그러나 곧 사람들이 떼를 지어 모라타로 복귀하고 로열 로드에 접속하게 되리라.

북부에서 시작하게 될 신규 유저들 또한 훨씬 더 많아질 것이다.

위드가 동료들과 함께 도착한 잠깐 사이에도, 아직 위험한 성문 밖으로 나갈 수 없는 초보 유저들이 사과 배달과 같은 퀘스트를 하기 위해 분주하게 돌아다니고 있었다.

도시의 활기.

주택들의 지붕에 앉아 있는 새들이 지저귀는 소리가 아침을 활짝 깨웠다.

시원한 바람과 따스한 태양, 꽃의 향기와 맑은 새소리를 들으면서 모험을 할 수 있다는 것도 로열 로드만의 대단히 큰 장점이었다.

"대제왕, 끝도 없는 몬스터를 향해 돌격하던 예전이 너무나 그립습니다. 지금은 너무 평화로운 것 같습니다."

"나 역시 그렇다. 미안하다. 사막에서는 닥치는 대로 쓸고 다닐 수 있었는데 말이다."

"많이 지치셨군요. 과거의 패기 넘치시던 대제왕의 모습을 보고 싶습니다."

"이 세상이 나를 소극적이고 얌전하게 만들었구나."

파이톤과 양념게장은 비몽사몽에 가까운 상태로 위드와 헤스티거를 보았다.

이 둘의 관계는 지나칠 정도로 비정상적이었다.

악랄한 사냥 중에 나누던 그들의 말도 안 되는 대화! 평생 악몽으로 찾아와 꿈자리를 뒤숭숭하게 만들 것 같았다.

동료들에게는 실로 육체의 피로에 이어서 정신적인 충격까지 안겨다 주는 내용이었다.

헤스티거가 마지막 작별 인사를 위해 위드를 향해 정중하게 무릎을 꿇었다.

"다시 모시게 되어서 영광이었습니다. 대제왕의 힘은 과거보다 많이 약해지셨지만 수많은 사람들이 대제왕의 이름을 부르고 있더군요. 여전히 대륙의 평화를 위하여 헌신하시는 그 모습에 진심으로 감동했습니다."

"음, 별거 아니다. 그저 바르게 살려고 노력할 뿐이다."

위드에게 가식이란 눈가에 붙은 눈곱을 떼어 내는 정도에 불과했다.

헤스티거는 고개를 돌려 모라타의 성문 부근을 한차례 둘러보았다.

"대제왕의 현명한 통치로 사람들의 얼굴에는 웃음이 가득합니다. 자세히 돌아보진 못했지만 이것이 우리가 꿈꾸던 왕국이로군요. 이 헤스티거, 평생을 다하여 주군을 모신 것을 후회하지 않겠습니다."

"그래그래."

"부디 평안하시기를. 그 앞에 거칠고 험한 길이 있더라도 이겨 낼 수 있으시기를."

헤스티거의 몸에서 반짝이는 빛의 가루들이 떨어지기 시작했다. 그러면서 강건한 육체도 점점 희미해졌다.

조각 부활술이 끝날 시간.

전쟁의 시대를 활보했던 영웅 중의 1명이 전설이 되어 완전히 사라지게 되는 순간이었다.

위드의 얼굴에는 흡족함이 가득했다.

과거의 부하를 현시대로 데려와서 온전히 잘 부려 먹었으며 마지막에는 칭찬까지 들었다.

'역시 나는 인덕이 있었어.'

더 이상 헤스티거가 얄밉게 보이지도 않았다.

'착하고 개념 있는 부하로군.'

조각 생명체들이 단 한 번도 들어 보지 못한 극찬!

희미해져 가던 헤스티거가 입을 열었다.

"대제왕이여, 마지막으로 드릴 말씀이 있습니다."

"말하라, 충성스러운 헤스티거야."

"일전에 제가 대제를 찾기 위해 떠난 여행을 말씀드렸을 것입니다."

"그, 그래. 들은 기억이 있다."

"요정들과 함께 방랑을 하면서 큰 발자국의 땅, 인간들에게는 거인의 땅으로 불리는 곳에 도착하였는데 먼저 도착한 모험가 로드시커를 만났습니다."

"호오, 로드시커를 정말 보았단 말이더냐."

모험가 로드시커.

사실 모험가 직업에서는 불세출의 영웅이라고 할 수 있는 전설적인 인물이었다.

베르사 대륙의 역사서에 보면 그는 온갖 희귀한 모험들을 해냈다. 실존이 확인되지 않은 바다 생명체들을 최초로 찾아내서 세상에 알렸으며, 알려지지 않은 땅에 대한 발견도 무수히 많이 했다.

생존과 길 찾기의 달인으로, 대륙 10대 금역에 전부 들어가서 무사히 살아 돌아온 것으로도 유명했다.

그가 기록한 모험 중에는 특히 믿기 어려운 것들, 지저 세계, 신비의 바다, 지옥 탐험도 있었다.

당시에는 귀족들조차 로드시커를 무책임한 허풍쟁이로 여겼지만 가끔 그가 구해 오는 물건은 실제로 세상에는 존재하지 않는 것들이었다.

그가 직접 쓴 책과 모험 기록들은 아쉽게도 대부분이 현재까지 전해 내려오지 않는다.

《모험가들이 길을 선택할 때 알아야 할 101가지 지식》.

《어린 새내기 모험가가 유언장을 쓰는 방식》.

《우리가 모험을 해야 하는 이유. 성공한 모험가만이 예쁜 여자를 만날 수 있다》.

이 세 가지의 책만이 모험가들의 필독서로 남아 있었다.

책을 읽기만 해도 길 찾기, 함정에서 피해 줄이기 스킬 숙련도를 대폭 올려 주었다.

모험가 길드에서는 로드시커의 행적이나 보물 창고, 새로운 기록 발견에 매우 큰 포상금과 보물을 걸어 놓을 정도였다.

위드의 눈에 순간적으로 탐욕이 어렸다.

'로드시커의 유품에 걸린 현상금이 자그마치 300만 골드가 넘는다는데… 거기다 세상의 모든 진귀한 물건들을 소유하고 있었다던데.'

욕심에 눈이 멀어 앞뒤 구분도 할 수 없는 상태!

"로드시커는 저와 함께 거인들의 땅을 돌아다녔습니다. 그리고 그곳에서……."

띠링!

"으윽. 감각이 희미해지는군요. 이만 떠나야 할 때가 되었습니다."

"안 된다. 300만 골드! 로드시커에 대해서 마저 말을 하고 가라!"

"대제왕, 시간이 없습니다. 알리움이라는 꽃을 들고 큰 발자국의 땅으로 가신 후에 붉은 비석을 찾으시면 나머지를 알 수 있을 것입니다. 그곳은… 어쩌면 대제왕을 기다리고 있을 것입니다."

띠링!

큰 발자국의 땅

세상의 끝을 넘어서 죽은 자의 손톱으로 만든 배를 타라. 신들의 영토 가까이 거인들이 살고 있는 곳. 붉은 비석에 로드시커에 대해 알 수 있는 단서가 존재한다.

시들지 않는 알리움을 가져가면 로드시커의 영혼을 깨울 수 있다.

난이도 : S

　　　　　모험가 전용 퀘스트

보상 : 연계 퀘스트 '로드시커의 약속'.

　　　　대서사시 '이 세계의 신화'로 연결될 수도 있음.

퀘스트 제한 : 로드시커에 대한 정보. 모험가 한정 혹은 극지의 탐험가 호칭 보유. 대륙 최고의 모험 명성.

"허억."

위드는 비로소 자신이 무슨 짓을 하고 있는지를 깨달았다.

'퀘스트다.'

조각술 마스터 퀘스트, 조각술 최후의 비기 퀘스트를 쭉 이어서 하느라 한동안 잊고 있었다. 그렇지만 자신은 원래 대륙을 떠돌며 온갖 생고생을 하지 않았던가.

'난이도 S급의 연계 퀘스트. 그리고 로드시커라면 아마도 모험가 마스터일 것이다.'

로드시커가 사망할 정도의 퀘스트라면 그 난이도는 아마도 끔찍!

모험가도 아닌 자신이 해결하려고 하면 어려움이 산더미 위에 다시 산더미가 쌓인 수준일 것이다.

모험가 퀘스트는 특별히 더 어렵고 머리를 써야 하는 경우가 많았다. 퀘스트의 올바른 단서들을 찾지 못하면 다음에 가야 할 곳이나 찾아야 할 물건도 알아낼 수 없다.

모험 전용 스킬들이 없으니 특정한 길을 빠르게 주파한다거나 몬스터들을 현혹시키고 은밀하게 잠입한다거나 하는 일도 불가능. 모조리 강행 돌파를 하거나 조각술 스킬들로 감당해야만 했다.

위드는 고생길이 탁 트인 활주로처럼 훤히 보이는 듯했다. 지금까지의 고생길만 잘 연결해도 명절에 차가 막힐 일도 없고 항공모함 몇 척 정도는 만들 수 있을 것이다.

'문제는, 그럼에도 불구하고 내가 해결할 수 있을지 모른다는 자신감이 생기는데.'

어떤 어려움이 다가와도 맨땅에서 부대끼면서 버텨 내고 노가다로 성장하면서 헤쳐 나갔다. 조각술 최후의 비기까지 끝낸 지금 퀘스트는 딱히 겁날 게 없다.

'스킬들을 활용하면 퀘스트를 적극적으로 수행하는 게 더 이익일지도 모르겠어. 정상적인 사냥으로 성장하는 건 한계가 있으니까.'

아직은 조각술 최후의 비기 스킬을 쓸 수 없지만 숙련도를 부지런히 채우면 시간 조각술도 조만간 활용이 가능해질 것이다.

하지만 그렇더라도 당분간은 위험천만한 모험을 사양하고 싶었다.

'잃어버린 레벨을 올려야지. 왕국 내정도 신경을 써야 되고. 할 일이 산더미야.'

불확실한 미래에 도전하기보다는 철밥통을 원하는 시대!

'뭐, 아쉽지만 기회는 끊임없이 있는 것이니까. 나 정도 명성이라면 말 몇 마디만으로도 왕국 규모의 퀘스트는 금방 얻을 수 있어. 큰 것보단 자잘한 거 여러 개가 더 낫겠지.'

위드는 빠르게 말했다.

"헤스티거야, 그런 이야기는 다른 사람, 예를 들어서 바드레이나 라페이 같은 녀석에게 하는 것이 좋겠구나. 이 시대에서는 꽤나 잘나가는 녀석들이다. 모름지기 진정한 영웅이라고 할 만하지."

그런데 헤스티거가 다행이라는 듯이 웃으며 말했다.

"대제왕께 부탁해서 안심이 됩니다. 제 말을 반드시 들어주시겠지요. 부디 로드시커의 염원을 꼭 이루어 주시기를."

─퀘스트를 수락하셨습니다.

"커어억!"

헤스티거는 땅과 하늘을 이어 주는 강렬한 빛과 함께 사라졌다.

"방금 뭐였지? 도시 내에서 텔레포트 마법을 쓴 거야?"

"아니야. 그보다도 훨씬 대단한 것으로 보이는데."

유저들과 주민들이 웅성거리며 모여들어 왔다.

위드는 사람들이 알아보기 전에 일행과 헤어져야 한다는 생각이 들었다.

"그럼 조만간에 또 뵙죠. 사냥할 일이 생기면 꼭 부르겠습니다."

"차라리 우릴 죽이시오."

"죽도록 열심히 사냥을 하고 싶으시다는 의지로 알겠습니다. 체력 관리 잘하시고, 건강하셔야 됩니다."

위드는 그 자리를 벗어나서 모라타의 골목길로 향했다.

거미줄처럼 복잡하게 이어져 있는 골목길.

모라타의 초창기에는 분수대가 있는 중앙 광장이 중심가였다. 와이번 광장, 빙룡 광장, 빛의 광장, 황소 광장을 토대로 도시가 대대적으로 확장되었지만 구도심 지역에 정신없이 이어진 골목길들은 여전했다.

싹 밀어 버리고 재개발을 할 수도 있었을 테지만 굳이 그러지 않았다.

'음, 뭐든 오래된 것들에는 사람들의 추억이 남아 있지. 사람들이 살아가며 새긴 흔적들은… 따뜻한 정이 붙게 되는 법이니까.'

비싼 집세 탓에 현실에서 그가 살던 곳은 주로 낙후된 지역이었다. 돌이켜 보면 환경적으로 그다지 살기 좋은 장소는 아니었어도 주민들 사이에 끈끈한 정 같은 것이 있었다.

몇십 년을 함께 살아왔으니 동네 사람들이 다들 아는 사이다. 노인들에게 음식을 해서 보내 주거나, 이웃집 어린아이들이 모여 공놀이를 하며 노는 광경을 흔히 볼 수 있었다.

그러다 재개발 열풍이 불면 다들 투기 욕심에 사로잡히게 되고 동네의 분위기도 삭막해진다.

재개발이 끝나고 난 다음에 아르바이트로 전단지를 돌리려고 간 적이 있었는데, 건물은 크고 깨끗해졌지만 예전에 지내던 사람들은 더 이상 살지 않게 되었다.

저녁이면 주민들이 모이던 큰 나무와 평상이 있던 자리에는 백화점이 들어섰고, 사람들과 함께 형성된 동네의 분위기나 특유의 정서라는 것도 사라져 버렸다.

그저 크고 깨끗한 건물들이 들어선 게 아니라 주민들을 갈아 내고 도시가 새롭게 바뀐 것이나 마찬가지였다.

다시는 예전의 느낌들을 찾지 못하게 되리라.

전봇대와 오래된 건물의 낙서도 사람들의 기억 속에서 떠나가게 될 것이다.

모라타에는 가능한 옛 거리를 그대로 남겨 놓고 싶었다.

문화는 억지로 만들어 내는 게 아니라 사람들이 자연스럽게 형성해 가는 것이므로 그 가치도 시간에 따라서 누적되어 간다.

'개발에는 돈이 많이 들기도 하지. 어차피 세금만 많이 내면 되잖아. 좁은 거리에 많이 모여 살수록 이득이야.'

모라타는 옛 거리와 판자촌, 세련된 상업 건물, 모험가들의 거주지 등 여러 형태의 모습들을 간직한 거대도시가 되어 있었다.

위드의 모험 경험으로 인해서 니플하임 제국, 아르펜 제국 건축양식의 건물들도 지어지면서 특징이 더해졌다.

상업의 중심이 되어 번성하는 중앙 대륙의 무역도시들과는 달리, 끝없이 유저들이 북적대고 성장해 가는 도시였다.

"이제 하벤 제국이 우릴 괴롭히지 않는 거야?"

"그럼. 놈들은 몽땅 전멸했다니까!"

"만세! 정말 이길 줄은 몰랐는데 끝내준다."

"내가 진작부터 앞으로는 북부의 세상, 아르펜 왕국의 세상이 활짝 열리게 될 거라고 말했잖아."

초보 유저들이 신 나게 떠들면서 거리를 돌아다니고 있었다.

위드의 초보자 복장은 모라타에서만큼은 너무나도 흔했고, 지금 그가 여기에 있으리라고는 누구도 생각하지 못했다.

위드는 사람들 사이를 지나서 흑색 거성으로 들어갔다.

왕궁이 무너지고 난 이후에 왕국의 내정을 확인하기 위해서는 흑색 거성이나 벤트 성으로 와야 했다.

"음, 마음의 각오를 단단히 해야겠어. 전쟁으로 인한 피해가 너무 크겠군."

일단 하벤 제국군은 물리쳤지만 아르펜 왕국이 입은 손실은 막대했다. 수십 개의 마을이 파괴되었고, 곡식을 심고 키워서 수확만 남겨 놓았던 땅은 그대로 황폐화되었다.

"정확히 알아봐야지. 내정 모드!"

아르펜 왕국

북부 대륙에서 넓은 영토를 다스리고 있는 왕국.

아르펜 왕국은 넓은 땅에 흩어져 살아가고 있는 주민들을 다스리고 있다. 고립되어 살아가던 주민들은 문화적인 교류와 몬스터 퇴치, 교역을 통하여 하나가 된 아르펜 왕국을 환영하고 있다.

마을들은 대부분 아직 크지 않으며 출생과 정착민들을 통해 적극적으로 인구를 늘려 나가고 있는 중.

하지만 다른 제국의 침략으로 인하여 주민들은 심각한 두려움에 떨고 있다. 왕국의 땅은 빼앗겼으며 주민들은 새로운 침략자를 통치자로 받아들였다. 아르펜 왕국의 있으나 마나 한 군사력은 전쟁에 별 도움이 되지 못하면서 불신을 크게 만들었다.

왕궁이 무너지고 난 이후 일부 마을은 자체적으로 치안을 유지하겠다며 독립을 선언했으며, 다른 마을들도 상황을 불안하게 지켜보고 있다.

주민들은 삼삼오오 모이면 모라타 특산 와인을 마시며 이야기한다.

"우리 왕국에는 많은 것들이 있어. 넉넉한 식량과 조각품, 미술품이 있지. 기술자들은 자기 분야에서 실력을 가다듬고 있어. 하지만 제일 부족한 것은 기사와 병사야."

"언젠가 이런 날이 올 줄 알았지. 우리의 국왕 폐하께서는 너무나도 적극적으로 개발 사업에만 몰두했어. 앞으로 살림살이는 나아질지 모르지만 우리는 당장 오늘이 불안해. 먼 미래의 목표가 무엇인지 모르지만 눈앞의 안전부터 생각해야 하지 않을까. 우리 모두가 포로가 되기 전에 말이지."

"전투에서 큰 승리를 거두었다고? 그거 다행이군. 그렇지만 우리가 편히 마음을 놓을 수 있는 건 아닐 테지. 적은 또 쳐들어올 수 있고, 우리 왕국은 제대로 된 군사력을 가지고 있지 못하니까."

전쟁이 완전히 종결되고 잃어버린 영토를 절반 이상 되찾기 전에는 지역에 대한 아르펜 왕국의 정치 영향력이 회복되지 않을 것이다.

프레야 교단은 왕국의 주민들이 가장 많이 믿는 종교이며, 풍요로움과 번영으로 인한 혜택을 각 마을들이 입고 있다. 하지만 전쟁으로 인해 불안해진 사람들은 여러 종교에 심취하고 있다.

국왕은 종교적으로 '신성을 받드는 왕'으로 존중받고 있다. 그의 신앙심은 완전무결한 수준으로, 조금의 의심의 대상도 되지 못한다.

국왕 위드는 매서운 추위에서 북부를 구했을 뿐만 아니라 대도시 모라타를 통하여 왕국을 스스로 일구어 냈다. 북부의 주민들은 자신들을 생존에 대한 불안과 굶주림으로부터 벗어나게 해 주고 생활을 안정시켜 준 국왕의 은혜를 잊지 않고 있다.

아르펜 왕국 주민들의 최근 성향은 안정과 풍요로움의 추구다.

제국의 침략으로 인한 공포가 널리 퍼지면서 교역과 생산에서 위축이 일어나고 있다. 공공시설과 예술에 대한 투자도 중단되었다.

왕국 내에서는 약 63개의 신생 도시와 마을이 성장하고 있다. 출생률은 새로 태어난 아이들에게 붙일 번호표가 부족할 지경.

아르펜 왕국의 수도 역할을 하리라고 기대했던 대지의 왕궁이 처참하게 부서지고 나서 많은 것이 엉망진창이 되기 직전이다.

군사력 : 13,389	**경제력** : 45,942
문화 : 41,030	**기술력** : 63,482
종교 영향력 : 84	
왕국 정치 : 45	**인근 지역에 대한 영향력** : 71%
왕국 발전도 : 77	
위생 : 43	**치안** : 81%

북부 지역의 주민들은 아르펜 왕국에 소속되어서 군사적으로는 불안하지만, 비참했던 과거를 떠올리면 아직은 더할 나위 없이 행복함.

평원과 황무지 · 범람 지역의 개간. 폐광 재개발이 활발하게 이루어지고 있음.

상인들의 적극적인 활동으로 교역 물량은 마차 생산이 뒤따라가지 못할 정도로 늘어나고 있다.

왕국의 도로 사정은 지방으로 갈수록 열악하다. 무역을 위해서는 안전하고 빠른 도로의 개설이 필수적. 최근 알카사르의 다리가 파괴되면서 상인들은 중요한 교역로를 잃었다.

지방 도시에서 상점을 열고 있는 상인이 말한다.

"요즘 시장의 분위기가 심상치 않아. 물건이 잘 팔리지 않고 있어. 이게 다 전쟁 때문 아니겠는가!"

"뭐, 더 나빠질 건 없지. 아르펜 왕국이 있기 전에는 다들 나무뿌리를 캐어 먹고 살았는데 말이야. 아직까지는 국왕 폐하를 믿을 만해."

"도둑들을 이대로 계속 놔둘 건가? 그들이 훔쳐 가는 물건은… 흠흠! 나도 잘 모르지만 어쨌든 계속 방치해 둔다면 규모가 큰 도적 떼가 나타나는 것도 금방일 거야!"

원양어업과 해상 교역을 통하여 새로운 섬 도시들이 계속 발견되고 있다. 먼바다로 떠나면 살아 돌아올 확률은 여전히 15% 이하에 불과해서, 숙련된 항해사와 선장은 항상 부족한 편.

항구 바르나에는 최근 이상한 소문이 돌고 있다.

"황금이야! 벨라스케스 해역 너머에 황금으로 이루어진 섬이 있다고. 내 말이 믿기지 않아? 나도 주워들은 것이라서 믿기진 않지만… 떠나 볼 생각이야. 세상에 황금이라니, 목숨을 걸 가치가 충분하지 않나?"

농업 분야에서는 농부들이 새로운 작물을 실험하고 있다.

"곡물 생산량은 충분해. 맛과 영양까지 고려한 신종 작물들을 재배해야지." 약초 재배에 성공한 농부들은 경작 지역을 크게 확대하고 있고, 최근 차 마시기 열풍으로 인해 찻잎의 수확량도 급증하는 중이다.

니플하임 제국의 유물과 흔적은 여전히 많은 모험가들을 나서게 하고 있다.

아르펜 왕국의 군사력은 시민들을 불안하게 만들었다.

소규모의 군대이지만 최근에는 진귀한 전쟁 경험을 겪었다. 기사들은 새로운 검술을 익히고 있으며, 기마술에도 능숙해졌다. 병사들은 큰 전투에서 살아남기 위해서 자신들의 역할에 대해 정확하게 인식했다. 왕국에 대한 높은 충성심으로 전국에서 병사가 되기 위한 지원병들이 늘어나는 중이다. 왕국의 도시 개발은 불안한 정세와 전쟁으로 인해 정체되고 있으며, 평화를 사랑하는 주민들은 가능하면 빨리 이 사태가 마무리되기를 바란다.

왕국 전체 인구 : 39,281,932.

매달 세금 수입 : 18,292,048.

왕국 운영비 지출 내역 : 군사력 32%, 기술 개발 6%, 경제 발전 26%, 문화 투자 비용 6%, 의뢰 및 몬스터 토벌 11%, 도로 개설 16%, 종교 3%.

군사력 : 기사 13,214명, 수련 기사 39,382명, 병사 538,102명.

아르펜 왕국의 군대에는 신입 병사들이 크게 몰리고 있다.
그들이 입을 갑옷과 방패, 창은 크게 모자라지만 아직은 상관이 없을 것이다. 어차피 신입 병사들은 몬스터들이 빼앗아 갈지도 모를 식량을 축내는 것 외에 할 줄 아는 것이 아무것도 없기 때문이다.
기사들은 다행히도 탁월한 용맹과 의지를 갖추었다. 그들은 위기에 빠진 왕국을 구하기 위해서 빛나는 검을 휘두를 것이다.

"으흠."

위드의 머릿속이 복잡해졌다.

설마 했지만 지난번에 내정을 확인했을 때보다 경제력이나 인구가 상당히 감소했다. 왕국 소속의 마을들이 이탈했기 때문이다.

세금 징수액을 바탕으로 투자되던 기술 개발이나 경제 발전 비용도 줄어들었다.

"하벤 제국의 침략 때문에 왕국의 내정이 악화되었군."

눈부시게 발전하던 아르펜 왕국. 그렇지만 전쟁의 여파가 왕국 전체를 뒤흔들고 있는 것이다.

마을 사이의 간격이 먼 아르펜 왕국의 특성상 정치력 상실로 잃어버린 영토도 대단히 넓었다.

북부에서 다른 왕국이 이탈한 마을을 넘겨받을 염려는 없으니 문화적·경제적인 교류가 계속되면 다시 아르펜 왕국 소속이 될 수 있다. 그렇더라도 당분간 몇몇 마을들의 세금 징수는 원활하지 않으리라.

"위대한 건축물이나 도로 개설도 늦춰지고 있고, 그나마 변화라면 군대의 강화인데…….'

아르펜 왕국에서는 전력으로 개발 사업에만 치중했다. 그런 덕분에 도시를 확장하고 위대한 건축물들을 마구잡이식으로 지어 댈 수 있었다.

위대한 건축물은 건설하기는 어려워도 일단 완공되고 나면 그 지역 전체를 발전시킨다.

아직 모라타를 중심으로 하여 벤트 성과 바르고 성채 등 몇몇 지역만 번화한 왕국으로 본다면 위대한 건축물이야말로 남들이 따라 하지 못하는 개발 정책의 원동력이라고 할 수 있다.

그런데 전쟁으로 인해서 위대한 건축물의 공사가 미루어지게 되었다.

도시가 빨리 발전하지 못하면 지금의 개발 속도를 유지할 수 없게 된다. 필요로 하는 자원을 채취하기 위한 광산 개발, 주민들이 살아가기 위한 도시 규모의 확대도 늦어진다.

위드는 국왕으로서 막중한 책임감을 느꼈다.

"흐음, 이 사태는… 어디서부터 손을 대야 하지?"

국왕의 권한으로 특정 지역에 집중적으로 개발 사업을 진행시킬 수도 있고, 군대와 주민들에게 강제적인 명령을 내리는 것도 가능했다. 방대한 아르펜 왕국을 발전시키기 위한 여러 조치들을 가동할 수 있었다.

위드는 내정 창의 국왕 명령 부분을 살폈다.

국왕의 칙령으로 왕국 차원의 무력과 경제력을 동원할 수 있다. 일종의 국가 퀘스트가 모든 국민들에게 부여되는 것이다.

왕국 차원의 몬스터 퇴치

최소 3만 명의 병사를 원정을 보내어 몬스터들을 소굴까지 확실하게 뿌리 뽑는다.

치안을 회복하기 위한 절대적인 방법.

병사들의 훈련도 겸할 수 있다.

소모 비용 29만 골드.

"아냐, 비싸. 넘어가자."

도적 떼 습격

도둑들은 은근히 보물을 많이 가지고 있는 부자다. 국가에 돈이 부족하다면 도적 떼를 목표로 삼는 것도 좋을 것이다.

치안을 확고하게 하고, 민심도 수습할 수 있다.

하지만 신출귀몰한 도적 떼는 어설픈 군대에 쉽게 당하지 않을 것이다. 정예 병력이 아니라면 병사들의 희생만 클 수 있다.

소모 비용 14만 골드.

"확실하지 않아. 웬만큼 레벨이 높은 유저들이라면 도적 떼 소탕 따위는 별로 좋아하지 않지. 그리고 아르펜 왕국에는 도적 떼가 그렇게 많은 편도 아닌데. 나중에 도적 떼가 부유해지면 그때 토벌을 해서 보물들을 챙겨야 돼."

마도학 연구

마법은 지고한 학문이다. 끊임없는 투자만이 마법을 발달시킬 수 있다. 왕국 내의 마탑들을 통해서 기존 마법의 위력을 강화하거나 새로운 마법을 연구할 수 있다.

학자들과 마법사들은 국왕이 미래를 내다본다면서 이 정책을 크게 반길 것이다.

소모 비용 최소 20만 골드.

"당장 효과가 안 나와!"

방벽 건설

몬스터나 다른 국가의 침략을 막는 장벽을 넓게 이어서 건설한다.

왕국을 안정시키고 주민들의 불안을 없애기에 매우 유용하다.

방벽을 따라서 요새를 지어 줘야 하며 군대가 주둔한다면 몬스터들의 침입과 약탈은 걱정하지 않아도 될 것이다.

소모 비용 최소 260만 골드.

"장벽은 무슨… 몬스터가 쳐들어오면 다들 열심히 때려잡으면 되지."

국왕이 칙령을 내려서 징병제를 실시하여 군대를 보충하는 것도 가능했다.

다만 왕궁이 붕괴된 이후이고 국가 명성이 떨어져 있어서 징병제를 강제로 실시할 경우에는 충성심과 치안의 하락이 더욱 크다.

군대를 유지하는 것도 만만치 않다. 입혀 주고 먹여 주고 재워 줘야 된다. 두둑한 봉급까지 챙겨 줘야 하며, 병사들이 죽거나 하면 사망 보상금도 지급해야 한다.

각종 훈련 시설의 설치는 물론이고, 몬스터 퇴치를 위한 원정이라도 떠난다면 자금 소모는 기하급수적으로 증가한다.

괜히 군대가 돈 먹는 하마라고 불리는 게 아닌 것이다.

뭘 해도 모조리 돈!

"통치란 정말 힘든 것이로군."

위드는 니플하임 제국이나 아르펜 제국의 건축양식에 따라 건물을 짓는 것도 가능했다.

모라타와 같은 대도시에 공중목욕탕이나 전차 경기장 같은 시설물을 지어 주면 주민들의 충성심이 오르며 상업 발달에도 약간의 도움을 준다.

그렇지만 왕국 규모 차원에서 본다면 건물 몇십 개는 지으나 마나였다.

왕궁이 파괴된 피해를 돈으로 복구하려고 한다면 천문학적인 금액을 필요로 한다. 아르펜 왕국의 규모가 크다 보니 위대한 건축물의 공사 재개를 비롯해 앞으로 지출해야 할 돈도 어마어마했다.

부족한 병력의 양성과 질적인 개선, 생산력과 경제력 확대.

그 무엇도 소홀히 할 수가 없었다.

하벤 제국과의 격차를 단기간에 따라잡는다는 건 현실적으로 어려움이 많았다.

"그렇다면 내가 할 일은… 그래, 왕국 개발을 본격적으로 추진해 보는 것이지."

위드는 결론을 내리고 나서 고개를 끄덕였다.

아르펜 왕국은 끊임없이 성장을 하다가 잠시 정체되었을 뿐이다. 눈앞의 사태에 초조해할 필요 없이 다시금 도약할 수 있으리라는 분명한 믿음이 있었다.

"나는 식물로 따지자면 잡초 같은 놈이지. 생물로 따지자면 바퀴벌레고."

잡초는 뽑아도 계속 생기기 마련이다.

바퀴벌레도 끝없이 번식하면서 살아간다.

일단 생겨나고 나면 답이 없다.

단 하나의 도시 모라타가 북부 전체의 왕국이 되었다.

군사력이라고는 아예 없이 프레야 교단에 의존하거나, 지금처럼 북부 유저들의 도움도 없이 폐허가 된 마을을 관리한 적도 있다.

어떤 상황에서도 지금보다 훨씬 유리했던 적은 한 번도 없었다.

물밑 작업

"정말 해냈군."

"우리에게 약속한 그대로요."

"그 이상이라고 봐야겠지."

"저 역시 충분하고도 넘치는 결과를 보여 줬다고 생각합니다."

로암과 군트, 미헬, 칼리스, 샤우드가 한자리에 모였다.

그들은 얼마 전까지만 하더라도 베르사 대륙에서 모르는 사람이 별로 없는 유명 인물들이었다.

로암 길드의 로암, 사자성의 군트, 블랙소드 용병단의 미헬, 흑사자 길드의 칼리스, 클라우드 길드의 샤우드.

거대 명문 길드를 지배하는 수장들이었기 때문이다.

그들은 연합을 맺었음에도 불구하고 하벤 제국에 대패한 이후 세력이 갈가리 찢겨 나갔다. 사람들도 그들의 이름을 금방 기억의 저편으로 넘겨 버렸다.

로열 로드에서는 너무나도 많은 일들이 벌어지고 있었다. 이미 헤르메스 길드에 산산조각 나서 더 이상 영향력을 발휘할 수 없는 이들을 기억해 줄 리가 만무한 것이다.

실제로도 라페이에 의해 척살령이 내려져서 그들은 대놓고 활동도 할 수 없는 신세였다.

사람들이 있는 장소에서 얼굴을 보일 일도 없었으니 금방 조금씩 잊혀 버렸다.

'나는 패배자다.'

'나비의 꿈에 불과한 일이었는가.'

'하벤 제국은 너무나도 강하다. 돌이켜 보면 나란 존재는 그저 꼭두각시에 불과했다. 그들이 모든 걸 손에 쥐고 있었던 것처럼……'

그들 자신들조차도 재기는 꿈도 꾸지 못했다.

길드는 해산되거나 추종 세력이 삼분의 일 이하로 줄어들었다. 유명한 길드원들 역시 헤르메스 길드의 무력 집단과 암살대를 피해 쫓겨 다녀야 하는 처지였으므로 깊숙하게 숨었다.

완벽한 패배 이후 하벤 제국이 그들이 보유하고 있던 영토와 도시들을 신속하게 접수하였기에, 다시 기회가 주어진다고 해도 재기란 불가능한 것으로 여겨졌다.

베르사 대륙이 흘러가는 것을 무력하게 지켜보고만 있어야 하는 그때 연락이 왔다.

전쟁의 신 위드.

아르펜 왕국의 국왕이며 바드레이에 견줄 수 있는 유일한 유저라는 평가를 받고 있는 사람의 연락은 가뭄의 단비였다.

'흠, 우리와 힘을 합치자는 제안이겠지. 마음에는 드는데, 하벤 제국을 막아 낼 가능성은 유감스럽게도 없다. 그렇지만 전쟁의 신 위드라면… 그 이름이 그냥 붙은 게 아니라는 걸 나는 겪어 봐서 안다.'

'내가 더 이상 잃어버릴 게 있나? 아무것도 없지. 지켜보고 결정을 내리면 된다. 그렇지만 위드라면… 음, 위드라면 말이지. 백분의 일의 가능성을 고려해서라도 쉽게 흘려들을 수는 없는 제안이다.'

'아르펜 왕국이 침략당한 건 그럴 수 있다고 치자. 근데 엉뚱하게도 하벤 제국의 황궁을 무너뜨려? 가만히 당하고 있지는 않겠다는 거겠지. 무자비하고 기가 막히는구나. 우리에게 했던 그 방식 그대로 헤르메스 길드에 되돌려줄 테지?'

하벤 제국의 황궁 붕괴 사건.

정확한 원인이 나오지 않은 지금 사람들은 위드의 행동으로 추측하고 있었다.

로암과 미헬은 마법의 대륙 출신 유저이기도 했다.

그 당시에도 엄청난 세력을 구축하고 마법의 대륙을 좌지우지하고 있었다. 그러다가 위드라는 인물에 대해서 알게 되었다.

"그런 놈이 있다고? 죽여. 건방을 떤 대가가 무엇인지를 알려 줘."

"얼마나 센지는 모르겠지만 말이야, 우리 영역 내에 들어왔으면 살려 보낼 수는 없다."

실제와 다름이 없을 정도의 완성도를 가진 가상현실인 로열 로드였다면 조금 더 신중했으리라. 그렇지만 마법의 대륙에서는 컴퓨터 모니터를 보고 캐릭터가 움직이는 것이기에 판단도 훨씬 즉흥적이었다. 레벨과 스킬, 기초적인 정보만을 전적으로 믿고 판단하면 된다.

그리고 벌어진 위드와의 전쟁!

뭐, 결과야 전쟁의 신이라는 별명을 만들어 줄 정도로 호쾌하게 패배하고 말았다.

전쟁의 진행에 있어서 위드는 너무나도 신출귀몰했고, 자신들은 벗어날 수 없는 함정들에 빠지게 되었다. 세력이 크다는 건 장점이지만 그만큼 지킬 것과 공격당할 지점이 많다는 단점도 되었다.

도시에서 벌어진 전투에서는 완벽한 은신술과 몸을 숨겨 주는 장비를 가진 위드를 잡아내기가 불가능했다.

위드가 던전에 있다는 소식을 듣고 길드에서 자랑하는

1,000명이 공격을 나갔다.

　다른 명문 길드들은 서너 번의 피해를 입으면 손을 떼어 버렸지만 로암은 자존심이 강했다.

　"제까짓 게 제법 강하다고 해도 인원수에는 당해 내지 못할 것이다."

　아직까지 파훼되지도 않은 위험한 던전임에도 불구하고, 보통 던전은 막혀 있는 곳이니만큼 쉽게 잡을 수 없는 절호의 기회라고 판단한 것이다.

　로암이 직접 이끄는 공격대는 몬스터와 함정에 시원하게 휩쓸리고 밟히고 나서, 위드에 의하여 전멸한 후 싹 털리고 말았다.

　던전은 이미 위드의 영역이었고, 몬스터 역시 그의 지배 아래에 있었다.

　죽기 전에, 로암은 납득했다.

　'강하다. 인정하지 않을 수 없군.'

　그동안 마법의 대륙에서 밝혀지지 않았던 기술과 깨지지 않았던 퀘스트들이 상당수 격파되었다는 걸 알게 되었다.

　단 1명의 개인에 의해서 처참한 피해를 입었으며 길드의 자존심은 우스갯거리가 되었지만, 어쨌든 좋은 승부였다고 생각했다.

　이때까지만 하더라도 위드의 거지 같은 성격을 쉽게 본 것이었다.

"안 그래도 스트레스 쌓이는 일이 많은데. 이놈들이라면 제법 싸워 볼 만하겠는데."

위드는 특별한 귀속 아이템으로 몬스터들을 휘하에 둘 수 있었다.

상상도 할 수 없는, 모니터의 지도 비율을 축소했음에도 불구하고 끝과 끝을 알 수 없는 몬스터 군단이 도시로 쳐들어왔다. 위드는 로암의 세력을 뿌리부터 뒤흔들어 놓았고, 아예 싹 몰살을 시켰다.

그 정도로 끝났다면 더러운 놈에게 잘못 걸렸다면서 치를 떨고 말았으리라.

그 땅에는 해소가 힘든 저주를 실컷 퍼부어 놓고, 인간들이 살아가지 못하는 몬스터들의 서식지로 삼아 놓았다. 로암의 세력권이 아예 사냥터로 바뀌어 버린 것이다.

로암은 억통이 터지고 억울했다.

"아니, 우리가 그놈한테 입힌 피해가 얼마나 된다고… 막 말로 그냥 가서 죽어 준 것밖에 없잖아? 우린 덤볐다가 싹 털리기만 했는데 이렇게까지 해야 했나!"

분노에 가득 찬 외침이었지만 마법의 대륙의 여론은 그에게 호의적이지 않았다.

로암 역시 그다지 좋은 영주는 아니었고, 사람들은 위드가 쓴 새로운 전투 신화에 열광하고 있었던 것이다.

전쟁의 신 위드, 절대 그를 건드리지 마라.

이 말이 사람들의 머릿속에 뚜렷하게 남게 된 계기였다.

그리고 이 정도 당했으면 보통 충분하지 않은가.

로암은 자신의 부하들을 이끌고 새로운 장소에 정착을 하려고 했다. 그런데 위드가 쫓아와서 로암과 부하들을 계속 몰살시켰다.

다섯 번 정도 죽었을 때는 화가 머리끝까지 치솟았으며, 죽음이 10회를 넘어갈 무렵에는 상종 못 할 적이라는 판단에 더 이상은 싸우고 싶지 않았다. 위드와는 그냥 적당히 화해하고 예전처럼 자신의 세력을 일으켜서 사람들의 존중을 받고 살고 싶었다.

20회가 넘게 자신과 부하들이 전부 몰살을 당하니 정말 이건 아니라는 생각이 들었다.

"절대 용서하지 못한다. 무슨 수를 써서라도 지옥을 보여주마."

약자로서 받는 고통이 무엇이란 걸 깨달았다.

자신이 가진 모든 걸 걸어서라도 위드를 파멸시키고 싶었다.

30회 이상 목숨을 잃고 나니 그때는 온몸에서 힘이 다 빠져나갔다. 삶에 의욕이 없었다.

그를 처리하기 위해 죽음의 신처럼 찾아온 위드에게, 처음으로 메시지 창을 통해서 말을 걸었다.

자연스럽게 말을 하면 되는 로열 로드와는 다르게 그때에
는 키보드로 타이핑을 해야 했다.

로암 : 도대체 우리에게 왜 이러는 것이냐! 이건 해도 너무하
지 않으냐. 아직도 분풀이를 원하는 것이냐?
위드 : ……
로암 : 무슨 말이라도 해라!

위드는 한참 동안 공격하지 않았다. 그러고 나서 채팅 창
에 글이 올라왔다.

위드 : 레벨이 높은 몬스터들을 만나기가 어렵다.
로암 : 설마… 우리를 몬스터처럼 생각하고?
위드 : 더 강하지 못해서 아쉽지만 좋은 몬스터.

레벨이 올라갈수록 적합한 사냥터가 계속 필요하다.

유저를 상대로 싸우는 일은, 위험하더라도 짭짤한 부분이
있었다.

로암과 그의 길드원들이 잔뜩 모여 있으니 여기야말로 훌
륭한 사냥터. 덤으로 전리품도 얻을 수 있으며 약탈할 보물
도 잔뜩 있지 않은가.

억울했음에도 로암은 먼저 고개를 숙였다.

　　로암 : 이제 그만하자. 평화롭게 살고 싶다.

　　위드 : 싫어.

　　로암 : 우린 더 빼앗길 것도 없다. 그리고 이만하면 충분하지
않은가?

　　위드 : 기분 나빠.

　　로암 : 어째서 기분이 나쁜 거냐. 우리가 너에게 잘못한 것도
다 지난 일이고, 앞으로 더 이상 어떤 악감정도 갖지 않겠다.
복수나 보복 같은 것도 전부 포기할 것이다.

　굴욕적이었지만, 얼마나 더 싸우고 싶지 않았으면 저런 말
까지 했겠는가.

　위드는 말이 없었다.

　그리고 약 30초가 지난 후에 메시지 창에 또 글이 올라왔
다.

　　위드 : 우리 집 월세가 올랐어.

　　로암 : 여기서 그게 무슨 상관?

　　위드 : 버스비도 올랐어. 배추, 양파도 작년보다 훨씬 비싸.
기분 안 좋다. 협상 결렬이다.

　　로암 : …….

로암은 위드의 의도를 알아내고 나서 판단을 내렸다.

'이놈은 악마다. 절대로 상종 못 할 악마.'

로암이 마법의 대륙을 접고 로열 로드로 일찍 이주하게 된 계기가 된 사건이었다.

로열 로드에서 성공적으로 정착을 하고, 로암은 대륙에서 한 손에 꼽히는 강자가 되었다. 로열 로드의 인기가 마법의 대륙보다도 워낙 커서 세력도 훨씬 크게 키웠다.

'어쭙잖은 약자들은 필요 없다. 확실하게 강한 이들로 길드를 구성해야 한다.'

로암 길드는 최고의 엘리트 정예 부대가 되었다. 지금의 헤르메스 길드처럼, 그때에는 로암 길드에 속한 것만으로도 큰 자랑거리였다.

그럼에도 불구하고 로암은 항상 신경이 쓰였다.

'그 악마 놈도 로열 로드로 오지 않았을까. 그놈이 왔다면 이미 상당히 강해졌을 텐데. 인정하고 싶지 않지만 그놈의 게임 감각 등은 탁월하다.'

마법의 대륙에서와 같은 일이 벌어지리라는 보장은 전혀 없지만 그럼에도 영원히 마주치고 싶지 않은 마음이었다.

'위드라는 이름을 주민들이 이야기하지 않는군. 명성이 없거나 로열 로드를 하지 않는다는 의미겠지. 아니야, 캐릭터 이름을 바꾸었을 수도 있으니까. 그래도 로열 로드는 엄청나게 넓은 곳이니 다시는 엮일 일 없을 것이다.'

그런데 한참 후 위드에 대한 소식이 들렸다.

　-프레야 교단의 의뢰 성공. 파고의 왕관을 위드라는 모험
가가 찾아냈다!

"에이, 아니겠지. 이름이 같은 놈이 한둘도 아니고."

　-불사의 군단 격파. 오크 카리취의 장대한 모험. 전쟁의
신 위드!

"크허억, 그놈이다!"
　그 후로 로암은 위드가 만들어 내는 모험담들을 경계하며
주시하고 있었다. 로암 길드에서 함께 당했던 동료들 역시
마찬가지였다.
　당시 로암 길드에서는 위드에 대한 대책 회의도 열었다.
　"그래도 다행이로군요. 우리 길드의 영역과는 먼 곳에서
활동하고 있으니까요."
　"음, 조각사라고 하는데 전투 능력에 대해서는 확인이 되
지 않고 있습니다. 마법의 대륙에서의 일을 복수할 기회가
아니겠습니까?"
　"우리가 당했던 만큼 백 배, 천 배를 더해서 앙갚음을 해
주지요."

로암은 망설여졌다.

마법의 대륙에서는 너무 제대로 당했다. 그 악마 같은 놈을 다시 건드리고 싶은 마음은 없었다.

"우리와 관계되지 않는 이상 길드의 전력을 낭비할 여력은 없다. 그렇지 않아도 우리의 적은 많으니 발전에 전념하자."

대부분의 명문 길드 출신들이 마법의 대륙을 경험했기에 알게 모르게 위드를 지켜보고 있었다. 그리고 위드의 모험이 계속 성공을 거두고 헤르메스 길드의 높은 콧대까지 짓누르는 걸 보며 가슴을 쓸어내렸다.

'악마 놈과 엮이지 않아서 다행이다.'

그 후로 위드는 기적적인 모험들을 계속 성공시켰지만, 멜버른 광산에서 바드레이에게 죽임을 당했다.

전투의 공정함 여부를 떠나서, 패배는 패배.

'위드라고 해도 세력의 힘 앞에서는 어쩔 수 없군.'

그때부터는 로암도 헤르메스 길드의 노골적인 야욕에 맞서 싸우느라 정신이 없어서 위드에 대해서 신경을 쓰지 못했다.

연합군까지 결성했지만 대패를 하고 완전히 모든 걸 잃어버렸다.

반면 위드는 조각술 최후의 비기 퀘스트를 완성하고, 하벤 제국군의 침략까지도 막아 내었다.

그 광경을 지켜본 로암으로서는 감개무량했다.

'역시 그냥 악마가 아니었다. 어지간히 독한 놈이야.'

북부 유저들이 위드를 신처럼 신봉하고 있는 광경도, 로암은 이성적으로 받아들이기 어려웠다.

위드라면 말로 설명할 수 없는 대단한 무언가가 있다는 건 틀림없지만…….

로암과 미헬뿐만 아니라 칼리스, 군트, 샤우드도 위드로부터 연락을 받고 나서 상당한 기대를 갖고 자리에 모였다.

한때에는 대륙의 일각을 지배하던 패자였지만 한 사람의 의견을 듣기 위해 자기들끼리 먼저 대책 회의도 열면서 기다리고 있는 것이다.

만약 위드가 손을 잡자는 제의를 한다면 최대한 좋은 대우를 받고 힘을 합치기로 합의를 봤다.

적어도 위드 바로 밑의 서열 정도는 자신들에게 챙겨 주어야 하며, 향후 하벤 제국과 전쟁을 벌여서 승리라도 한다면 자신들이 잃어버린 영토도 보상을 해 달라고 할 것이다.

"그런데 연락이 없군요."

"음… 시간을 정해 놓은 건 아니었으니 조금 더 기다려 봅시다."

"전쟁을 이겼으니 급히 처리할 문제들이 있겠지요."

전쟁이 끝난 직후에 바로 위드에게서 연락이 올 줄 알았다. 하벤 제국을 상대로 싸우기 위한 구체적인 작전을 듣고 가능성을 논의해 보고 싶었다.

그러나 몇 시간이 지나도 아무 소식이 없었다.

클라우드 길드의 샤우드가 탁자를 내리쳤다.

"빌어먹을! 우리가 여기서 그런 작자의 말이나 기다려야 하다니!"

샤우드는 과거부터 과격하고 야비한 성격으로 악명을 날렸다.

클라우드 길드는 일찍부터 상당히 많은 인원과 세력을 가지고 있었다. 길드의 힘을 키우기 위해서, 능력만 있다면 무작정 영입했다. 협박의 채찍을 휘두르고 보상의 당근을 흔들면서 중소 길드들도 하나의 깃발 아래 끌어들였다.

한때에는 대륙 최대 인원의 길드로 군림했지만, 헤르메스 길드에 대패를 한 이후에 산산조각 났다.

5대 명문 길드 중에서도 가장 초라한 신세로 변하고 나니 샤우드의 성격은 더욱 조급해지고 말았다.

사자성의 군트는 아무것도 아니라는 듯이 가볍게 웃었다.

"화를 낼 일이 아닙니다. 협상 전술의 일부라고 할 수 있겠지요."

"협상 전술?"

"일부러 기다리게 하여 상대를 초조하게 만든다, 그리고 협상 고지에서 유리함을 차지한다."

미헬도 동감한다는 듯이 고개를 끄덕였다.

"위드의 모험이나 전투 영상에서도 보지 않았습니까? 등장하기 전에 뜸을 들이는 것 하나는 일품이라고 할 수 있지요. 그리고 우리도 먼저 모여 있다 보니 이런저런 준비도 할 수 있으니, 꼭 나쁜 건 아니지요."

샤우드도 비로소 납득한 기색이었지만 표정에는 여전히 짜증이 어려 있었다.

"그렇더라도 기분은 더럽군요. 감히 우리를 우습게 보고 말이야."

"중요한 협상인 만큼 감정에 치중하기보다는 최대한의 이권을 얻어 내고 위험도는 낮춰야 될 것입니다. 우리는 지금 그것만 생각합시다."

"다 알아도 불쾌합니다."

"그런데 정말 우리가 힘을 모은다고 해서 헤르메스 길드를 억누를 수는 있을까요?"

군트는 회의적인 기색이 역력했다.

"아르펜 왕국은 우선 가능성을 보여 주었습니다. 물론, 침략은 물리쳤지만, 그게 헤르메스 길드의 전부는 아닐 것입니다."

연합군을 결성하고 자만에 빠졌을 무렵, 그들은 절대로 패배할 수 없다는 믿음을 가지고 있었다.

중앙 대륙의 삼분의 이에 달하는 세력.

고레벨 유저들도 헤아릴 수 없을 정도로 많았다.

헤르메스 길드, 하벤 제국군과 맞부딪쳐 보고 나서야 자신들이 얼마나 약하고 그들이 얼마나 강한지를 직접 경험하게 되었다.

특히 흑사자 길드의 칼리스는 헤르메스 길드에 대한 두려움이 컸다.

멜버른 광산에서의 패배 후에 헤르메스 길드는 흑사자 길드를 소리 없이 야금야금 먹어 치웠다.

장기간의 확실한 계획과 그것을 완전하게 실행에 옮길 수 있는 능력.

헤르메스 길드와 싸워 봤기 때문에 이 자리에 있는 모두는 그들이 얼마나 강력한지 잘 알고 있었다.

'그래도 황궁이 깨졌다. 하벤 제국의 통치 능력도 상당히 와해되었겠지. 중앙 대륙을 장악한 지 얼마 되지 않아서 치안도 열악하니 도처에서 반란군이 날뛸 것이다. 기회다. 당장 움직이고 싶을 정도로.'

'이런 곳에서 낭비할 시간이 없는데. 요새를 몇 개 빼앗고 헤르메스 길드에 반대하는 중앙 대륙의 유저들을 끌어모으면…….'

위드가 불씨를 살려 놓았지만 이번이 자신들에게 주어진 마지막 기회이기도 하다. 각 지역에서 병력을 이끌고 무장봉기한다면……!

헤르메스 길드와 싸우기 위한 방법들을 논의하기도 하고, 묵묵히 음식을 먹으면서 기다리기도 했다.

"심심한데 포커나 칩시다."

"뭐, 그러지요."

"우리가 이렇게 편안하게 기다리고 있을 줄은 모를 겁니다."

"협상 상대의 초조함을 이용하려는 어설픈 수작 따위는 느 긋하게 넘겨 버리지요."

하룻밤을 꼬박 새우고 나서도 위드로부터 연락은 없었다.

사실 위드는 화장실 들어갈 때와 나올 때가 다르듯, 이들에게 연락했던 것조차 까맣게 잊고 있었다.

"크크크, 으하하하하하!"

산적왕 스타이너!

그는 하벤 제국의 불행을 물을 만난 생선처럼 반가워했다.

"치안도 형편없고 고향을 잃은 유민들은 널려 있으니 산적 질을 하기에 이보다 더 좋은 환경이 어디에 있단 말인가."

북부 정벌군의 몰살과 황궁 붕괴 이후로 갑자기 영토 곳 곳에 반란군이 출현하며 하벤 제국은 군사적으로 무력화되었다.

"우리를 수탈하는 총독을 몰아내자!"

"톨렌 왕국의 시민들이여, 침략자를 무찌를 때입니다."

"무장 단체를 결성하고 제국과 싸울 용기 있는 자들이여,

뒷골목에 있는 오래된 폐가에 모이도록 합시다."

띠링!

독립 투쟁

라살 왕국의 정복자를 자처하는 하벤 제국은 지역 주민들에게 큰 고통을
안겨 주고 있다.
10대 금역 아베리안의 숲 근처에서 살아가는 라살 왕국민들은 외부의 침략
에 굴하지 않으며 욕심 많은 영주에 대한 투쟁 정신으로 유명하다.
지역 주민들을 도와서 하벤 제국의 군대에 대한 복수를 하라.
사람들은 이방인인 당신에게 믿음과 감사를 느낄 것이다.

난이도 : C
퀘스트 보상 : 지역 주민들의 깊은 애정, 저항군 출현, 저항군의 본격적인
　　　　　　　활동 연계 퀘스트로 이어지게 됨.
퀘스트 제한 : 지역 주민들과의 친밀도, 높은 신용.

"이거 말이지, 으음."

"유혹이 큰데 해 볼까?"

"아서라. 헤르메스 길드가 얼마나 독한 놈들인지 몰라서
그래?"

"그래도 연계 퀘스트잖아. 연계 퀘스트는 제대로 한번 붙
으면 보상이 끝내준다고."

중앙 대륙에서 활동하는 유저들은 저항군과 관련된 퀘스
트를 쉽게 접할 수 있게 되었다.

방법도 쉬웠다.

불만 많은 주민들에게 말을 건네며 하벤 제국에 대한 욕을

해 준다. 선술집에서 술꾼에게 술을 사 주는 정도로도 관련된 퀘스트가 등장했다.

구舊크로인 왕국의 영역에서는 좀 더 구체적인 퀘스트도 발생했다.

띠링!

크로인의 세금 수송 마차

세상에 완전한 비밀은 없는 법. 크로인 지역에서 거두어들인 막대한 공물과 세금이 무역선을 통해 벤사 강을 따라 이동하고 있다는 소식이 전해졌다.
용기 있는 자들이여, 무엇을 망설이는가?
호송대를 전멸시킨다면 막대한 돈과 보물을 얻을 수 있으리라.
하벤 제국에 대한 습격은 주민들의 열광적인 환영을 받을 것이다.

난이도 : C
퀘스트 보상 : 약탈에 성공하더라도 악명이 상승하지 않음. 징수한 세금을 다시 주민들에게 돌려주면 커다란 명성과 지역에 대한 통치 공헌도 획득 가능.
퀘스트 제한 : 하벤 제국으로부터 임명된 관리, 기사 등은 주민들의 의심으로 인해 퀘스트를 받을 수 없음.

"이건 하면 큰일 나겠다."

"왜?"

"우리 실력으로 퀘스트 자체는 어렵지 않을 것 같지만 100% 헤르메스 길드에서 척살령이 떨어지게 될 거야. 중앙 대륙에서 살아가지 못할걸."

"인생 뭐 한 방 아니야? 헤르메스 길드에서 우리 짓이라는

걸 꼭 알아내리란 보장도 없고, 정 사정이 불리해지면 북부
에 가서 살면 되지."

"북부라고? 흠, 어차피 북부에서 살고 싶긴 했는데. 텔레
비전에서도 매일 나오잖아."

"이런 퀘스트 성공시키고 간다면 북부에서는 영웅이야."

"고향을 떠나 먼 여행을 가는 김에 하벤 제국에 주는 선물
이라고 생각하면 되겠군."

"내가 말하고 싶은 부분이야. 바로 그런 정신이라니까."

중앙 대륙의 유저들은 마음이 흔들렸다. 그리고 도처에서
퀘스트를 받아 성공시키는 유저들이 등장했다.

헤르메스 길드의 힘에 눌려 고개를 숙이고 살아가던 유저
들.

그들이 곳곳에서 사건을 일으키기 시작했다.

헤르메스 길드의 선택

―백서른두 곳에서 반란이 발생했습니다.

―현지 병사들의 합류로 저항군의 규모가 확대되고 있는 중입니다.

―치안 공백 사태가 장기화되면서 드미트리 영주성에 있는 재물들이 전부 약탈당했습니다.

―주민들의 불만이 폭발 직전입니다. 그들은 통치자의 존엄을 무시하고 있습니다.

"이럴 수가. 이건 너무 심각하잖아."

"견고하던 우리 제국에 이런 일이 벌어지다니 유감이로군."

"이게 다 치안과 충성도를 낮게 유지했기 때문입니다."

"잘잘못을 따져서 뭣하겠습니까? 그리고 점령 지역의 치안과 충성도를 어떻게 높게 유지한단 말입니까. 갑자기 연달아 사고들이 터지는 바람에 벌어진 일인 것을요."

헤르메스 길드의 유저들은 부정적인 메시지들을 쉴 새 없이 받았다.

북부 정벌군 전멸에 이은 황궁 붕괴로 인하여 제국의 민심이 크게 동요하고 있었다.

평소에 제국의 통치가 확고했다면 이런 일도 벌어지지 않았을 테지만 시기상으로 중앙 대륙의 정복을 마친 지도 얼마 되지 않았다. 높은 세금과 자원 수탈, 징병제 유지를 위해서 각 지역들을 엄하게 다스렸던 하벤 제국의 정책이 최악의 대가로 돌아왔다.

헤르메스 길드에 가입된 유저들은 자기들끼리 모여서 이야기했다.

"우리 이러다가 망하는 거 아니야?"

"설마… 그래도 막강한 군사력이 있잖아. 수뇌부가 나서면 수단과 방법을 가리지 않고 자잘한 소란 따위는 금세 진압할 수 있을걸."

"제국이 흔들리더라도 바로잡을 수 있긴 하지. 우리 길드가 보통 강한 게 아니긴 하니까."

"난 우리 길드가 그런 점에서 마음에 들더라. 힘으로 안 되는 게 없거든."

헤르메스 길드 유저들은 군사력에 대해서는 의심하지 않았다.

자신들은 중앙 대륙을 통일했을 뿐만 아니라 남아 있는 군사력도 흘러서 넘칠 지경이다. 헤르메스 길드에 가입하여 내부적인 사정을 알고 나면 군사력 부분에 대해서만큼은 확실한 자부심을 가질 만했다.

"일반 유저들의 민원도 엄청나던데. 황궁이 무너지면서 중단된 퀘스트 보상을 해 달라고 난리야."

"그쯤이야 무시하면 되지. 그들이 감히 어떻게 억지로 보상을 요구할 수 있겠어?"

"약한 모습을 보이면 그동안 무시당했던 이들까지 분위기를 봐서 들고일어나게 되니까 말입니다. 저항하는 유저들을 상대로 강력한 힘을 보여 줘야 합니다. 모조리 때려잡읍시다."

헤르메스 길드의 유저들은 자기들끼리 정보망을 가동해서 피해 상황들을 확인해 보았다.

의외로 제국 곳곳에서 혼란과 반란이 벌어지고 있었다. 중앙 대륙을 통째로 다스리고 있는 만큼, 각 지역에서 벌어지는 혼란은 무시할 수 없을 정도였다.

하벤 제국이 고작 이 정도로 뿌리까지 흔들리는 것은 아니다.

낮은 치안과 충성도로 점령 지역에서 문제가 많이 발생하고 있었지만 하벤 제국의 경제력과 군사력은 반란을 억누르고도 남을 정도로 막강했다.

영주들이 거느리고 있는 군대, 제국의 정예군이 움직이면 어설픈 반란군 따위는 발붙이기가 힘들 것이다.

그럼에도 시기가 그다지 좋지 않았다.

중앙 대륙을 정복한 지 얼마 되지 않았다.

북부 원정의 실패와 황궁 붕괴로, 통치를 안정시키고 강화해야 하는 시점에 예측하지 못한 불안한 구멍이 크게 생겨나고 있었다.

라페이와 바드레이는 그 시간 25명의 핵심 영주와 지역 총독 등을 포함한 수뇌부를 데리고 원탁회의를 열었다. 이들이야말로 실질적으로 하벤 제국의 방침을 결정할 수 있는 이들이었다.

라페이는 한동안 얼굴을 감싸 쥐었다.

'너무 방심했다. 확실히 이길 수 있는 전쟁이었지만, 통치 부분의 약점은 고려를 했어야 했다. 황궁이 무너진 것도, 베르사 대륙에서는 어떤 일이라도 벌어질 수 있다는 부분을 간과한 결과다.'

하벤 제국은 건국 이래 최대의 비상사태였다.

아르펜 왕국과의 전쟁에서의 패배, 갑작스러운 황궁 붕괴까지 벌어졌으니 중대한 사안들에 대한 대책 마련을 위한 회의를 열었음에도 쉽게 결론을 낼 수가 없었다.

그들에게는 실시간으로 제국의 피해 상황이 보고되었다.

아직 상상을 초월하는 엄청난 피해가 일어난 것은 아니지만 도처에서 반란군이 속출하면서 크고 작은 혼란이 발생했다.

"아르펜 왕국을 즉각 정벌합시다! 그들을 놔둔다면 하벤 제국을 우습게 아는 자들이 더 늘어나게 될 것입니다."

"으음, 지금 시점에서의 전쟁이란 것은… 병력을 재편성해야 하고 보급 부대도 추가로 파견해야 한다는 문제가 발생합니다. 갑작스러운 물자의 부담에, 여러 부분에서 무리가 생길 겁니다."

전쟁을 일으켜서 끝장을 보자는 의견에 아크힘은 탐탁지 않은 표정을 지었다.

북부 원정은 막대한 인원의 병력과 보급 물자, 재정을 소모하게 된다. 하벤 제국에는 그 이상의 여력이 충분하지만 그렇다고 해서 낭비해도 될 처지는 아니었다.

헤르메스 길드의 개국 공신이나 세력가, 전쟁 영웅 등이 핵심 영주나 지역의 총독으로 임명되었다.

그들의 입장에서는, 길드 차원의 결정이라면 따르겠지만 선후를 따지자면 안방에서 벌어진 혼란의 수습부터 먼저 해야 했다. 설혹 북부를 정복한다고 해도 자신들에게 주어지는 대가부터 고려해야 하는데 지금으로서는 크게 내키지 않았다.

또한 핵심 영주들은 헤르메스 길드의 상위권 서열로서 내부의 비밀들을 상당수 알고 있다.

라페이는 어느 순간 이후 건국에만 공을 들이지 않았다.

세력이 중앙 대륙을 제패하는 것이 당연해진 이후부터는 장기간의 통치와 유지에 큰 초점을 맞추고 행동했다. 이른바 제국의 오랜 건재를 위한 통치 비책들이 마련되어 가는 과정에 있다.

하벤 제국이 준비하고 있는 숨겨진 힘에 대해서 대략이나마 알고 있는 핵심 영주들과 총독들의 입장에서는 라페이와 바드레이의 결정을 느긋하게 기다렸다.

"그냥 가서 당장 박살을 내죠. 제가 선봉에 서겠습니다. 바드레이 님께서 중앙군을 지휘하시면 가볍게 정복할 수 있지 않겠습니까!"

다리우스가 다시 한 번 강력하게 주장했다.

그는 로자임 왕국에서 시작한 유저로, 이카 길드의 마스터로 활동했다. 그러나 너무나도 나쁜 평판 때문에 고향을 떠나 중앙 대륙으로 와서 인맥과 뇌물을 통해 헤르메스 길드에 가입했다.

로열 로드에 그가 쏟는 정성은 대단한 것이라서, 길드의 지원을 받으면서 빠르게 성장했다. 다른 사람들에게는 어떻게 대하든 자기 편 부하들을 다룰 줄도 알아서 제법 세력도 형성하게 되었다.

그렇더라도 그의 지위와 영향력이 수뇌부 회의에 참석할 정도까지는 아니었지만, 바드레이라는 특별한 연줄을 잡고 있었다. 바드레이를 위한 사냥터를 잘 준비하고, 간과 쓸개까지 몽땅 꺼내 줄 듯 비굴하게 굴었기 때문에 자리가 보장되었다.

헤르메스 길드에서는 다리우스처럼 아무 때나 꺼내서 휘두를 수 있는 칼도 필요했던 것이다.

강경파와 온건파!

전쟁을 즉시 벌이자는 의견과, 제국의 혼란부터 수습한 후에 정복하자는 의견이 팽팽하게 맞섰다.

라페이는 이제 결정해야 할 때라고 느꼈다.

"전쟁은 신중하게 결정해야 되겠지요."

그가 말을 시작하니 회의장은 조용해졌다.

"아시다시피 그리고 지금도 계속 보고가 들어오고 있지만, 하벤 제국은 내부에 예상 밖의 심대한 타격을 입고 있습니다. 당연히 이겨야 될 전쟁에서 북부 원정군의 중요한 일각이 전멸하였고 우리의 자존심이라고 할 수 있는 황궁도 무너져 버렸습니다. 통치의 근간이 되는 핵심 건물인 황궁의 파괴는 생각 외로 전 지역에 걸쳐 엄청난 피해를 주고 있군요. 지금의 이 사태는 빨리 수습하지 못한다면 우리가 짐작하고 있는 이상으로 커질 수도 있을 것입니다."

수뇌부 회의라고 해도 진행을 주도하는 것은 여전히 라페이였다. 그는 대륙 전체에 퍼져 있는 정보부의 보고를 바탕으로 현재 상태를 파악하고 앞날을 예측한다. 발언권과 권한에서, 라페이는 바드레이와 함께 헤르메스 길드의 정책을 좌우할 수 있었다.

　영주들과 총독들은 속으로는 고개를 갸웃하면서도 일단 긍정했다.

　'아직은 숨겨진 힘을 드러내진 않겠다는 뜻이로군.'

　'그것들을 일찍 공개한다면 역효과가 없진 않을 테니까. 그것까지 쓴다는 건 최악의 경우에나 가능한 일.'

　라페이가 무겁게 말을 이어 갔다.

　"각지에서 일어난 반란군으로 제국 내부의 치안은 앞으로 더 하락할 것입니다. 그리고 우리가 가지고 있는 악명. 평소에는 악영향이 있더라도 어쨌거나 무시했던 부분입니다. 그러나 반란군이 생겨나면, 그리고 조기에 진압하지 못한다면 상당히 걷잡을 수 없는 결과가 초래될 것입니다."

　중앙 대륙은 넓다. 반란군이 대도시와 요새를 점거하진 못하더라도 제국 전체로 본다면 상당한 혼란 요인으로 작용할 수 있다. 반란군이 계속 늘어난다면 국력의 손상이 계속 심해지는 것이다.

　그러나 라페이가 이에 대비하지 않을 리가 없다는 것을 모두 알고 있었다.

"그럼에도 불구하고 다행히 우리는 사용 가능한 많은 수단을 가지고 있습니다. 제국의 틀에서 벗어나 독립한 도시들을 군사적으로 탈환하는 거야 쉬운 일이고, 한 지역에서 잃어버린 경제력은 다른 곳의 성장을 통해 만회할 수 있습니다. 단, 우리가 전쟁을 완전히 포기하고 전력을 다해서 제국의 혼란을 수습하려고 할 경우입니다."

라페이는 바드레이에게 고개를 돌렸다.

"만약 출진을 하여 아르펜 왕국과 결전을 하겠다면, 하벤 제국의 국력은 대륙 통일에 모든 초점을 맞춰야 할 것입니다. 그 대신 지금의 혼란은 쉽게 수습할 수 없는 국면까지 번질 수도 있습니다."

가만히 지켜보고만 있던 바드레이가 입을 열었다.

"전쟁이냐 복구냐, 그것이 관건이라고 할 수 있겠군."

"그렇습니다. 전쟁을 선택한다면 이번에는 바드레이 님이 아르펜 왕국으로 친정을 나가셔야 합니다. 북부의 저력이 만만치 않다지만 사실상 지난번 정도의 병력으로도 전술을 조금만 더 잘 세우고 냉정하게 대처했다면 정복하기에는 충분했을 것입니다. 하지만 하벤 제국의 위엄을 알리려면 승리와 관계없이 이번에는 더 많은 고급 병력을 끌고 가야 합니다."

"고급 병력이라면……."

"헤르메스 길드 유저들의 절반 그리고 하벤 제국군 절반 정도면 되겠지요. 위드와 북부 유저들이 어떤 수단을 쓰더라도 전부 초토화시키고 쓸어버릴 수 있을 것입니다."

"너무 많은 게 아닌가?"

"모라타와 주요 도시들을 폐허로 만들고 나서 끝까지 저항하는 이들을 남김없이 뿌리 뽑기 위해서는 그 정도의 군대는 필요할 것입니다. 그리고 최대한 짧은 시간에 해내야 합니다."

순간 사람들의 머릿속에 하벤 제국군의 병력 구성이 스쳐 지나갔다.

이번에 전멸한 병력은 170만 정도.

하벤 제국에는 수많은 성과 도시가 있으며, 영주들은 기사들을 거느리고 있다.

중앙 대륙에서 기사단을 키운 영주들이 많으니 영토 전역에서 병력을 모집한다면 이 정도의 병력은 쉽게 채울 수 있다. 정복 전쟁이 막 끝난 후라 하벤 제국의 체제가 대부분 군사적으로 갖춰져 있기 때문이었다.

그렇지만 대규모 군대의 원정은 제국의 치안을 더욱 악화시킬 것이며, 생산 활동이 가능한 주민들을 강제로 징집하면 경제력 감소와 충성심 저하라는 이중고를 겪게 된다.

현시점에서 막대한 물자의 소모와 경제적 후퇴는 헤르메스 길드의 영주들이 원하는 바가 아니었다. 가뜩이나 소속 왕국 멸망과 정복으로 인해서 중앙 대륙의 주민들이 안정을 찾지 못하고 있는데 그들을 또다시 흔들게 되는 꼴이다.

베르사 대륙에서는 소문만큼이나 무서운 것이 없다.

모험가 중의 누군가가 업적을 달성하더라도, 마법사가 새로운 마법을 개발하더라도, 주민들의 입을 통해서 사방에서 튀어나오게 된다.

하벤 제국에 대한 평판이 떨어졌을 때 반란군이 출현하거나 주민들이 반발하면 도저히 억제할 수가 없을 것이다.

대대적 징병을 통한 전쟁은 내정에서의 엄청난 손실을 발생시키고 결과적으로 지금보다 통치가 힘들어지리라.

하지만 바드레이의 마음은 전쟁 쪽으로 기울었다.

"복구는 천천히 하더라도 전쟁을 해서 아르펜 왕국을 확실히 멸절시켜 버리는 편이 낫지 않겠는가? 대륙의 완전한 통일 위업을 빠르게 달성하면 얻는 가치도 클 것이다. 더 이상의 반대 세력이 자라나지 못하도록 뿌리째 뽑아 버리는 격이니까."

헤르메스 길드의 유저들은 그 말에 공감하며 고개를 끄덕였다.

앞으로 헤르메스 길드는 베르사 대륙의 유일무이한 최강의 단체로 남게 될 것이다. 북부에서 유저들의 최후의 저항마저도 무력화시키고 나면 그 이후로는 아주 오랜 기간 헤르메스 길드의 독보적인 지배 체제는 넘볼 수 없도록 강력해진다.

당분간 제국의 내부가 흔들리더라도 그만한 가치는 틀림없이 있었다.

"어느 쪽이 좋다고 말하기는 어렵습니다. 만약 수습과 복구를 선택한다면 그사이에 아르펜 왕국도 발전을 할 것입니다. 그리 길지는 않겠지만 그들에게도 약간의 시간을 주게 되겠죠. 반면 전쟁을 선택해서 대규모 병력을 북부로 보낸다면 제국 내의 혼란을 조기에 수습하지 못해서 예상보다 문제가 많이 생길 것입니다."

"구체적으로 어느 정도의 문제가 생기겠는가?"

"제국이 정복 전쟁을 마친 지 얼마 되지 않은 시점입니다. 영토를 안정시키지 못한다면 저항군이 급속하게 세력을 불려 나갈 것입니다. 안 그래도 우리에게 패배한 적은 많습니다. 우리의 혼란을 기회로 볼 것입니다."

"그들에게는 전쟁을 통해 확실하게 패배감을 심어 주었을 텐데."

"물론입니다. 후속 대책으로 그들의 힘을 분열시키고 일부는 흡수하기까지 했으니, 지금까지는 그래서 잠잠했습니다. 하지만 기회와 가능성이 보인다면 그들 역시 당연히 반란을 일으킬 것입니다. 패배한 적들이 각지에서 들고일어나고 이를 조기에 진압하지 못한다면… 북부를 정복하고 나서도 기나긴 내전을 치러야 할지 모릅니다. 정말 최악의 경우에는 정복 지역들이 파괴되고 주민들이 감소하여 빈껍데기만 남게 되어 제국의 국력이 절반 이하까지 떨어질 수도 있습니다."

"그렇게까지 될 수 있다면 어려운 문제군."

하벤 제국이 안정을 찾아야 할 시점에 바드레이가 대규모 원정을 떠난다면 반감을 갖고 있는 적들에게는 기회를 주게 된다.

북부 대륙에서도 이미 사분의 일에 달하는 매우 넓은 영토를 점령했기 때문에 주요 지역마다 상당한 병력을 지속적으로 주둔시켜야 했다. 중앙 대륙이 흔들리면 북부 역시 어떤 식으로든 다시 반발을 할 테고, 베르사 대륙 전체에 하벤 제국이 자리 잡기 전처럼 혼란이 찾아올 수도 있다.

그렇게 되면 베르사 대륙의 모든 주민들과 유저들이 하벤 제국을 적대하게 될 것이다.

헤르메스 길드의 전력이 아무리 대단하다고 해도 모든 유저들을 적대할 수는 없다. 또한 일이 그렇게까지 진행된다면 길드 내부의 반발 역시 극심해질 것이다.

크레볼타가 머리 아프다는 듯이 고개를 흔들었다.

"건국보다는 수성이 어렵다고 하더니 벌써부터 정말로 그렇군."

"돌을 하나하나 쌓아서 거대한 탑을 만드는 건 시간이 오래 걸릴 뿐 쉽지만 무너지는 것은 한순간입니다. 다만 그렇더라도 상황이 그렇게 나쁜 것만은 아닙니다. 여전히 우리는 상황을 주도하고 있고 치명적이거나 중대한 피해를 입진 않았습니다. 우리에게는 선택권이 있습니다. 앞으로의 미래는 우리가 결정하게 되겠지요. 그리고 어떤 선택이든 장단점이 있으니 대처하여 부작용을 최소화하면 됩니다."

헤르메스 길드의 수뇌부 중에는 강경파도 많았다.

현재는 제국의 공작의 지위에 임명된 카이저처럼, 중앙 대륙을 정복하면서 여러 개의 왕국을 순식간에 휩쓸어 버렸던 군단장 출신도 있다.

그럼에도 선뜻 어느 선까지 벌어질지 모르는 혼란을 감수하면서까지 전쟁을 하자고 이야기하는 이는 없었다.

하벤 제국은 이미 엄청난 위업을 달성했다.

다스리는 영토의 넓이, 인구, 경제력, 기술력, 군사력까지 전부 대륙 최대다. 민심이 흔들려서 지금까지 이룬 성과들을 내전으로 날려 버릴 수 있다는 부분은 그들의 아킬레스건이었다.

모두가 장기간의 집권과 안정된 통치를 원하고 있었다.

헤르메스 길드가 하벤 왕국을 차지하고 가열하게 대륙으로 정복 전쟁을 나설 때의 마음과 지금은 또 다른 것이다.

라페이가 마련한 제국의 비책이 있다지만 그것은 숨겨 놓아야 하는 힘. 전술적으로나 전략적으로나 정말 위기가 닥쳤을 때에나 꺼내서 쓰기 위하여 봉인해 두어야 했다.

바드레이가 문득 물었다.

"복구를 선택한다면… 그 이후는?"

"제국 내부를 철저히 안정화시킬 것입니다. 악화된 치안을 수습하고 다시는 저항군이 생겨나지 않도록 주민들의 충성도를 올려서 통치를 강화하게 될 겁니다. 힘으로만 밀어붙이지 않고 당근도 주어야겠지요. 중앙 대륙은 문물이 많고 경제력이 융성한 지역입니다. 지금은 전쟁으로 많이 피폐해져 있습니다만 적극적으로 재건 정책을 써서 다스리면 앞으로 경제력을 몇 배나 부강하게 만들 수 있습니다."

"단기간의 이익은 복구 쪽이 더 크겠군. 북부 정복은 명예롭고 잠재적인 적의 세력을 소탕한다는 장점이 있어도, 지켜야 할 것들은 더욱 많아지니."

로열 로드를 일찍부터 시작한 유저들은 처음 베르사 대륙에 들어왔을 때 이미 번영하고 있던 중앙 대륙 왕국들을 보고 경험한 바 있다.

명문 길드들이 성과 도시에 자리를 잡고 생존과 약탈을 위해 군사력 우선 정책을 펼쳤다. 그들이 연달아 전쟁을 벌여서 경제와 기술이 많이 퇴보한 데 대한 아쉬움을 누구나 가졌다.

"하벤 제국의 잠재력은 무궁무진합니다. 혼란 상태가 끝나고 발전 계획들이 본격적으로 추진되면, 정복 지역들도 과거의 발전도를 되찾고 주민들의 충성심도 올라가게 됩니다. 우리의 통치는 장기간 동안 안정적으로 지속될 것입니다."

라페이는 말을 하면서도 씁쓸했다.

긍정적인 전망을 이야기하고 있긴 하지만, 북부를 정복하고 나서 이러한 안정화 작업을 진행했다면 더욱 좋았으리라.

바드레이가 고개를 끄덕였다.

"안정화와 발전. 대륙 통일은 그 후로 미루는 편이 객관적으로 봐서 올바른 선택일지도 모르겠군."

"그렇게 볼 수도 있을 것입니다. 현시점에서 북부를 정복한다고 하더라도 완벽한 통일은 아니고 동부와 남부, 서부도 남아 있으니까요. 그때까지는 대륙 정복이 끝난 게 아닙니다. 물론 북부가 무너지고 나면 나머지는 시간문제이긴 합니다만."

수뇌부는 한동안 생각에 잠겼다.

'발전과 혼란. 확실한 것을 놔두고 북부까지 정복하기 위하여 지금 출진을 한다는 것은… 제국이 무너지진 않겠지만 불안하다.'

'정복. 정복이다. 저항하는 놈들 따위는 모조리 다 때려잡으면 된다. 헤르메스 길드의 힘을 보여 주자!'

'중앙 대륙의 영광을 되살리는 것은 시기를 떠나서 꼭 필요하지. 그리고 내가 영주로 있는 지역은 치안이 낮아서 저항군도 만만치 않다. 나중에는 진압을 하더라도 피해가 막심할 것이다. 제국의 영광보다도, 내가 손해를 입고 싶지는 않은데.'

'하벤 제국은 무엇으로도 쓰러지진 않겠지만 굳이 불리한 길을 선택할 필요는 없겠지. 혼란이 수습되고 약간의 시간이 지나고 나면 아르펜 왕국 따위는 우습지도 않으니까. 뭐, 지

금도 제국 내부의 문제만 아니라면 군사적으로는 상대할 가치도 없겠지만.'

'위드. 끝까지 골치를 썩이고 있군. 지긋지긋한 놈. 진작 죽였어야 되는데.'

수뇌부에서는 아르펜 왕국이 시간을 벌더라도 발전을 해 봐야 얼마나 하겠냐 하며 무시하는 분위기가 팽배했다.

실제로 모라타의 기적이라고 일컫는 발전 속도는 대단하긴 했지만, 어느 정도 성장이 이루어진 이후에는 느려지게 된다.

반면 하벤 제국은 초기의 각 왕국들의 경제력을 복구하기만 하더라도 지금의 3~4배는 강력해진다. 애초에 경쟁 대상이 아니라고 여기고 있었다.

더군다나 북부 정벌군의 성과로 이미 아르펜 왕국의 영토 사분의 일 정도를 하벤 제국에서 정복했다. 왕궁도 파괴되었으니 절대 그들의 피해가 적다고 할 수도 없는 상황.

명예와 자존심이 문제였지, 아르펜 왕국을 적수로 생각하지 않는 것은 너무나 당연했다.

새롭게 자유도시들의 영주가 된 스탕달이 물었다.

"만약 복구를 선택한다고 하더라도 아르펜 왕국을 그냥 놔둘 수는 없지 않습니까?"

"물론입니다. 약간의 대비책을 마련해 놓겠습니다. 북부 정벌군이 실패하긴 했지만 공적까지 없었던 건 아닙니다. 현재 점령한 영토를 그대로 유지하면서 군사훈련도 벌이며 압박을 줄 것입니다. 아르펜 왕국으로서는 그것만으로도 상당한 부담이 되겠지요. 상인들의 교역도 단절시킬 것이고, 북부로 통하는 교통망도 차단할 것입니다. 철저한 고립이 이어지면 지금처럼 빠르게 발전하긴 힘들 것으로 봅니다."

헤르메스 길드에서 대부분의 전략은 라페이의 머릿속에서 나온다. 라페이는 어떤 선택을 하든 후속 대책을 가지고 있었다.

하벤 제국의 발전과 아르펜 왕국의 발전, 나아가서는 추후의 전쟁까지도 고려해야 하는데 일단 시작 단계가 다른 만큼 국력 경쟁의 승리에 대해서는 어느 정도 확신하고 있다. 하지만 어떤 결정이 구체적으로 얼마만큼 더 이득이 일어날지는 미래를 예측해야 하는 부분이므로 알지 못한다.

더구나 본인 혼자만의 생각으로 하벤 제국을 움직일 수는 없다.

헤르메스 길드는 방대한 세력이다. 이런 큰 결정을 하기 위해서는 사람들의 의견을 일치시키고 동의를 구해야 했다.

바드레이가 수뇌부와 눈을 마주친 후에 결단을 내렸다.

"전쟁은 잠시 뒤로 미룬다. 지금은 혼란을 복구하고 제국을 강화시킨다."

"예, 알겠습니다."

유병준은 바드레이를 만나기를 포기하고 자신의 연구실로 돌아왔다.

"지금은 아르펜 왕국의 승리로 끝이 나는군."

예상 밖으로 아르펜 왕국이 하벤 제국의 침략을 잘 막아 낸 것이다.

"위드 그놈이 또다시 불리한 상황을 극복해 버리다니…….결과적으로 행운도 따르는군. 물론 그렇다고 크게 바뀐 것은 없겠지만."

대륙의 지배자는 결국 바드레이가 될 가능성이 높다. 하지만 위드에게도 기회가 남아 있는 것 또한 사실이다.

유병준은 모니터를 통해 하벤 제국 수뇌부의 회의를 보며 적지 않게 실망했다.

"대륙을 정복한 이후에도 충분히 통치를 강화할 수 있을 텐데. 미래는 알 수 없다지만, 완벽하게 안정적이고 확실한 선택이 있을까? 헤르메스 길드가 강하다고 해도 적이 그렇게나 많은데."

–헤르메스 길드에 대해 반감을 가진 이들의 숫자를 확인해 볼까요?

"그럴 필요 없다."

–분석을 취소합니다.

헤르메스 길드는 전쟁을 벌이고 계속 이겨 왔다. 적을 잘 파악하며 전투를 벌여서 승리하는 한편 힘을 축적해 왔다.

아르펜 왕국을 보며 사람들은 기적과도 같은 발전이라고 말하지만 그게 전부만은 아니다. 헤르메스 길드가 하벤 왕국의 수많은 길드 중의 하나에서 제국으로 성장한 것도 대단한 일이었다.

라페이와 바드레이가 아니었다면 누가 그 많은 경쟁자들을 제치고 지금의 영토를 지배하였겠는가.

텅 빈 땅이었던 북부에 자리를 잡은 아르펜 왕국보다도 오히려 어려운 측면이 확실히 있었다.

적들을 공략하고 세력을 확대하는 데 보인 능력만으로도 라페이와 바드레이 역시 충분히 영웅이라고 부를 수 있다. 장기적인 관점에서 통치 이후까지 준비하는 것도 훌륭하다고 칭찬할 만하다.

"처음부터 바드레이가 직접 북부로 가야 하는 거였는데. 하벤 제국은 넘치고도 남을 정도로 충분한 전력을 보냈지만 완벽하진 못했지."

약간의 방심과 작은 실수.

그것이 아르펜 왕국에 시간을 주었다.

유병준은 앞으로의 미래가 어떻게 될지는 두고 봐야 알 일이라고 생각했다. 그러나 역사가 뜻대로만 흐르는 경우가 과연 어디에 있었겠는가.

베르사 대륙에는 바드레이와 위드만이 있는 것이 아니다. 수많은 유저들이 스스로의 역사를 만들어 갈 것이다.

"이게 우리에게 주어진 마지막 기회요."

"동감입니다. 하벤 제국이 흔들리고 있는 지금이야말로 우리가 다시 자리를 잡을 수 있습니다."

"세상의 두 축이 하벤 제국과 아르펜 왕국으로 구분될 수 있습니다. 그때가 되면 우리의 뜻에 동참할 사람들이 줄어들겠지요."

"늦기 전에 나서기로 한 건 잘한 일입니다. 중앙 대륙은 본래부터 우리의 것입니다."

로암, 군트, 미헬, 칼리스, 샤우드.

그들은 함께 모인 이후로 중앙 대륙의 혼란에 대해 꾸준히 정보들을 모았다. 그리고 결국 얼마 남지 않은 동료와 부하들을 통하여 하벤 제국의 혼란기를 틈타서 세력을 확보하기 위하여 나서기로 했다.

"바랑 기병대에도 아는 사람이 있어서 연락을 해 봤는데 우리에게 동참하기로 했습니다."

"고마운 일이로군. 그들이라면 큰 힘이 될 거요."

"모를랑 삼각지를 다스렸던 아시리움 길드도 나서기로 했습니다."

"한동안 소식을 듣지 못했는데, 아직도 건재했던 겁니까?"

"모험을 하면서 지냈다고 하는데, 과거의 전력을 그래도 상당히 가지고 있는 모양입니다."

한때나마 대륙을 대표하던 길드들의 수장이었던 만큼 자신들의 인맥을 통해 뜻을 함께할 동료들을 모았다.

대륙의 유저들은 하벤 제국의 위력에 굴복하였다. 반감을 가지고 있어도 풀어낼 길이 없었는데 기회가 보이니 한꺼번에 일어서기로 한 것이다.

"헤르메스 길드의 정보력은 대단합니다. 우리의 결의가 알려지기 전에 거사를 치릅시다."

"내일 저녁, 오데인 요새를 시작으로 잃어버린 영토를 놈들의 손에서 되찾도록 하지요."

"전투는 해당 지역을 다스려 본 이들이 이끌면 효과적일 것입니다. 이 방식에 동의하지 않는 분 계십니까?"

"불만 없습니다."

"그럼 시작하지요."

이른바 대반란의 날!

하벤 제국 요새들 열세 곳이 불시에 기습을 받아서 반란군에게 영토를 빼앗기고 말았다.

착취의 시작

"이번에는 실패가 없어야 한다."

"확실하지요. 완벽합니다."

테로스는 동료 6명과 최정예 NPC 용병 50명을 데리고 던전 내부로 들어갔다.

개개인이 유명한 별명을 가졌을 정도로 로열 로드에서도 실력만큼은 최고로 손꼽히는 그들.

한때에는 대륙 10대 길드 중의 하나로 불렸으나 벨소스 왕의 무덤을 잘못 발굴하다가 대륙에 무더위를 일으켜서 몰락하고 말았다. 그 후로 북부에서 차가운장미 원정대에 끼었다가 배반을 했지만 또 실패.

진홍의날개 길드는 소속 유저들이 이탈하며 산산조각 나

서 테로스와 몇 명만 남았다.

사실 그들은 악명과 함께 평판이 추락하여 어디로도 가지 못하는 처지였다.

중앙 대륙의 명문 세력들은 헤르메스 길드에 박살이 났고, 평범한 무리와는 레벨 차이 때문에라도 어울리지 못했다. 테로스와 동료들은 어쩔 수 없이 그들끼리 북부를 떠돌며 모험과 여행을 하다가 퀘스트를 받아들였다.

> **별과 달의 비밀**
>
> 신비로운 베르사 대륙에 대해 얼마나 알고 있는가? 많이 알고 있거나, 무지하더라도 상관이 없다. 지금부터 당신이 알게 되고 경험하는 모든 일들은 새로운 것이 될 테니.
> 무헤자딘 지역으로 가서 땅에 새겨진 알 수 없는 형상들을 찾아라.
> 별에 대한 단서들을 찾으면 다음의 비밀을 알 수 있을 것이다.
>
> **난이도 :** S
> **보상 :** 연계 퀘스트로 이어지게 됨.
> **퀘스트 제한 :** 1,000 이상의 지식.
>   장거리 여행 경험.

"연계 퀘스트!"

"그것도 난이도가 엄청난데."

벨소스 왕의 무덤 사건도 있었기 때문에 테로스는 거절하려고 했다.

"우리에게는 다른 일도 있어서 할 수 없겠군요."

"이런 빌어먹을!"

"괜찮아요. 이 퀘스트는 놔두었다가 정보들을 모으고 몇 달쯤 뒤에나 들여다보도록 해요."

"꺼억!"

그렇게 진행하게 된 연계 퀘스트.

베르사 대륙을 헤매면서 별과 달에 대한 비밀을 찾게 되었다.

별이 떨어진 땅을 찾기 위해서 미지의 지역으로 목숨을 걸고 떠나야 했고, 대지에 새겨진 비밀이라고 했으면서 바다를 유랑하게 되기도 했다.

하벤 제국에서는 대부분의 선단들을 상인과 군인이 운영한다. 모험용 배를 빌리기가 어려웠지만, 아르펜 왕국의 항구도시 바르나에서 모험가 직업을 가진 선장을 찾을 수 있었다.

"우히힛, 범선에 삼각돛을 4개나 달다니. 이제 드디어 원양항해를 떠날 수 있게 되었다. 왕새우 떼에 의해 격침되는 일이 다신 벌어지지 않을 것이야."

"흠흠, 저기요, 우리를 지도에 나와 있는 곳으로 안내해 주실 수 있겠습니까?"

"음, 여기요? 대충 알 것 같은데요. 지골라스로 가는 해류를 따라서 항해를 하면 지름길이에요."

"저기, 지도를 거꾸로 들고 계신데요."

"…아항! 원래 바다에서는 지도를 여럿이서 보다 보니 거꾸로 보는 데에도 익숙해요. 걱정 마세요."

여자 선장 외눈 후크를 따라서 17일간의 긴 항해를 했다.

폭풍을 가로지르고 돌고래 떼를 만나기도 하였으며 물 위로 솟구치는 식인 상어들의 구역도 지났다. 하필이면 배가 암초에 걸려서 밤새도록 상어들로부터 위협을 받았다.

그리고 도착한 섬에서 달의 운석 파편을 발견한 후에 항구 바르나까지는 닷새 만에 돌아왔다.

"으하하하, 제 항해술은 역시 대단하네요."

승선한 인원들은 어처구니가 없는 노릇.

'이 짧은 거리를… 순풍이 아닌데도 금방 왔네.'

'바다의 위험 지역은 전부 다 거쳐서 도착했던 거야.'

테로스는 고개를 절레절레 저었다.

"아무튼 무사히 돌아왔으니 됐어."

육지에 도착하니 삶이 이렇게 감사할 수가 없다. 진홍의날개 길드가 무너진 이후로 관대해진 테로스였다.

게일, 데인, 플라인, 마커, 프시케, 바스텐과 함께 연계 퀘스트들을 연속으로 격파했다.

과거였다면 몸을 사리기 위해서라도 참여하지 않았을 퀘스트였지만, 모든 것을 걸고 모험을 하다 보니 상당히 재미가 있었다.

무엇보다도, 까딱하면 목숨이 간당간당해지고 한 치 앞도 내다볼 수 없으며, 약간이라도 삐끗하면 지금까지의 모든 고생이 수포로 돌아가는 것은 물론이고 최악의 저주까지 받게 될지도 모르니 집중력이 달라졌다.

신비로운 은하수를 보면서 지식과 지혜를 얻었고, 달빛 아래에서 매력이 증가되는 보상도 얻었다.

"위드는 이런 느낌을 항상 받고 사는군."

"인생을 색다르게 느끼게 해 주는군요. 베르사 대륙에 대한 인식이 달라졌습니다."

모험 중간에는 행운도 있었고, 동료들의 희생도 발생했다.

진홍의날개에서 돌격대장을 하던 바스텐과 마녀 프시케, 암살자 데인의 죽음.

그럼에도 결국은 극복하면서 마지막까지 왔다.

소용돌이치는 땅의 구멍으로 들어왔다.

"우린 해내지 못하겠지."

테로스의 말에 데인이 맞장구를 쳤다.

"아마 그럴 겁니다."

"이 대륙을 망가뜨릴지도 모르지."

테로스의 말에 이번에는 바스텐이 깊은 한숨을 내쉬었다.

"더 먹을 욕도 없지 않습니까."

실제로 그렇다. 진홍의날개가 벌인 두 번의 실수는 정말 끔찍하게도 치명적이었다.

"방송국들은?"

"연락을 했습니다. S급 난이도의 연계 퀘스트라니까 깊은 호기심을 드러냈습니다. 방송 결정도 났습니다."

"출연료 부분은……."

"예전보다 조건은 나빠졌습니다만 액수로는 훨씬 많습니다. 출연자에 대한 대우가 좋아진 것입니다."

달빛
조각사

"로열 로드의 인기가 높으니까 그렇겠지."

시기적으로도 전쟁이 끝난 이후에 첫 번째로 큰 모험이라서 더욱 그랬다.

테로스는 그 부분에서 만족했다. 모험가들이 희박한 가능성을 좇아서 대륙을 떠도는 이유는 성취감 때문도 있겠지만 명성이나 경제적인 보상도 배제하지 못한다.

마녀 프시케가 담담하게 말했다.

"그럼 우리 죽으러 가죠."

위드는 전쟁을 통해 얻은 전리품을 판매하기 위해 모라타에서 가장 큰 상점으로 들어갔다.

"요즘에는 이상하게 파리들만 들끓는군. 손님, 무엇을 하러 오셨습니까?"

"물건들을 팔려고 합니다."

"오, 지금 팔려는 것이 무기요, 아니면 방어구요? 요즘은 무엇이든 손님들이 못 사서 안달이지. 상태가 많이 불량하더라도 수선을 해서 사용할 수 있을 정도면 되거든. 나머지야 구매자들이 조심해서 쓰는 수밖에 없지."

"무기와 방어구, 둘 다 섞여 있습니다."

위드는 말을 하며 상점을 쭉 훑어봤다.

모라타의 빙룡 광장 부근에 있는 대형 무기점.

평소에는 분주하게 물건들을 구경하는 사람들로 가득 차 있었을 무기점이지만 지금은 고작 6명이 서성이고 있었다.

모라타 밖으로 멀리 여행을 떠날 수 있는 유저들은 대지의 궁전으로 몰려가고, 지금은 도시를 나갈 수 없는 초보자들만 남아 있는 것이다.

그들은 위드가 들어온 것을 보고도 잠시 눈길을 주다가 말았다.

"저 날카로운 단검 진짜 사고 싶다. 저걸로 쿡 찌르면 사냥은 금방인데."

"전사라면 대검이 최고지. 몬스터들이 다가오지도 못해. 파이톤 님의 전투 영상은… 캬아!"

"체력이 금방 빠지잖아. 우리가 사용하기엔 아직 무리야."

"나중에 돈 많이 모아서 사 버려야지."

초보들은 진열장을 들여다보며 진지한 대화를 나누었다.

"어디 꺼내 보시오. 기대는 별로 하지 않지만 물건이 좋다면 가격은 정직하게 쳐주지."

상점 주인의 말에 위드는 계산대 앞에 배낭을 올려놓았다.

꽈아아앙!

둔중한 강철 더미가 떨어지는 소리가 났다.

초보 2명이 고개를 돌려서 위드를 쳐다보았다.

"사냥 많이 해 온 모양이네."

"저런 거 실제로는 얼마 안 돼. 무릇 고수라면 무게 감소, 부피 감소가 되는 마법 배낭은 기본이라고 할 수 있지. 마법 배낭이 없으면 2시간도 사냥 못 해."

"좋은 배낭은 무게를 얼마나 줄여 주는데?"

"놀라지 마. 15배짜리가 있어."

"끝내준다! 하루 종일 사냥해도 되겠네."

"방직 기술로 유명한 모라타에서도 최고의 재봉사인 드라고어 님이 만들어서 그 정도 마법을 부여할 수 있지. 진짜 최고급은 20배를 줄여 주는 배낭이라는데, 거의 전설의 등급이라서 구하기가 어렵지. 드라고어 님의 작품만 하더라도 이미 부르는 게 값이야."

위드는 초보들의 이야기를 들으면서 태연하게 배낭에 손을 넣어서 아무 무기나 꺼냈다.

"일단 하나씩 계산해 주세요."

"알겠네. 음… 품질이 기가 막히군. 칼날의 예리함이 무쇠를 사과처럼 자를 수 있을 정도야. 모라타에서 장사를 하면서 이런 귀한 물건은 몇 번 본 적도 없어. 가격은 2만 골드면 적정하다고 볼 수 있겠소."

"이 방패는요?"

"크으, 손실 하나 없는 깔끔하고도 완벽한 제품이군. 도대체 이런 물품은 어디서 구했소?"

"방패에 손상 안 입히고 죽이느라 신경을 좀 썼는데, 상태가 괜찮죠?"

"뭐, 이건 볼 것도 없이 3만 5천 골드가 적정가라고 할 수 있지."

초보들의 눈이 휘둥그레 뜨였다.

상상도 할 수 없는 거금.

모라타의 상점에서 통상적으로 거래되는 물품들이 몇백 골드 정도였다.

고급품의 경우에는 수만 골드를 호가하기도 하지만, 그런 물품의 거래가 그렇게 자주 흔하게 이루어지는 건 아니다. 상점용 무기와 방어구에는 대개 한계가 있었고, 레벨이 높고 희귀한 제품들은 암암리에 거래되는 탓이다.

"도대체 누구야?"

"방금 방패를 꺼낸 저 배낭도 보통 물건은 아닌 것 같은데."

위드는 주변에서 뭐라고 하거나 말거나 배낭에서 제품들을 계속 꺼냈다.

"낙인의 철퇴! 상대방에게 영원히 철퇴에 대한 공포감을 심어 준다고 하는 명품 중의 명품! 완벽한 보존 상태를 가지고 있는 제품을 직접 눈으로 보게 되다니, 4만 3천 골드는 기꺼이 드리겠소! …오오오오, 진정 꿈인가 생시인가! 대륙에 10개밖에 없는 보검 아르겐스타를 보게 되다니! 가격은 7만 골드. 그렇지만 정말 팔아 준다면 8만 골드도 드리겠소. …

마녀의 공격을 막고 걸린 저주를 적에게 되돌려준다는 이 특별한 갑옷이라면 가격을 책정하기가 어려울 정도군. 쓸 수 있는 사람이 많지 않아서 제값을 지불하긴 힘들지만 9만 골드는 기꺼이 내놓아야겠지. …으아악! 명인의 별 목걸이! 대장장이, 재봉사를 따지지 않고 구하려고 안달이 되어 있는 보물! 꼭 팔아 주시오. 가격은… 도대체 얼마를 원하는지 먼저 말해 보시구려. 상점을 팔아서라도 지불을 해야겠소."

위드가 내놓는 아이템 중에 싸구려는 없었다.

최소 몇만 골드에 달하는 특상품!

어느새 초보자들은 입이 함지박만큼이나 벌어져 있었다.

이미 매대에 올라온 물품들의 금액만 하더라도 감히 엄두가 안 날 정도의 고액인데 배낭에서는 계속 나오고 있었다.

"누, 누구야?"

"어디 보물 창고라도 털었나?"

"아냐. 저 적인의 허리띠는… 방송에서 본 적이 있어."

"나도 알아. 세상에 하나뿐인 거잖아. 헤르메스 길드의 기사단장 데비스가 퀘스트를 통해서 얻은 물건이야."

위드가 꺼내 놓는 물품 중에는 알아볼 수 있을 정도로 유명한 것들도 흔했다.

"훔친 거면, 도둑이야?"

"잃어버렸다는 이야기는 못 들었어. 누가 헤르메스 길드 유저가 가진 물건을 훔치겠어?"

"어, 그러고 보면 데비스는 어제 벌어진 전쟁에서 죽었는데……."

"그럼 저 사람의 정체는……."

순간 초보들은 침묵에 잠겼다.

무언가 떠오르기는 했지만 상대가 너무나도 엄청난 인물이라서 감히 말이 나오지 않았다.

위드는 배낭에서 줄잡아 100여 개의 물품을 꺼내고 나서 상점 주인에게 물었다.

"다 해서 얼마요?"

"어디 보자, 계산이 복잡해서… 잠시만 기다려 주십시오, 손님. 그러니까 지금 내놓은 물건을 전부 판매하시겠다고 하면… 총합은 326만 골드가 되겠습니다."

하늘을 날아온 빙산에 얻어맞은 듯 충격적이고 어이없는 가격!

위드는 눈을 가늘게 떴다.

'생각보단 저렴하군. 역시 도매가는 어쩔 수가 없나.'

자고로 상거래에서는 제값을 받거나 바가지를 듬뿍 씌워야 마땅하지만 지금은 상황이 심상치가 않다.

북부에서는 농업이 일찍부터 발달한 덕에 식료품의 가격은 상대적으로 저렴하게 유지되었지만 무기 및 방어구와 같은 장비들은 상당히 고가에 거래되고 있었다. 모라타 시절부터 유저들의 폭증 현상이 쭉 벌어지면서, 생산량이 수요를 도저히 따라가지 못하는 현상이 고질적으로 이어진 것이다.

특히 고급 물품들은 부르는 게 값이라고 할 정도로 비싸게 판매되는 실정이었다.

위드가 전투에서 헤르메스 길드 유저들을 해치우고 얻은 물품들도 원래대로라면 얼마든 비싸게 처분할 수 있었다. 광장에서 다른 유저들에게 판매를 하거나, 경매를 이용해도 좋다.

그런데 지금은 전쟁이 막 끝난 특별한 시점이었다.

헤르메스 길드 유저 3만 명, 하벤 제국군이 전멸하면서 그들이 소유하던 무기와 방어구가 전리품의 형태로 엄청나게 떨어졌다. 일반 무기와 방어구의 시세를 단기간 흔들어 놓을 수 있는 정도로.

특히 고급품은 급격한 가격 하락을 피해 갈 수 없었다.

위드는 상점 주인을 향해 묵직하게 목소리를 깔았다.

"그 정도 가격이라면 적절하지만, 앞으로 꾸준한 거래를 하기 위해서 일부러 찾아오게 되진 않을 것 같군요."

"손님, 어디를 가셔도 이보다 더 높은 가격을 받긴 어려우실 겁니다. 자고로 거래란 비싸게 파는 것만이 중요한 게 아니라 사람을 사귀어야 하는 것이니……."

"됐소. 모라타에는 다른 상점도 많으니 그곳으로 가겠소."

위드는 물건을 챙기기 시작했다.

상인들의 흔해 빠진 이유 따위 들어 줄 수는 없는 노릇!

물론 이조차도 다 계산된 행동이었다.

"좋습니다, 손님. 성격이 급하신 분이로군요. 이런 제품이라면 거래를 하는 저희 상점에도 도움이 될 테니 값을 올려 드리죠. 전부 판매하시는 조건으로 347만 골드에 매입하겠습니다."

-1차 흥정이 성공하셨습니다.
엄청난 이익을 얻을 수 있습니다.

"으아악, 말 한마디에 엄청나게 가격이 오르다니!"

"평생 먹을 보리 빵 값을 벌었어. 대단하다."

초보들이 눈을 빛내며 지켜보고 있었다.

"어떻습니까, 손님. 파시겠습니까?"

위드는 손으로 턱을 만지면서 잠깐 고심하는 척했다.

일반적으로 상인 직업이 아니라면 1차 흥정의 성공만으로도 대박이었다. 상업에는 인맥과 회계 스킬이 필수적으로, 무리하게 가격을 올려 받으려고 한다면 거래 자체가 깨지고 만다.

'그래도 이 정도에 만족할 수는 없지.'

이 가격이라면 마판을 통해서 처분하더라도 충분히 받을 수 있다. 굳이 모라타의 상점으로 직접 온 것은 그 이상을 받을 수 있기 때문!

"아르펜의 백성이여, 고생이 많다."

"예? 손님, 갑자기 무슨 말씀이십니까?"

"너처럼 본업에 충실한 이들이 자기 분야에서 열심히 일을 하고 있으니 아르펜 왕국이 계속 성장하고 있는 게 아니겠는가."

"갑자기 왜 그런 말씀을… 서, 설마!"

상점 주인은 위드의 얼굴을 뚫어져라 쳐다보더니 놀라서 무릎을 꿇었다.

"폐하! 이제야 알아보고 미천한 백성이 인사드립니다. 일찍 알아차리지 못한 죄로 저를 죽여 주시옵소서!"

위드는 당연한 반응이라는 듯이 고개를 끄덕이며 말했다.

"미리 말하지 않은 짐의 과오이니 어서 일어나라. 그대가 나의 지위를 생각하여 편하게 거래를 하지 못할까 걱정되어서였다."

"아닙니다. 저처럼 멍청한 인간은 죽어야 합니다. 감히 이 땅을 지배하는 분을 바로 알아보지 못한 죄를 어떻게 용서할 수 있겠습니까. 폐하의 존엄을 널리 알리기 위해서라도 경비병들로 하여금 제 목을 치도록 명령하시옵소서."

2차 흥정의 무기는 상점 주인을 상대로 권위 앞세우기!

처음으로 귀족이 된 유저들은 할 일 없이 마을을 돌아다니면서 NPC를 만나러 다니기를 즐겼다.

"영주님의 은총으로 하루하루 먹고살고 있습니다."

"저희를 돌봐 주셔서 정말 고맙습니다. 집에 키우는 닭이

낳은 달걀인데, 가져가시겠습니까? 저희는 그냥 굶으면 됩니다."

영주로서 주민들로부터 대접을 받는 재미가 쏠쏠하다.

이벤트가 자주 발생해서 명성을 늘릴 수 있고, 치안 강화, 주민들의 충성도 상승도 가끔 이루어졌다.

위드는 아르펜 왕국의 국왕인 만큼 주민들을 개별적으로 일일이 만나지는 못했다. 사실 인터넷에 공개된 정보들을 토대로 미리 이곳의 상점 주인이 구舊니플하임 제국의 몰락한 귀족 가문의 후손으로 권위에 민감하다는 것을 알고 찾아왔다.

"그대는 짐으로 하여금 같은 말을 반복하도록 하지 말라. 아르펜의 백성이라면 모두가 행복하고 즐겁게 살아갈 자격이 있는데 자신의 목숨을 하찮게 여겨서는 안 될 것이다."

"폐하, 죽고 싶은 마음만 간절합니다."

"일어나라. 그대가 죽는다면 모라타의 교역은 누가 책임질 것이며 나는 누구와 거래를 하겠느냐. 이처럼 후하게 값을 치러 주는 상인을 만나기는 쉽지 않을 텐데 말이다. 흠흠."

"제가 미처 폐하인 줄 모르고… 진정 거래를 원하시는 것입니까?"

"그렇다. 어서 적당한 가격을 말하라."

"폐하께는 어떤 이득도 남길 수 없으니 431만 골드를 드리겠습니다."

"진짜 위드 님이었어."

"끝내준다! 지상 최고다."

초보 유저들은 마치 연예인을 처음 본 초등학생처럼 옆에서 구경했다. 그들이 보기에 위드는 너무나도 대단한 존재라서 가까이 다가오지도 못하는 것이다.

위드의 입가가 실룩였다. 머릿속에 떠올렸던 액수보다는 조금 부족했기 때문이다.

"어허, 그럴 것 없다. 내 너에게 적당한 가격을 말하라고 하지 않았느냐."

조금 더 올려 달라는 의미.

대상인들은 4차 흥정까지 성공시키는 경우도 있었으니 욕심을 더 냈다.

"폐하의 성은을 입은 자로서 어찌 부당하게 적은 가격에 인수할 수 있겠습니까. 하지만 정 저의 형편을 생각해 주시면 402만 골드를 내겠사옵니다."

"……."

실패!

위드의 눈매가 가늘어졌다.

그가 내놓은 물품들은 지금처럼 특수한 시점이 아니라 나중에, 유저들에게 직접 바가지를 씌워서 처분한다면 550만 골드도 받을 수 있었다.

"네가 정녕 죽고 싶은 게로구나. 적당한 가격을 말하라고 했음에도 불구하고 계속 짐을 우롱하는 것이라면 당장 목을 쳐야 마땅할 것이다."

"적당한 가격 말입니까?"

"그렇다. 내가 납득할 수 있는 충분하고 적당한 가격이다. 제대로 말하지 않으면 목을 치겠다!"

상점 주인은 NPC이지만 직업 특성에 따라 눈치가 빨랐다.

"폐하께서 직접 팔려고 하시는 물건들의 귀함을 모든 이들이 알고 있을 것이옵니다. 제, 제가 사력을 다해서 493만 골드를 지불하겠습니다."

-3차 흥정이 믿기 힘든 대성공을 거두었습니다.
상점 주인은 거래로 인해 아무 이득도 남기지 못할 가능성이 높습니다.
주의. 지위를 이용한 거래로 악명이 생겨나게 될 것입니다.

위드는 돈 앞에서는 염치가 없었다.

"흠흠, 너의 정성이 갸륵하구나. 이 물품들은 올바른 주인을 찾으면 좋은 가격에 팔릴 것이다."

"물론이옵니다, 폐하."

"아르펜 왕국을 위한 그대의 헌신, 항상 잊지 않겠다."

"감사하옵니다."

-모라타 최대의 거래 이익을 거두었습니다.

권위와 위협으로 이루어진 흥정이 끝났습니다.
모라타의 상점 주인들은 앞으로 국왕의 방문을 두려워할 것입니다.

악명 3,450 상승.
주민들의 충성도 저하.
명예 -3.
치안 -1.

위드는 만족스러워하며 상점을 나갔다.

이제부터는 뒤처진 스스로의 성장을 위해 정말 바빠지리라. 본격적인 사냥과 스킬 숙련도를 위한 노가다에 앞서서 치러 낸 거래가 만족스럽게 진행되었던 것이다.

그리고 그로부터 2시간 후, 인터넷에서는 위드가 상점 주인을 상대로 바가지 씌우는 영상이 최고의 조회 수를 기록하게 되었다.

서윤은 다시 로열 로드에 접속하여 삶은콩죽 부대를 찾아갔다.

"꺄악, 이겼어요. 우리도 살아남았고요!"

"축제요, 축제!"

안면이 있는 삶은콩죽 부대원들이 환호성을 지르고 있었다.

전쟁에서 승리를 거두고 아르펜 왕국이 안전해졌기 때문에 서윤도 그들에게 진심으로 고마움을 느꼈다.

그녀가 인사를 나누기 위해 콩죽 부대로 다가가자, 떠들썩함이 사라지고 순간 묘한 침묵이 흘렀다.

"……."

그리고 작게 속삭이는 목소리.

"왔네, 저 사람도."

"전투가 끝나니까 맞춰서 온 거잖아."

"이런 말까지는 안 하려고 했는데, 비겁하다, 진짜."

"좀 심하긴 하지. 어떻게 전투가 끝나니까 아무렇지도 않게 나타나지?"

서윤은 조심스럽게 떠들지도 않는 시끄러운 그 말들을 들었다.

그녀는 자신의 주변에서 항상 쑥덕거리는 사람들을 겪어 왔다.

그녀에 대해 나쁜 선입견을 갖거나, 그저 관중처럼 바라보는 이들의 말. 상처를 입어서 쉽게 친해지지 못하는 자신의 성격을 두고 차갑고 냉정하다고 일컫는 선입견들.

그러나 예전처럼 가슴이 아프지는 않았다.

잠깐 동안 겪어 봤을 뿐이지만 이들은 좋은 사람들이다. 그녀가 설명도 제대로 못 하고 떠났으니 충분히 오해를 할 수도 있는 상황이었다.

속사정을 이야기하면 누구라도 납득하리라.

그렇지만 슬로어의 결혼반지로 위드에게 생명력을 나누어 줄 수 있는 관계라서 그를 돕기 위하여 전투를 포기했다는 걸 이야기하기는 부끄러워서 망설여졌다.

동료로 지내던 여자가 와서 말했다.

"언니, 왔어요?"

"응."

미묘하게 반기지는 않는 듯한 말투였다.

그녀가 작게 한숨을 내쉬었다.

"우리 술 마시러 갈 건데요, 언니도 왔으니까 같이 가요."

"……"

그녀는 서윤에 대해 잘 몰랐지만 받아들여 줬다. 분명히 서운하고 마음이 상하기도 했지만 뭔가 사정이 있을 수도 있었다고 생각했다.

하지만 다른 사람들의 경우에는 여전히 싸늘한 시선으로 서윤을 보았다.

"술은 잘 못 마시는데. 그리고 설명할 게 있는데, 들어 주겠니?"

"어떤 말인데요?"

"내가 지난번에 싸우지 않았던 까닭은……."

서윤은 가볍게 미소를 지었다.

여전히 부끄럽지만, 이들에게는 왜 그랬는지 충분히 설명할 수 있으리라. 믿어 줄지 모르지만 오해를 풀기 위하여 노력할 것이다.

다른 사람과 어울리기 위해서는 자신의 마음부터 열고 대해야 했다.

"꾸에에에에엑!"

그때 하늘에서 울리는 커다랗고 이상한 괴성!

'설마 몬스터가 나타난 것일까?'

풀죽신교의 유저들이 이렇게 많이 몰려 있는 장소에 몬스터가 등장하다니 너무나도 의외였다.

사람들이 고개를 올려서 하늘을 보자 커다란 와이번이 날개를 활짝 펼치고 내려오고 있었다.

각진 얼굴에 위협적이면서도 순한 눈동자, 넓은 날개.

"와삼이?"

"조각 생명체님이시닷!"

와삼이의 대중적인 인기는 유명한 유저들을 능가했다.

"꾸엑! 꾸에엑꽥꽥꽥!"

와삼이는 불만으로 가득 찬 목소리로 울면서 내려왔다.

심한 돌풍을 일으키는 와삼이 때문에 서윤 주변의 유저들은 급히 물러나야 했다.

조각 생명체는 아르펜 왕국의 상징이며 국왕 위드의 부하다.

풀죽신교 유저들에게는 숭배의 대상이 되었지만, 가까이에서 보면 너무나 크고 위협적인 자태를 갖고 있었다. 기본적으로 포악한 몬스터의 형태를 가져서 본능적으로 경계하지 않을 수가 없다.

물론 모라타에서 몇 번 와삼이를 만나 본 유저들은 말고기만 던져 주면 환장하고 땅을 뒹굴면서 좋아한다는 점을 알고 있었지만.

와삼이가 커다란 머리를 서윤에게 들이밀었다. 그러고는 불만 가득한 목소리로 말했다.

"끄우우우우. 주인이 데려오라고 했다. 맨날 나한테만 시킨다."

창공을 질주하는 자유로운 와이번이 아닌 심부름꾼이나 운송 수단으로서의 삶을 사는 운명에 대한 한탄!

서윤은 고개를 끄덕이더니 와삼이의 넓고 쾌적한 등에 가볍게 올라탔다.

"으어……."

"언니?"

서윤을 아는 사람들은 얼이 빠져 있었다.

와삼이의 등에 타는 사람이라니!

게다가 와삼이의 주인이라면, 위드가 데려오라고 했다는 뜻이 아닌가.

"언니……."

"미리 이야기하지 못해서 미안해. 다음에 보자. 지금은 그가 부르니까 가야 해."

"언니, 위드 님을 개인적으로 알고 있었어요?"

"나는… 그의 친구."

서윤은 와삼이의 등에 탄 채로 자신의 얼굴을 덮고 있던 가면을 벗었다.

외모.

사람의 생김새.

단지 그것이 아니라, 인간이 궁극적으로 염원하는 예술의 정점에 있는 아름다움의 결정체.

남자들의 영혼을 뒤흔들어서 정신을 차릴 수 없게 만드는 그 얼굴이 나타났다.

수많은 사람들이 있었지만 단 한마디도 흘러나오지 않았다. 눈을 끔뻑이며 자신이 지금 보고 있는 것이 진짜 사람인지 환상인지를 의심하고 있었다.

여자 귀신이라면 기꺼이 홀려 주리라.

서윤은 환하게 미소를 지었다.

"다음에 또 올게. 잘 지내고 있어."

와삼이는 땅을 박차더니 날개를 펼치며 가속해서 순식간

에 날아가 버렸다.

그리고 사람들은 몇 분 후에야 떠듬떠듬 입을 열 수 있었다.

"으, 으으아아악!"

"난 절대 눈을 씻지 않을 거야! 아, 아니, 일단 눈을 감아야지. 그분의 모습을 완벽하게 머릿속에 각인시켜 놔야 돼!"

"인생은 정말 살아갈 가치가 있는 것이야, 크흐흑! 지금 시대에 살아간다는 것만으로도 나는 다시없을 행운아야."

"이래서 결혼을 하는구나. 인생의 무덤이라도 기꺼이 들어가겠어!"

남자들은 철부지 아이들처럼 마냥 황홀해하고 있었다.

잠깐이라도 서윤의 근처에 있었던 사람들은 다 함께 신이 내려 주신 축복에 감사했다.

여자들도 예쁜 여자를 구경하기를 좋아했다.

"가면을 쓰고 있는 것도 그렇고… 위드 님이랑 조각술 퀘스트를 같이하던 분이구나."

"텔레비전에서 봤는데. 힐데른 역할을 하던 그 사람이야!"

그리고 누군가의 의문.

"근데 어딘지 좀 익숙한 얼굴이었는데? 나 따위가 저런 미녀를 본 적이 있다는 게 말이 안 되긴 하지만 말이야."

"얼음 미녀상과 똑같이 생기지 않았어? 난 보자마자 그렇게 생각했어."

"맞다, 그 얼굴이다!"

"허억! 그렇다면 우리 풀죽신교의 여신님이다!"

풀죽신교에서 발굴한 얼음 미녀상!

위드의 조각품 중 하나이며 형용할 수 없을 정도로 아름다운 외모로 인해 프레야 여신상처럼 숭배되고 있었다.

-풀죽신교의 여신이 나타났다.

-풀죽신교는 사이비 종교가 아니다. 진짜 여신이 있는 종교다!

과거에도 서윤의 얼굴이 잠깐 드러난 적이 있었다.

방송을 타고 그 외모가 퍼지면서 얼마나 큰 난리가 났던가.

남자들은 진지한 밤샘 토론까지 벌였다.

"도저히 믿을 수가 없는 미모요."

"감동으로 눈물까지 흘렸습니다."

"눈, 코, 입, 머리카락, 이마와 눈썹, 턱 선, 귓불까지도 완벽하게 다 예쁘니……."

"국보요, 국보! 실존하는 인물이라면 마땅히 국보로 지정해서 보호를 해야 합니다."

"매력 스텟을 많이 키우긴 했겠지요. 이곳이 로열 로드이기에 가능한 업적이라고나 할까요. 그러나 어쨌든 그럼에도 경이로운 일입니다."

"그냥 감사드립시다."

"고맙습니다."

"은혜롭습니다."

"아아아아, 독거노인이 되더라도 후회하지 않을 것입니다. 우린 그럴 만한 가치를 보았으니까요."

풀죽신교에서는 그 여성 유저를 찾기 위하여 부단히 노력해 왔지만 지금까지도 알아내지 못했다.

"오늘을 기념하자!"

"맞습니다! 매년 오늘을 아르펜 왕국 공식 공휴일로 지정하고 축제를 벌입시다!"

"공휴일의 이름은 뭘로 하죠?"

"당연히 여신 출현일로 해야죠!"

"으아함!"

이현은 늘어져라 하품을 했다.

"영 피곤하군. 비타민이 모자란 것 같아. 고기도 요즘은
통 못 먹었지."

조각술 마스터 퀘스트 그리고 사냥과 하벤 제국과의 전쟁
까지, 쉴 틈이 전혀 없었다.

잠깐 캡슐 밖으로 나왔지만 밀린 빨래에 집안 청소에, 해
야 할 일이란 정말 많았다.

집안일처럼 눈에 띄지 않으면서 부지런해야 하는 분야도
없으리라.

"앞으로 로열 로드의 시세 변동을 확인해야 되고, 사냥터

나 퀘스트 진행 상황도 살펴봐야지. 아르펜 왕국의 실상에 대해서도 분석이 필요하고."

이현은 그렇게 생각하다가 고개를 끄덕였다.

왜 현대인들이 등산복을 유달리 좋아하는지 이해가 되었다. 일이 항상 산더미처럼 쌓여 있기 때문이 아니겠는가.

"대충대충 살아도 돈이 쑥쑥 벌리면 얼마나 행복할까."

이현은 그렇게 생각하다가 대충 밥을 챙겨 먹고 텔레비전을 켰다.

오늘은 일요일이지만 베르사 대륙 이야기가 방송되는 날이다.

과거 전화 통화로 출현한 적도 있고 신혜민과는 모르는 사이도 아닌 만큼 단골로 시청을 해 주었다. 귀중한 새로운 정보들을 많이 주기도 하지만 다른 방송국과는 달리 자신과 아르펜 왕국에 호의적이란 점도 작용했다.

아무래도 팔은 안쪽으로 굽는 법인 것이다.

"대한민국의 오랜 미덕이라고 할 수 있지. 너무 객관적이면 피곤해서 볼 수 없다니까."

방송국들이 여론에 끼치는 영향력도 절대적.

세금을 인상하기 위해서는 미리부터 방송국과도 호의적인 관계를 유지해야 하리라.

청소를 하는 사이에 어느덧 1부가 시작되어서 진행되고 있었다.

"로열 로드를 대표하는 1,000명의 고수에 대해 알아보는 시간인데요, 오늘은 퀜싱턴의 검사 바루스 님이 나오셨다죠?"

"네. 최근에 몇 명의 동료들과 함께 부라크라 던전을 격파하고 나서 그 영상을 명예의 전당에 올렸습니다."

"저는 아직 못 봤지만 인기가 대단하다고 들었어요."

"부라크라 던전은 위험도가 높고 아직 끝까지 가 본 이가 없었지요. 5명의 파티가 아슬아슬하게 던전 탐험을 진행하여 처음 등장한 보스 몬스터까지 격파하여 재미를 주고 있습니다. 비록 그 과정에서 3명이나 죽었지만 말이죠."

"영상이 준비되었을까요?"

"물론입니다. 지금 보시죠."

이현은 부라크라 던전의 사냥 영상을 보았다.

자신이 동료들과 사냥을 하는 방식과는 매우 다른 편이다.

이현의 사냥 스타일은 로열 로드를 하면서 갈수록 발전해 왔다.

무조건 빨리.

목숨은 알아서 챙기면서 전속력으로 돌파한다.

물론 그런 와중에도 리더의 판단은 중요했다. 도저히 안되는 것은 무리였으니 쉬어야 할 때는 휴식을 취해 주고, 그도 아니라면 탐험 자체를 일찍 포기한다.

빠른 속도와 과감함.

보통 사람들이라면 생각이 많아서 미처 따라오지 못할 정도였다.

동료들의 능력을 최대한 끌어내는 리더십이 별도로 있는 건 아니지만 저절로 그런 상황을 만들어 버린다. 그러지 않는다면 자신의 한계를 느끼면서 그 자리에서 도태되어 버리기 때문이다.

결국 이름이 밝혀진 양념게장이라는 암살자와 파이톤과의 사냥이 가능했던 이유는 그들이 충분히 강했기 때문이다.

바루스의 부라크라 던전 탐험은 안전을 우선하여 진행되었다.

몬스터의 성향을 차분하게 분석하고, 마법사, 도둑, 기사, 궁수가 배치되었다. 매번 전투 때마다 확실한 역할 분담을 하고 진행되는 일종의 정석 플레이.

이현은 꼼꼼하고 완벽주의자 같은 탐험에 지루함을 느꼈다.

"나라면 절반은 빠르게 격파했을 텐데."

생각은 던전 탐험이 아니라 로열 로드의 1,000명의 고수에게로 향했다.

베르사 대륙에서는 매일 크고 작은 많은 전투가 벌어진다.

레벨을 올리기 위해 하는 흔한 사냥에서부터 탐험, 퀘스트, 전쟁에 이르기까지 유저들의 활약은 끝이 없을 정도였다.

로열 로드의 초창기에는 누가 더 높은 레벨을 가지고 있느냐를 놓고 경쟁했다.

단순히 레벨이 높은 사람을 랭커라고 부르고 강자로 존중했다. 그들 중에서 유명한 이들이 길드를 만들고 휘하 세력을 결성하는 일도 자주 벌어졌다.

그리고 시간이 흐른 후에는 강자를 구분하는 판단 기준이 보다 더 다양해졌다.

남들은 잡지 못하는 몬스터를 최초로 사냥한 자, 퀘스트를 성공시킨 자, 혹은 다른 세력과의 전투에서 증명을 한 자.

세력 간의 다툼이 벌어지면서 기존의 강자들이 추락하고 새로운 강자들이 급부상했다.

직업과 익힌 스킬, 개인의 전투 감각에 따라서도 강함의 우열이 갈리다 보니 레벨만 놓고 누가 더 강한가를 다투는 건 의미가 약해지게 되었다.

그럼에도 레벨은 항상 중요한 판단 요소였지만, 소위 로열로드를 대표하는 1,000명의 고수라면 특별한 업적을 하나둘 정도는 가지고 있었다.

마치 이현처럼.

"지금의 내 실력은 어느 정도에 도달해 있을까?"

이현은 무력만 놓고 자기 자신을 평가해 보았다.

"내가 가장 강했던 건 사막의 대제왕 시절이었지. 그런데 그건 퀘스트에 한정되었고."

그럼에도 하나의 정점에 도달해 봤으니 아래를 내려다보며 판단하기는 쉽다.

슬프게도 자신은 과대평가된 거품을 제거하면 아직 특별할 정도로 강하지 못하다.

"레벨을 기준으로 하고 평소의 전투 능력을 바탕으로 한다면, 바드레이와 싸웠던 멜버른 광산 이후로 나는 정체된 것이나 다름이 없어."

퀘스트를 하며 스탯은 많이 쌓았다. 대제왕 퀘스트의 특별보상으로 전투 스킬의 숙련도 조금 올랐다.

검술 스킬의 경우에는 한 단계가 늘어서 고급 5레벨 후반대가 되었다. 조각사가 검술 스킬을 올리기가 어려운 점을 고려한다면 나름의 큰 성과라고 할 만했다.

광휘의 검술, 분검술 외에 방어 스킬들의 숙련도도 상승했다.

그러나 그게 과연 무슨 소용이란 말인가.

이현이 조각술 최후의 비기 퀘스트를 하는 동안 바드레이를 비롯한 헤르메스 길드의 유저들도 전투를 했다.

다른 명문 길드들을 굴복시켜서 세력을 크게 키웠을 뿐만 아니라, 중앙 대륙의 노른자위 던전들에서 사냥을 하며 레벨을 많이 올렸다.

사냥 중의 성과로 스킬 숙련도를 얻고, 보상으로 스탯도 얻었을 것이다.

퀘스트의 업적에서는 이현을 따라가지 못하더라도 만만치 않게 꾸준히 성장을 해 왔을 것이다.

"내가 강해진 만큼은 그들도 강해졌으리라고 봐야 한다. 그리고 나는 레벨을 꽤 많이 잃어버렸고, 잡캐답게 다른 여러 가지 스킬 숙련도를 올릴 여유도 없었지."

이현은 스스로의 강함을 다른 유저들과 비교해 보았다.

멜버른 광산에서 바드레이와 잠깐 싸울 때에는 비등비등한 편이었지만 장기전으로 갔다면 여지없이 밀렸으리라.

탐색전이 끝나면 상대방을 제압하기 위한 필사적인 다툼이 벌어진다. 체력과 생명력을 비롯하여 다양한 전투 스킬 등 대결에서 추가로 꺼내 놓을 만한 밑천이 별로 없기 때문이다.

조각 파괴술을 써서 예술 스텟을 힘이나 민첩으로 몰아주었을 때 전투력이 확 오르는 것도 단점이다.

예술 스텟과 조각품을 소모해야만 바드레이와 박빙으로 겨룰 수 있다. 그러지 않는다면 사실 탐색전이 펼쳐지는 초반부터 형편없이 밀렸을 것이다.

중요한 전투에 조각 파괴술을 쓸 수 있다는 부분은 장점이지만, 훨씬 약한 평소의 모습이 본인의 진짜 실력인 것이다.

"조각품에 생명을 부여하는 거나 대재앙의 자연 조각술도 마찬가지지."

막대한 페널티가 있는 기술들!

전투 계열 직업들은 이렇게 들쑥날쑥한 전투력을 가지지 않았다.

이현은 발버둥을 쳐야만 그들과 어깨를 나란히 할 수 있었으며, 지금은 퀘스트에 시간을 소모하느라 상대적으로 더 약해졌다.

로열 로드의 1,000대 고수들의 영상을 보면 절대 자신보다 못하지 않았다. 전투 스킬들의 전문성이나 깊이로만 놓고 본다면 비교가 안 될 정도로 압도적이다.

위드는 그저 다양한 조각술 스킬들과 잡캐의 특성으로 그들을 따라갔던 것이다.

"평소의 전투 능력으로 보면 내가 많이 부족하군. 조각 변신술도 단점이 있고."

스스로의 몸에 특성을 부여할 수 있는 조각 변신술.

하늘을 날거나, 거대한 힘을 가진 종족이 되거나 하는 일들이 간단히 이루어진다.

그러나 장점이 생기면 단점도 만들어지기 마련.

불을 다루고 단거리 순간 이동이 가능한 혼돈의 대전사는 전장에서 짭짤하게 쓰일 수 있었다. 대지의 궁전 전투에서는 헤스티거와 함께하면서 위력을 극대화시키기도 했다.

그때 헤르메스 길드원들이나 북부의 유저들은 위드의 전투 능력을 보고 상당히 경악했다.

전장을 순간 이동으로 넘나들면서 적들을 가볍게 해치워 버리는 전투 능력과 회복력!

막대한 공적을 세웠지만 불의 상성을 최대한 활용했기 때문이다.

무기까지도 이미 완벽하게 받쳐 주고 있는 상태였다.

드래곤의 검 레드 스타.

레드 스타와 혼돈의 대전사라는 조합이 갖춰지고, 헤스티거까지 불러냈으니 무지막지한 위력을 발휘했던 것이다.

"다시는 그런 전투력을 발휘하지 못하겠지. 그리고 레드 스타는 언제나 위험부담이 있는 물건이고."

혼돈의 대전사로만 싸우거나 한다면 전투 능력에는 한계가 있다. 위험을 무릅쓰고 계속 레드 스타를 들더라도 헤스티거처럼 절대적인 강자가 지켜 주며 전장에서 마음껏 그를 활용할 수 있는 것과는 차이가 심하게 난다.

"앞으로가 문제인데. 시간 조각술은 확실히 다른 사람들이 흉내도 내지 못할 절대적인 나만의 무기야. 그걸 가지고 있으면 여러모로 든든해질 테지."

어느새 텔레비전에서는 바루스의 모험과 전투 능력을 과시하는 1부가 끝나고 2부가 진행되고 있었다.

"데프런 님은 하벤 제국의 북부 전쟁 패배에 대해 어떻게 생각하시나요?"

"헤르메스의 무력 집단 마창기병대의 데프런입니다. 과연 그것도 패배라고 할 수 있을까요. 아르펜 왕국은 왕궁도 잃어버리고, 함정을 잘 파서 간신히 버텨 냈던 것에 불과한데요. 점령 지역을 회복하지도 못하고 있지 않습니까?"

"물론 그렇습니다만 단일 전투로만 놓고 본다면 하벤 제국의 패배로 보는 시각도 있습니다."

"그런 의견도 있겠지요. 그러나 지금까지의 전쟁은 맛보기에 불과했습니다. 사실 지금까지도 아르펜 왕국으로서는 버거웠을 것으로 봅니다만 어쨌든 막아 냈으니 인정은 해 주죠. 하지만 그들에게 미래는 없을 것입니다. 본국의 병력이 출병을 하게 되면 끝입니다."

"하벤 제국과 아르펜 왕국의 전력 차이는 너무나도 심할 정도입니다. 군사력 부분에서는 애초에 비교도 되지 않지만… 하벤 제국에서 명분 없이 끊임없이 정복 전쟁을 일으키는 것도 문제가 있지 않을까요?"

"로열 로드에서 전쟁은 승자의 권리이고 당연한 것입니다. 하벤 제국이 대륙을 통치한다면 더 이상의 싸움은 없어지게 됩니다."

북부 전쟁에 대해 몇 명의 참석자들과 토론회가 벌어지는 중이었다.

하벤 제국의 편을 드는 사람의 발언에도 이현은 시큰둥했다.

"뭐, 다 먹고살자고 하는 짓인데. 세상에는 처음부터 끝까지 완전히 좋은 놈도, 나쁜 놈도 없어."

입장을 바꿔 놓고 생각을 해 보기도 했다.

만약 자신이 바드레이로서 대륙 통일까지 아르펜 왕국만

남겨 놓았다면 당연히 침략했을 게 아닌가.

"무슨 명분이든 만들어 냈겠지. 마을 1~2개를 희생시켜서 라도……."

다만 자신의 밥그릇이 위협을 받는 상황이니 헤르메스 길드를 좋아하진 못했다.

토론회는 몇 분 정도 길게 이어졌지만 실속은 하나도 없었다.

"헤르메스 길드에 대한 여러분의 비판도 이해합니다. 그러나 힘이 지배하는 세상에서 헤르메스 길드도 그 존재 가치를 다하고 있는 것입니다. 베르사 대륙은 대화와 협상만으로 돌아가진 않습니다."

"그러나 헤르메스 길드는 본인들의 영토조차 안정화시키지 못하고 있는데……."

"진행 과정에서 거쳐야 될 약간의 문제들에 불과합니다. 유저 여러분은 잘 이해해 주지 못하고 계시지만, 헤르메스 길드에서 대륙을 통치하게 된다면 그때부터는 새로운 도약과 진정한 발전이 시작될 겁니다."

헤르메스 길드가 대륙을 정복하려고 하는 행위 자체는 로열 로드의 특성상 인정될 수도 있는 부분이었다. 그렇기 때문에 이현은 별다른 감흥 없이 지켜보았다.

"새로운 소식도 알려 주지 않는데 다른 채널이나 보도록 할까."

그때 진행자 오주완이 토론을 잠시 중단시키더니 말했다.

"중대 발표를 하겠습니다. 방금 들어온 소식에 따르면 헤르메스 길드는 제국 내부의 안정화 작업을 위하여 아르펜 왕국과 일시 휴전을 할 계획이라고 합니다. 이 소식은 헤르메스 길드의 고위 관계자로부터 나온 것으로, 잠시 후에 공식 발표가 될 것입니다."

휴전!

전쟁이 완전히 끝난 것은 아니지만 제국 내부의 사정으로 잠깐 쉬었다가 하겠다는 뜻이었다.

토론회의 주제는 북부 전쟁에서 급격하게 일시 휴전에 대한 쪽으로 흘러갔다.

하벤 제국의 피해가 예상보다 심각하다는 이야기들이 나오기도 했으며, 다음의 전쟁 때는 아르펜 왕국이 주춧돌 하나도 남지 못할 거란 말도 있었다.

전문가들의 평가는 결과적으로 사자의 코털을 뽑았다는 이야기가 주를 이루었다.

"놈들이 앞으로 가만히 있을 리가 없지. 온갖 비열한 수단들을 동원하게 될 거야. 그렇더라도 일단 당분간은 시간이 주어진 것인가?"

이현은 잠깐 동안 생각해 보고 나쁘지 않은 일이라고 결론 내렸다.

하벤 제국에서 추가 병력이 대대적으로 진군할지도 몰라

서 전전긍긍했다. 어쨌든 잠깐이나마 숨을 돌릴 틈이 생긴 것이다.

하지만 이것은 또 다른 냉전의 시작!

토론에 참여한 전문가들이 이야기하기를, 하벤 제국은 완벽한 준비를 마치기 전까지 겉으로는 쉽게 군대를 동원하지 않을 것이라고 했다.

대신에 본격적으로 아르펜 왕국을 눌러서 죽이기 위한 온갖 정책들을 개시할 것이라고 예측했다.

북부에서는 크고 작은 국지전이 매일 벌어질 수도 있고, 하벤 제국이 압도적인 경제력을 바탕으로 하여 아르펜 왕국을 몰락시키려고 들 수도 있다.

"이놈의 세상은 맨날 나한테만 불리하군. 평화를 누리는 독재자란 역시 어려운 것인가."

이현은 앞으로 그들과 적극적으로 경쟁을 하지 않을 수 없는 입장이었다.

하벤 제국이 휴전을 선언했다고 하여 영원한 평화가 올 수는 없는 상황이다.

자신이 하벤 제국의 입장이라도 얄밉고 따가운 가시 같은 아르펜 왕국에는 반드시 호된 맛을 보여 주었을 것이기 때문에 평화가 오리라고는 애초에 믿지 않았다.

"잃어버린 레벨도 최대한 복구해야 하고 시간 조각술도 익혀야 하니 바빠지겠군. 조각품을 만들며 여러 곳을 돌아다녀야겠어. 뭐, 어쨌든 성과는 있을 테니까."

이현의 노가다 의욕은 충분히 불타오르고 있었다.

시간 조각술과 조각술 마스터!

당장 이루어 낼 수 있는 목표가 있었다.

노가다란 익숙해지고 나면 특별한 비결이 없다.

한 걸음, 한 삽으로 시작해서 끝없이 계속 간다. 그러다 보면 처음에 생각했던 것보다도 훨씬 어마어마한 성과를 낼 수 있었다.

또한 어려울수록 떠오르는 얄팍한 꼼수들이야말로 이현의 인생에 기름칠을 해 주는 훌륭한 재능이었다.

"그거 봤어?"

"당연히 봤지."

"진심으로 끝내주더라."

한국 대학교의 가상현실학과.

강의 시간 전에 일찍 도착한 학생들은 삼삼오오 앉아서 로열 로드에 대한 이야기로 여념이 없었다.

가상현실학과에서 로열 로드는 항상 화제가 되었다.

"들었어? 우리 선배님 중에 한 분이 전쟁의 신 위드라던데."

"다들 알고 있잖아. 신입생 환영회 때부터 들었는데, 그거 거짓말이야."

"거짓말? 무슨 근거로?"

"그럼 상식적으로 진짜겠냐."

"선배들과 교수님까지 다들 그렇다고 말했는데."

"후배들한테 장난치시는 거지. 그런 전설의 업적을 이룬 선배가 실존 인물일 리가 없어."

"그 선배님의 학교생활에 대한 이야기들을 듣다 보면 너무 허무맹랑한 게 많긴 하더라."

가상현실학과의 신입생들이 떠드는 이야기를 들으며 선배들은 그냥 가볍게 웃고만 있었다.

이현, 그리고 전쟁의 신 위드가 진짜라고 백번 말해 봐야 눈으로 직접 보지 않고서는 믿기 힘들 것이다. 선배들 역시 자신의 곁에 전쟁의 신 위드 캐릭터의 주인공이 있으리라고는 생각지 못했기 때문이다.

'특히 우린 같이 사냥도 해 본 몸이란 말이지.'

이유정과 민소라는 의미심장하게 눈빛을 마주쳤다.

그녀들은 위드와 파티 사냥을 해 본 경험을 아직까지 잊지 못했다.

멜버른 광산!

로열 로드에서 위드와 바드레이가 최초로 부딪치게 된 대단한 사건이 일어난 장소다.

그 시기에 그곳에 함께 있었다는 점이 두고두고 이야깃거리가 되었다.

이유정, 민소라, 최상준, 박순조!

이현과 학교생활을 같이했던 그들은 신입생들이 듣는 전공 수업을 재수강하고 있었다.

로열 로드에 흠뻑 빠져서 사냥을 하다가 시험을 망치고 말았다. 하필 그 과목이 신입생들이 주로 듣는 필수 강의로 배정이 되어서 강의실 한구석에 자리를 잡았다.

"순조야, 좀 도와주라, 응?"

"안 되는데… 지금 꼭 써야 돼서."

"넌 나중에 해도 되잖아. 또 구할 수도 있고."

"정말 곤란한데."

최상준은 박순조에게 장비를 빌려 달라는 요청을 하고 있었다.

흑사자 길드가 잘나갈 때에는 무엇이든 조달할 수 있었지만 지금은 어려운 형편이었다.

"꼭 돌려줘야 해."

"나이스! 열흘만 쓰고 돌려줄게!"

"아까는 닷새라고 했잖아."

"친구 좋다는 게 다 뭐냐. 근데 넌 도둑인데도 왜 나보다도 강하지?"

"그야… 전투 위주로 성장시킨 캐릭터라서 그래."

"그래도 도둑이 같은 레벨의 검사보다 강해?"

최상준이 고개를 갸웃했다.

도둑이라면 무엇이든 훔치는 것이 특기라고 보통은 생각한다. 파티 사냥에서도 꼭 필요한 직업은 아니다.

은밀하게 몬스터의 뒤에서 기습을 성공시키면 그 한 방의 데미지는 엄청나지만, 일반적으로 전투력은 뒤떨어졌다. 함정 발견과 해체, 도주 분야에서는 탁월한 능력을 발휘하지만 말이다.

"던전을 다니다 보면 따로 돌아다니는 몬스터들을 해치울 기회가 상당히 많거든. 그때마다 잘 싸웠더니……."

"언젠가 내가 다 따라잡아 줄게. 조금만 기다려라."

최상준도 부지런히 레벨을 올려서 400을 돌파했는데도 아직 박순조의 캐릭터만큼 몬스터를 능숙하게 해치우거나 던전을 드나들지는 못했다.

레벨을 성장시키기 전에 스킬 숙련도와 같은 캐릭터의 내실을 단단히 다져야 하지만 사실 그러기는 힘든 이유가 있었다.

사람들 사이에서는 일단 레벨이 높은 사람을 존중하는 측면이 있다. 파티 사냥에서도 자기가 맡은 기본적인 역할을 수행해 낼 수 있으면 충분했으니, 누가 크게 알아주지도 않는데 굳이 어려운 길을 갈 필요는 없었다.

쉽고 편한 길이 진리!

최상준과 박순조의 대화를 듣고 있던 이유정이 문득 말했다.

"근데 그 오빠는 휴학하고 뭘 하고 있을까?"

민소라는 그녀가 누구의 이야기를 하는지 바로 알아차렸다.

"누구, 이현 오빠?"

"응."

"휴학도 했으니 맨날 로열 로드에 푹 빠져 있겠지."

최상준이 그녀들의 이야기에 끼어들었다.

"그 형? 텔레비전에 자주 소식 나오잖아. 비기 퀘스트도 성공적으로 수행하고. 캬아, 맨날 방송에 출연하는 사람과 인맥이 있다니. 뭐, 바드레이한테 죽지만 않았으면 정말 최고의 우상인데 말이야."

"잘 지내고 있겠지?"

"당연하지 않겠냐. 뭐, 전쟁도 승리했으니 무서울 게 없지."

"공부할 것도 없고. 정말 부럽다."

이유정은 두 팔로 머리를 감싸며 책상에 엎드렸다.

가상현실학과라서 로열 로드나 즐기면 되는 줄로 알면 철저한 오산이다. 최첨단 기술과 관련이 있기 때문에 학년이 올라갈수록 학생들이 배워야 할 과목의 난이도는 천정부지로 높아졌다.

로열 로드가 워낙 방대한 분야를 아우르고 있고 심지어는 사회성까지도 가지고 있기 때문에 과목들도 계속 신설되었다.

- 가상현실의 경제학
- 도시 경영을 위한 수학
- 가상 물리학
- 새로운 세상의 생물학
- 가상 해양 실험
- 물리 엔진의 기술 응용
- 현대 마법사의 탄생
- 미시 세계와 가상 세계
- 새 문명과 철학
- 인간과 가상 환경
- 가상현실과 생명
- 가상의 혁명, 인체 공학
- 현실의 위기
- 뇌의 구조와 기능

　기술과 교양을 아우르는 온갖 과목들의 탄생.
　가상현실은 인류 기술의 총아라 할 수 있는, 가장 비싼 놀이터라는 평가가 있었다. 그런 만큼 세간의 관심도 많았고, 대학교수들도 경쟁적으로 가상현실에 한 발 걸치는 과목들을 개설했다.

한국 대학교에서 가상현실학과를 만들고 나서, 전국의 모든 대학들에 비슷한 학과가 신설되었다.

가상현실과 관련된 과목들은 다른 과의 수강생들도 수업을 들어서, 웬만하면 수강 인원을 채우기가 어렵지 않은 형편이었다.

당연하게도 전공 수업을 듣는 이들은 배워야 할 과목들이 계속 늘어만 갔다.

민소라가 깊은 한숨을 내쉬었다.

"우린 수업에 푹 파묻혀서 살아야 하는데. 그 오빠는 지금 화려한 모험을 즐기겠지."

최상준은 피식 웃었다.

"그 형도 복학하면 우리랑 다를 바 없어. 학점 따기가 쉽지 않으니까 더 고생할걸."

"그럴까?"

"당연하잖아. 게다가 아르펜 왕국이 간신히 버티고 있는 이상 로열 로드에서도 언제까지 인기가 유지될지 모르고 말이야."

그때 박순조가 이야기했다.

"그 형, 출석을 잘 안 해서 그렇지 우리와는 달리 공부는 잘하는 편이었는데. 가상현실에 대한 웬만한 논문들도 다 이해할 정도로."

"……."

"그리고 전쟁의 신, 모험과 전투에서 위드 캐릭터가 패배한 적은 한 번도 없었어."

전쟁의 신 위드!

바드레이에게 죽임을 당한 적은 있지만 그건 매우 곤란한 환경에서였고, 전쟁 규모의 전투에서 패배한 적은 단 한 번도 없었다.

모라타와 북부 영주들의 전투는 그들까지 아울러서 아르펜 왕국의 건국으로 이어지게 되었고, 지골라스에서는 하벤 제국의 해상 군단을 격파했다.

모두가 패배하리라 예상했던 전투들을 모조리 극복해 낸 전쟁의 신!

그렇기 때문에 로열 로드를 하는 유저들은 위드를 더 대단하다고 생각했다.

병력의 크고 작음이나 상황의 불리함 따위는 어떻게 되어도 좋다. 어떤 환경에서도 악착같이 살아남으면서 역전을 펼치는 것이다.

"얼른 그 오빠도 복학했으면 좋겠다."

"그러게. 같이 학교를 다닐 때가 재미있었는데. 요즘은 공부만 하는 거 같아."

하벤 제국을 막기 위해 대지의 궁전에 모였던 유저들은 흩어지면서도 그냥 떠나지는 않았다.

"상인 돈졸래를 따라서 위험 지역 교역을 하러 떠나실 용기 있는 분들을 구합니다. 목숨값으로는 매일 3골드를 드림."

"던전 사냥을 원하시는 직장인들, 앞으로 일주일간 휴가인 사람들만 모여서 미친 사냥을 해 봅시다."

"후후, 크하하하하, 허허허헉! 내가 바로 양파죽 부대의 꼬막사냥꾼 님이시다! 나를 따르라!"

"농부 말뚝이 보초병을 구하고 있습니다. 홀리오 산맥에서 몬스터와 동물로부터 곡물들을 일주일간 지켜 주실 분요. 농사가 잘되면 앞으로 평생 드실 양파즙과 멜론을 제공하겠습니다."

유저들끼리 뭉쳐서 퀘스트와 상업, 새로운 개척 지역을 향하여 달려갔다.

상인들은 대지의 궁전 재건 계획을 듣고 앞다투어 투자 계획을 발표했다.

"사업이란 시기가 중요하지. 지금은 땅이다, 땅. 이 구역의 넓은 땅에 판자촌을 다닥다닥 건설해서 분양하면 떼돈이야."

"사람이 모이면 상권 형성은 당연해. 교역을 하러 다니기도 지쳤다. 번화가에 상점 하나만 차려 놓으면 사람들이 알

아서 찾아와서 돈을 벌게 해 주고 스킬도 올려 주겠지. 상인
이야말로 날로 먹는 직업이라니까."

"키득키득키득, 이것저것 불확실할 때에는 먹거리 사업이
지. 사람이 안 먹고 살 수 있어? 요리 스킬을 일부러 올려놓
길 잘했지. 싸구려 재료들에 조미료를 듬뿍 넣고 끓여서 팔
면 돼."

상인들은 왕국 소유의 국유지를 구입하고 건물을 올렸다.
아르펜 왕국에서 활동이 가장 활발한 직업은 다름 아닌 상인
들이라서, 교역을 통해 벌어들인 수입을 일찌감치 투자했다.

"그냥 가기 서운한데……."

"대지의 궁전 건설에나 좀 참여할까요?"

"그럽시다. 저걸 좀 치워 줘야 나중에 왕궁을 보며 뿌듯하
겠죠."

"저도 지난번에는 모험 때문에 못 왔었는데, 잘됐습니다."

"참, 삽자루 가져왔어?"

"당연하지. 북부에서 삽자루는 필수잖아. 5개나 챙겼어.
배낭에 전리품 담을 공간이 없더라니까."

아르펜 왕국의 유저 95만 명가량이 공사 현장에 즉각 투입
되었다.

건축가들의 지시에 따라 대지의 궁전 잔해를 치우고 왕궁
과 함께 자리 잡을 도시의 기반 시설들을 세웠다.

"여기서부터 일직선으로 전진하면서 땅을 파세요."

"어디까지 팔까요?"

"큰 수로를 만들어야 하니 앞으로 쭉 3킬로 정도만 파세요."

"죽순죽 부대에서 맡겠습니다. 넉넉잡아 2시간이면 되겠네요."

"중간에 통닭이라도 뜯지 않는다면 1시간 반이면 충분할 겁니다."

수로와 도로, 건물 건축을 위한 경계선들이 아주 쉽게 정해졌다.

건축가들은 대지의 궁전 재건에 몰두하느라 새벽의 도시에 대해서는 기본적인 윤곽만 잡고 있었다.

왕궁을 중심으로 하여 그 정문과 후문에는 광장이 자리를 잡고 도로들이 연결된다. 위대한 건축물과 조각품들이 자리를 잡게 될 위치, 상점과 시장, 직업 길드 사무소 등이 건설될 구역까지도 넓게 배치했다.

판자촌은 눈 깜짝할 사이에 30만 채 이상이 완공되어서 치열한 경쟁률 끝에 벌써 입주자를 맞이했다.

"실내도 넓고, 끝내준다. 모라타의 판자촌과는 비교 불가야. 무슨 판잣집이, 거실과 침실까지 분리되어 있다는 게 말이 돼?"

"여긴 막 지어져서 비도 새지 않을 것 같아. 심지어는 벌레 구경도 힘들겠는데."

"판자촌 앞에는 수영장도 있어. 편의 시설이 대박이다!"

새벽의 도시는 모라타와는 많은 부분에서 달랐다.

폐허에 기본적인 마을의 형태가 남아 있던 모라타는 이주민들과 관광객들이 점점 늘어나면서 차근차근 발전하는 모양새였다.

반면 새벽의 도시는 곧 지어질 아르펜 왕국의 수도라는 인식이 있어서인지 사람들의 투자가 끊이지 않았다.

아르펜 왕국이 워낙 모라타를 중심으로 확장되었던 까닭에, 기실 대지의 궁전은 완공된 후에도 중심지 역할을 전혀 해내지 못했다.

대지의 궁전이 수도라는 인식은 하고 있더라도 공사에 참여하지도 않았고 이 부근을 방문할 일도 없던 유저들에게는 그저 무관한 지역이었을 뿐이다.

그러나 새벽의 도시는 아르펜 왕국의 새로운 도약을 위해서라도 수십만 명의 유저들과 함께 힘찬 시작을 열었다.

그리고 등에 봇짐을 짊어지고 지나가던 오크 가족들.

"취이익, 여기 인간 많다. 다른 곳 가자."

"잠깐만, 일거리가 6개월 치가 쌓였다고 한다, 취췍!"

오크 가족들의 정착.

아르펜 왕국의 도시에서는 오크 부부당 새끼를 10마리까지만 낳도록 법으로 지정이 되어 있었다.

하지만 워낙 성장이 빠른 오크들이다 보니 금방 인구 비율에서 큰 비중을 차지하게 될 것이다.

　그렇다고 해서 도시 내에서 오크들의 인구만 무한정 늘어나지는 않는다.

　오크들은 새끼들을 일찍 독립시킨다. 그리고 가장이 된 오크들은 암컷과 함께 자식들을 먹여 살리기 위한 새로운 서식지를 찾아 나서는 법이었다.

북부 정벌군 총사령관 알카트라

하벤 제국군은 바르고 성채를 향해서 신중하게 이동했다.

5개의 군단, 150만 명의 대병력!

하벤 제국군이 양동부대로 동원하는 병력이라고 하더라도 엄청난 규모를 자랑했다.

사실 이는 헤르메스 길드 수뇌부의 계략과도 연관이 있었다.

수뇌부에서는 북부 원정을 계획하면서 전쟁과 이후의 통치, 두 가지 측면을 다 고려했다.

포르우스 강을 지나서 정면으로 공격하는 북부 정벌군은 정예들로 구성한다. 그리고 양동부대의 역할을 하는 이들은 군단장 휘하의 제법 전투 경험이 있는 중견 부대와 신입들을 위주로 편성한다.

향후에도 북부에서 하벤 제국을 향한 반란은 끝을 모르고 이어질 테니 양동부대를 운용하면 병사들을 훈련시킬 좋은 기회가 된다.

그런데 일차적으로 하벤 제국군을 괴롭히는 건 지형이었다.

"으아아악!"

"몸이 허리까지 빠져들고 있습니다!"

발을 헛디뎌서 까마득한 절벽 아래로 떨어지고, 낙엽 더미에 숨은 식인 늪에 잡아먹혔다.

험준한 산악 지형에서의 전투는 하벤 제국군도 많이 경험해 봤다. 하지만 바르고 성채 주변만큼 깊고 험한 지역은 처음이었다.

"왜지? 여기에 이런 장애물이 있다는 건 지도에도 기록되어 있지 않은데."

"이거 오크들이 만든 지도 같습니다."

"완전 불량품이잖아!"

"숲에 막혀서 길이 또 끊겼는데 어떻게 할까요?"

"병사들이 이동할 수 있는 공간이 아예 없나?"

"예. 나무들이 사람 1명 통과하지 못할 정도로 빽빽하게 자라 있습니다."

하벤 제국군은 당연하게도 그들의 자랑거리인 레인저 부

대를 통해서 이 일대의 정찰을 이미 마쳤다. 그런데 그사이에 지형이 상당히 바뀌고 장애물이 무더기로 생겨나 있는 것이다.

이는 바르고 성채에 있는 유저들의 활약 때문이었다.

레인저 부대가 훑고 지나간 걸 확인한 후, 농부들과 조경사들이 이 험한 산에 대거 투입되어 작물을 길러 냈다.

"허허, 식인가시초를 이렇게 대량으로 기르는 날이 오다니 말이오."

"비료를 듬뿍 주도록 하죠. 병충해는 신경 쓰지 않아도 되니 키우기가 아주 편합니다."

"역시 북부가 비옥한 땅이긴 한 모양입니다. 식인가시초도 이렇게 풍년이니까요."

농부 미레타스가 이끄는 작물 부대는 바르고 산맥에서 철저히 작업을 해 놓았다.

꼭 돌을 쌓아야만 요새가 되는 건 아니다. 식물의 힘으로도 충분히 대군의 이동을 지체하게 만들고 피해를 줄 수 있었다.

하벤 제국군의 선봉이 식인가시초를 칼로 베면서 통과하더라도, 뿌리가 멀쩡하면 금방 되살아난다. 다 성장한 식인가시초는 아예 뿌리까지 뽑아내지 않는 한 계속 재생하면서 본대에 끊임없이 피해를 입혔다.

"장애물이 있으면 화공을 써서 전부 다 태워 버리십시오!"

하벤 제국군의 군단장들은 진군 속도를 높이고 싶어서 안 달이 났다.

바르고 성채를 바로 점령하고 싶었다. 북부 유저들의 전체 적인 수준은 낮았으니 빨리 진군해서 만나고 싶었다.

"수뇌부의 작전이 조금 잘못되었어. 이럴 바에는 평원으로 이동을 했으면 훨씬 나았을 텐데."

숲과 산이 장애물이 되어 주는 만큼 북부의 레인저 유저들이 나타나서 암습을 가하는 경우도 잦았다. 하벤 제국군의 진영에 화살을 백여 발 정도 쏘다가 결과도 보지 않고 도망쳐 버리는 것이다. 숲과 산이라는 특성상 초보들이라고 해도 상당한 실력을 뽐낼 수 있었다.

밤이면 암살자들도 등장해서 일반 병사들을 해치우고 조용히 사라졌다.

헤르메스 길드 역시 대륙 최고의 레인저 군단을 데리고 있긴 했지만 외곽이나 후방까지 전체를 방어하지는 못한다.

하벤 제국에서는 결국 바르고 성채에 있는 수풀과 나무들을 화공으로 태워 버리는 선택을 했다.

수십 킬로미터에 걸쳐서 연기를 뿜어내면서 타는 바르고 산맥!

산불은 나무와 낙엽이 다 탈 때까지 무려 닷새간이나 계속되었다. 어떤 함정이 있더라도 불속에서 완전히 사라져 버렸을 것이다.

"진군한다!"

시커멓게 탄 잔해를 치우면서 대군은 바르고 성채에 도착했다.

바르고 성채는 침략자들을 굽어보고 있다는 느낌이 들 정도로 높고 거대했다.

"어마어마한 요새가 나타났군."

"원래 성벽은 10미터 정도라고 했는데, 지금은 3배로 증축이 된 모양입니다."

"어떻게 할까요? 병사들이 오르기는 힘들 텐데, 길드에 마법병단을 요청해 볼까요?"

북부 유저들은 인해전술을 위주로 하고 있기 때문에 아무래도 마법병단과 궁수대의 위력이 절대적이다. 그에 반해서 이곳에는 검사 부대와 레인저, 기사가 다수 배치되었다.

"마법병단을 여기로 보내 주기는 쉽지 않을 텐데. 우리 측의 종군 마법사는 몇 명이나 되지?"

"8,000명 정도 됩니다."

"적은 편은 아니군."

마법사는 기사보다 훨씬 돈이 많이 든다.

양성에 걸리는 기간도 길고, 체계적으로 운용하기 위해서는 막대한 마법 물품을 소모해야 했다.

전쟁 비용으로 천문학적인 자금을 사용할 수 있는 하벤 제국이기에 배치할 수 있는 병력이었다.

"공성전에서 그 마법사 부대를 잘 운용해 봐야겠군. 병사들이 충분히 휴식을 취하고 나서 우리끼리 공격을 한다."

"피해가 없진 않을 텐데요."

"성벽 일부만 장악해서 병사들이 올라가기 시작하면 함락은 금방일 것이다."

"옛!"

하벤 제국에서는 바르고 성채를 바로 함락시키기 위한 공성전에 들어갔다.

대장장이 유저들이 60대의 발석기를 설치하였고, 방패를 든 보병들은 밧줄과 사다리를 옮겼다. 다소 부실한 전쟁 장비이지만, 산맥을 넘어오느라 이 이상을 준비한다는 것은 불가능했다.

"성채를 점령하라!"

"진격! 진격한다!"

"우와아아아!"

일제히 달려가는, 20만 명이 넘는 하벤 제국의 성벽 점령 전문 병사들.

대부분이 NPC 병사들이었지만 헤르메스 길드의 유저들도 꽤 많이 섞여 있었다.

헤르메스 길드의 유저들은 정복 전쟁을 즐겼다. 적의 요새를 공격하여 함락시키면 약탈을 통해서 상당한 재물을 얻기도 하고 국가 공적치도 쌓을 수 있기 때문이다.

"쏴라!"

바르고 성채에서는 숨어 있던 궁수들이 몸을 일으켜서 화살을 쏘았다.

특이하게도 인간 병사들보다는 드워프와 엘프가 많이 보였다.

드워프들과 엘프들은 원래 바르고 성채를 중심으로 살아가고 있었다. 하벤 제국군으로 인해 자신들의 터전을 잃었을 뿐만 아니라 아르펜 왕국에 속해 있다 보니 전쟁에도 참여한 것이다.

또한 북부의 유저들도 전투를 위해서 바르고 성채에서 대거 대기하고 있었다.

"크억!"

"방패를 제대로 들어라!"

"대형 유지하면서 신속하게 돌격!"

하벤 제국군은 빗발치는 화살 비를 뚫고 달려왔다. 일부 병사들이 쓰러지기도 했지만 정예군인 만큼 상관하지 않고 계속 이동했다.

"그들이 왔어요. 이제 시작해 봐요."

"자라나는 식물!"

엘프들은 성장 촉진 마법을 발휘했다.

미리 땅에 뿌려 놓았던 씨앗들이 갑자기 발아하여 하벤 제국군 사이에서 솟구쳤다.

북부의 농부 유저들과 함께 심어 놓은 가시넝쿨들!

식인은 기본, 흡혈은 식물들의 취향에 따라서, 영양분이 공급되면 독은 풍부하게 뿌려 주는 희귀한 넝쿨들이 한꺼번에 정글처럼 자랐다.

5미터, 10미터씩 자라난 넝쿨들은 수십 개의 가지들을 주변으로 뻗치면서 병사들을 붙잡아 먹어 치웠다.

하벤 제국군은 성벽을 100미터 정도 앞두고 넝쿨들에 뒤엉켜서 지체할 수밖에 없었다.

"지금이에요. 마구 쏘세요!"

엘프들과 유저들의 화살이 하벤 제국군을 향해서 폭풍우처럼 쏟아졌다.

병사들은 속절없이 화살을 맞았지만, 이상하게도 잘 죽지는 않았다.

공성전 전문 부대의 갑옷과 방패에는 화살의 피해를 최소화하는 옵션들이 붙어 있다. 병사들도 맷집을 최대한 늘려 놓은 전문적인 전투부대인 데다가 사제들과 마법사들의 보호 마법까지 곁들여져 있다 보니 열 발 이상을 맞더라도 끄떡하지 않고 성벽을 기어오르는 것이다.

"아래로는 돌을 던집시다! 궁수들은 화살을 계속 쏘세요!"

바르고 성채의 결사 저항!

유저들은 성벽을 올라오는 하벤 제국의 병사들과 뒤엉켜서 필사적으로 싸웠다.

하벤 제국의 군단장들은 의외로 잘 버티는 성벽을 보며 혀를 찼다.

"높아도 너무 높군."

"병사들만으로 점령하기는 상당히 까다롭겠습니다. 피해가 많으면, 이겨도 본대의 군단장들에게 창피한데 말이지요."

성벽이 가파르고 높다 보니 올라가다가 떨어지는 병사들이 너무나도 많다.

성벽 부근에서 병사들이 밀집해서 정체 현상까지 벌어지고 있다 보니, 바르고 성채의 궁수대 공격에 계속 피해를 입는다.

아무리 하벤 제국의 병사들이 뛰어나다고 해도 화살을 피할 곳도 없는 성벽 아래에서 공격만 당하고 있다 보면 죽어나가기 마련이다.

이런 식으로 시간을 쓰다가는 사기가 떨어져서 전체 전투력이 감소할 수도 있다.

"공성 무기로 성문 파괴에 집중하라!"

하벤 제국군에서는 배치가 끝난 공성 무기를 사용하기 시작했다.

바르고 성채를 향하여 거대한 돌덩어리들이 날아들었다.

"돌이다!"

"피하지 말고 싸우자. 이미 여기서 죽기로 결심했으니 물러서지 말자!"

제아무리 천연의 요새 바르고 성채라고 해도, 하벤 제국의 총공격에 의하여 차츰 누더기로 변해 가고 있었다.
　그런데 성채의 수비 병력이 많아도 너무 많았다.

　바르고 성채를 표현하는 데에는 한 문장이면 충분했다.
　오크, 오크, 오크, 오크, 오크, 오크, 오크.
　시작과 끝이 없는 오크들.
　"고향이다, 취익!"
　"싸움이 있다고 해서 왔다. 밥은 주나, 췩췩!"
　북부 대륙에 언제 오크가 이렇게 많이 번식을 했는지는 아무도 알 수 없었다.
　그들끼리 번식을 한 것도 있지만, 절망의 평원 너머의 오크 부족들이 계속 이주를 해 왔다.
　북부에서의 상인들의 활약은 눈부실 정도라서, 바다를 통한 교역선은 갈수록 많이 운행되었다. 물자 운송용 마차를 타고 몬스터들이 자주 출몰하는 산길을 느릿느릿 다니기보다는 범선 1척의 이득이 훨씬 컸던 것이다.
　특히 교역선들은 동부 왕국들과의 무역을 활발하게 진행했다.
　엠비뉴 교단이 멸망하고 난 이후 로자임 왕국과 브렌트 왕국이 회복되었다.

상인들은 교역선으로 물자를 운반하는 한편 오크 가족들을 유혹했다.

"북부에 가면 먹을 것과 무기가 많습니다, 여러분. 운송 비용도 공짜입니다!"

먹을 것, 무기, 공짜.

상인들이 흥정을 할 필요도 없었다.

오크들을 움직이는 데에는 그것으로 충분했다.

"일자리도 저희가 구해 드리겠습니다. 힘이 있으면 교역품 운송이나 건축 관련 업무가 꽤 짭짤하죠. 이틀만 일하더라도 가족들을 먹여 살릴 수 있을 텐데, 당연히 하실 거죠?"

"싸움을 잘하십니까? 오크니까 당연히 그렇겠죠. 오크들의 용맹함은 정말 유명하니까요. 위험하지만 보상이 아주 큰 일거리가 있는데… 지난번 쿠취라는 오크 투사는 한밑천 단단히 벌었다고 하죠?"

마판 상회에서 적극적으로 나서서 오크들을 데려왔다.

오크들을 통한 전투 인력 공급.

북부 대륙에서는 몬스터들이 자리를 잡고 있는 영역에 오크들을 적극적으로 투입했다. 그들을 퇴치해야 아르펜 왕국의 마을이 정착을 할 수 있기 때문이다.

북부 대륙에는 아쉽게도 인간 주민들이 그리 많지 않았다. 니플하임 제국의 멸망 이후 기나긴 혹독한 추위를 견디면서 인구가 급감해 버렸기 때문이다.

그 공백을 우선은 오크로 메울 수밖에 없었다.

혹자는 나중에 인간과 오크의 종족 대립이 벌어질 수도 있다고 생각했다.

"오크들. 오크들이 먹을 게 떨어지면 우리 인간들을 잡아먹을 게야."

"우리 아이들이 오크들과 어울리는 걸 보면 불안해. 새끼오크들의 흉악한 얼굴을 보면… 내 집에는 절대 오크들을 들이지 않을 걸세."

이렇게 말하는 주민들도 많았다.

실제로 마을에 오크들이 많이 살게 되면 주민들이 불안해하고 만족도가 떨어졌다.

그러나 오크들의 인구 확장에도 많은 장애물이 있었다.

오크들은 무슨 사건만 벌어졌다 하면 종족 의식을 가지고 몰려든다.

자신들의 영역에 몬스터들이 침략을 해 오면 물러서지 않고 맞섰다. 마지막 1마리의 오크가 죽을 때까지 버텼다.

그리고 그 복수는 남은 모든 오크들이 해 주었다.

그러니 새로운 정착지인 바르고 성채가 침략을 받게 되자 북부의 오크들이 끝도 없이 몰려왔던 것이다.

바르고 성채에서 전투가 벌어지는 동안 오크들은 계속 충원되었다. 그 때문에, 바르고 성채 공략을 위한 북부 정벌군의 우회 병력은 끝도 없는 싸움을 벌이고 있었다.

대지의 궁전에서 먼저 벌어진 전투가 하벤 제국군의 전멸로 끝났을 때도 전투가 벌어졌다.

오크들은 성채에서 나타날 뿐만 아니라 바르고 산맥 전역에서 출몰하며 그들을 괴롭혔다.

하벤 제국군이 아무리 강대하다고 해도 이곳은 전술과 병과의 특성이 발휘되는 평원 지역이 아니다. 공성 무기들의 일제 타격도 튼튼하게 지어진 바르고 성채를 부수진 못하였다.

엘프들의 화살은 공성 무기보다도 사정거리가 길어서, 잠시라도 방심하면 기술자들이 습격으로 우수수 죽어 나갔다.

성채에 일부 파손이 일어나더라도 드워프들이 즉시 더 완벽하게 수리를 해 버린다.

밤이 되면 언데드까지도 일어났다.

"으흐흐흐흐, 신선한 피가 그립다아."

"내 몸, 내 몸을 내놓아라!"

바르칸 데모프가 이끌었던 불사의 군단이 자리 잡고 있던 곳.

대규모 전투가 벌어지면서 깊이 잠들었던 언데드들이 깨어나 하벤 제국군과 싸움을 벌였다.

하벤 제국군에게 바르고 성채는 싸워도 싸워도 끝나지 않는, 흡사 개미지옥과도 같았다.

바르고 성채를 파괴하기 위해 공성전을 벌이고 있던 북부 정벌군의 일부는 새로운 명령을 받았다.

-전쟁은 잠시 중단한다. 즉시 회군하여 북부의 정복 지역을 지켜라. 향후 북부 정복을 위한 중요한 교두보를 준비해야 한다.

바르고 성채로 향했던 북부 정벌군의 현재 피해도 상당했다.

수십 킬로미터나 되는 면적, 높이는 5,000미터에 달하는 산맥에서 과로로 인하여 10만여 명의 병력이 감소했다. 산맥을 자기 집 안방처럼 훤히 아는 오크들과 산맥에서 교전을 벌이느라 또한 20만이 죽었다.

하지만 남은 병력은 120만, 아직 엄청나게 많은 수였다.

그들은 매일 바르고 성채에서 치열하게 공성전을 벌이고 있었다.

성채의 완전한 파괴와 오크들의 전멸이 그들의 전술적인 목표가 되었다.

"점령 지역을 지키러 가자."

"총사령관, 우리가 여기까지 어떻게 행군을 해서 왔습니까. 근데 이제 성채를 거의 다 뭉개 놓았는데 다시 돌아간다고요?"

"말도 안 됩니다. 산을 간신히 올라왔더니 여기가 그곳이 아니라고 말하는 것과 같습니다."

바르고 성채 방면 북부 정벌군을 총괄하는 알카트라도 불만이 컸다.

"그래도 위에서 까라는데 까야지 별수 있겠냐. 헤르메스 길드에서는 명령에는 무조건 복종하라고 시키니까."

"드라카 총사령관이 당한 걸 보면 우리도 어쩔 수 없긴 하죠."

대지의 궁전으로 향한 북부 정벌군을 이끌던 드라카는 독자적인 판단에 따라 정면 승부를 벌였다.

결과는 패전.

명령불복종과 패배에 대한 책임으로, 다스리던 성과 마을들을 빼앗기고 권한도 일반 유저와 똑같게 바뀌었다고 발표되었다.

공적에는 후한 보상을, 실패에는 엄격한 처벌을 하는 헤르메스 길드의 당연한 처분이었다.

"우리가 뭐하러 북부까지 와서 이 고생을 하는지 모르겠어."

"대장님, 북부 정벌군 전체를 통합하여 다스리는 병력이 늘어났으니 그래도 좋지 않습니까? 드라카와 그 휘하의 유저들이 전부 대장님 밑에 들어와서 정복한 영토를 방어할 텐데요."

"됐다. 그들과는 편한 사이도 아니고 무시할 수 있는 분도 아니지. 아무튼 임무가 떨어졌으니 잘해 봐야지. 전쟁보다는 수비가 더 적성에 맞기도 하고."

알카트라는 요새 방어전에서 최고의 능력을 발휘했다.

제12차 오데인 요새 공방전에서는 수비군의 총사령관으로서 최고의 무훈을 떨치기도 했다. 헤르메스 길드의 정예 병력을 대상으로 나흘이나 거뜬히 막아 내었다.

결국은 바드레이가 친위대와 함께 직접 나서서 전력 차이가 너무 심하게 벌어지는 바람에 허무할 정도로 간단히 함락되기는 했지만, 수비군이 많이 지쳐 있었던 것도 큰 이유였다.

알카트라는 병력을 세밀하게 운용할 줄 알고 실수를 저지르지 않는 성격이었으므로 북부 정벌군에서도 우회 공략을 책임졌다.

험로에 진군 속도가 느린 탓에 바르고 성채 앞에까지만 겨우 와서 오크의 삼분의 일 정도를 없앴지만 명령이 떨어진 이상 되돌아가야 했다.

"전속 후퇴! 점령 지역으로 돌아가려면 시간을 단축해야 한다!"

알카트라의 명령에 부대는 행군을 시작했다.

즉시 후퇴하는 정벌군을 보며 성벽에 있던 오크들은 의아

해했다.

"뭐여, 저것들은, 취익!"

"할 일 없나 보다. 왔다가 그냥 간다, 취췩!"

오크와 드워프, 엘프, 바바리안까지 모여 구성된 연합군이 바르고 성채에서 기다리고 있었다. 특히 이종족들로 구성된 이 지역은 아르펜 왕국에 대해 대단히 호의적이어서 NPC 주민들의 비율이 매우 높았다.

종족 간의 상거래와 화합이 활발하게 진행되는 바르고 성채.

오크 로드 유저들은 대지의 궁전에서 하벤 제국군이 크게 패했다는 소식을 듣고 누런 이빨을 드러냈다.

"취익! 그렇다면, 췩! 무조건, 취취췩, 우리가, 췩, 공격한다, 취위이익!"

"숨부터 돌리고 말하자, 추추췩."

"무조건 다 잡자, 취췩!"

"취익, 성급하면 안 된다. 함정일 수도 있다, 취췩!"

"우리 부족, 너무 많다. 함정, 반갑다, 취췩!"

"다 죽으면 또 낳자, 취치칙!"

"우린 손해 없다, 치위익!"

전멸을 두려워하지 않는 오크 부족들!

오크 로드들은 용맹한 전사들을 원하고, 또 끊임없이 전투로 이끌었다.

넓은 땅과 곡창지대, 사냥감 등을 확보하지 못하면 오크 부족의 인구에도 제한이 있을 수밖에 없다. 전투를 두려워하다가는 무능한 오크들 수천 명만 힘겹게 먹여 살리는 꼴이 되어 버리는 것이다.

그리하여 오크 부족들은 퇴각하는 알카트라의 부대를 습격했다.

산악 지역에서 벌어진 맹렬한 추격전 끝에 하벤 제국군은 25만의 병력을 잃었다.

오크들은 육체적인 능력이 뛰어나고 초반 성장이 빨라서 초보들보다도 오히려 더 강했다.

방어의 명장이라고 불릴 만한 알카트라이니 그가 실력을 발휘했다면 실제로 피해를 5만 이하로 줄일 수도 있었을 것이다. 하지만 그에게는 점령 지역에 서둘러 도착해야 한다는 최우선 과제가 있었다.

25만 중 무려 16만 명이 무리한 행군으로 인한 과로와 낙오로 어쩔 수 없이 잃은 병력이었다.

어쨌든 결과적으로 알카트라는 제국군을 거느리고 무사히 산맥을 지나서 북부 점령 지역에 도착했다. 그리고 대지의 궁전에서 목숨을 잃은 헤르메스 길드 유저들이 중간에 합류하며 거대한 세력을 구축했다.

알카트라는 점령지의 총독으로 임명되었다. 이제 그는 북부 영토의 사분의 일에 해당하는 방대한 땅을 다스려야 했다.

"후후후, 이번에도 명곡이 나오겠는걸. 잘만 지으면 대륙 전체에 내 노래가 전해질 수 있는 기회가 생겼다."

바드 마레이는 손가락으로 가볍게 하프를 퉁겼다.

맑은 선율이 울리자 솔방울이 일어나서 춤을 추고 낙엽들이 솟구쳐서 날아다녔다.

영웅의 별과 샘의 흘러감을 노래하는 시인 마레이.

자연을 친구로 두는 친화력을 가진 직업으로는 모험가와 함께 바드가 꼽힌다. 자연을 거스르지 않는 한도 내에서 힘을 빌려 쓸 수 있고, 때때로 노래를 하는 무대에서 신비로운 광경을 연출할 수 있었다.

대륙 최고의 바드인 마레이는 이번 전쟁도 당연히 관람했다.

절대 놓칠 수 없는 전투! 대륙 각지에서 구름처럼 모여든 음유시인들이 위드의 승리를 위하여 노래를 지었다.

'하벤 제국이 이겨 봐야 사람들은 안 좋아하지.'

'대륙의 인심은 위드를 인정하고 있다.'

'노래를 널리 알리고 따라 부르게 만들기 위해서라도 주인공은 위드가 되어야 한다.'

바드들은 자신들의 노래를 짓는다. 그 노래가 널리 알려지게 되면 명성이나 작곡 스킬이 증가했다.

전혀 활동을 하지 않은 지역에서도 사람들이 그가 지은 노래를 부르고 있다면 최고의 명성을 쉽게 누릴 수 있다.

조각사, 화가도 나름의 명성을 얻기에 매우 유리하다고 해도, 직업 자체만을 놓고 평균적인 수준을 보았을 때는 바드의 이름값을 능가하지 못한다.

심지어는 그들이 부른 노래에 따라서 특정인의 모험이 더욱 과장되어서 널리 알려지게 되는 것은 물론이고 지명이나 사람의 별명까지 바뀌기도 했다.

대륙을 돌아다니고, 음악과 함께 노래하는 매력적인 직업!

때때로 모험도 하고 친구들을 사귀기에도 좋은 직업이라서 인기도 대단히 많았다.

직업 특성 자체가 한곳에 정착하거나 길드 활동을 선호하지 않는 편이라 북부에 머무는 바드들이 많았다. 최근 유행하는 명곡으로는 〈오크 카리취의 콧소리〉, 〈알 수 없는 영웅의 미래〉, 〈풀죽을 위한 찬가〉를 들 수 있었다.

오오
오늘도 그가 취익거리네
콧물이 터져 나올 것만 같은 거센 콧소리
그 오크를 보았는가
팔뚝에는 지렁이 같은 힘줄이 꿈틀거리고 넓은 이마는 머리카락 한 올 없이 황량하다네

칫, 취취칫, 취칫, 취취취칫, 칫칫칫, 추이익!
더러운 성질머리를 가진 카리취는 멋쟁이!

오크라면 새끼들부터 어른까지 할 것 없이 누구나 아는 명
곡이었다.

마레이가 일찍부터 오크들 사이에서 연구를 하다가 지은
노래.

단순한 가사를 가지고 있으면서도 연속으로 이어지는 콧
소리를 정확하게 내기란 상당히 어려운 편이라서 노래 좀 한
다 싶은 오크들 사이에서 폭발적인 인기를 끌었다.

마레이는 아무 오크나 붙잡아도 쉽게 대화를 나눌 수 있을
정도로 인기를 누렸다. 다만 가까이에서 노래를 듣는 경우에
는 콧물이 튀는 불쾌한 경험을 할 수도 있기에 매우 주의해
야 했다.

"지금은 확실한 명곡을 만들 수 있는 기회이고 노래의 완
성도 남들보다 빨라야 하리라."

대지의 궁전을 목표로 두고 벌어진 대전투.

모험이나 큰 전투가 있으면 바드들에게는 큰 이벤트가 벌
어지는 것과 마찬가지다.

마레이뿐만 아니라 다른 바드들도 노래를 지어서 도시의
광장과 술집에서 부를 테니 경쟁이 치열하다.

노래가 먼저 알려진 쪽이 유리한 것은 두말할 필요도 없었

으며, 쉬우면서도 사람들을 끌어당기는 확실한 한 방을 가져
야 했다.

"대지의 궁전, 새벽의 도시. 음… 무언가 악상이 떠오를
것도 같은데. 대지의 궁전은 무너졌지만 재건을 할 테니 새
로운 이야기가 더 만들어지는 것이지. 새벽의 도시가 역할을
하려면 그래도 상당한 시간이 있어야 할 터. 아르펜 왕국의
미래는… 그래, 새벽이 지나면 태양이 떠오르고 아침이 올
테지."

그런 생각을 하던 중 번뜩 떠오르는 영감이 있었다.

'아르펜 왕국은 아침이 오면 도약을 시작할 것이다.'

아침이 되어 찬란한 미래를 열어 갈 아르펜 왕국.

지금은 그때를 위한 어둡고 늦은 밤의 준비 과정이라고 할
수 있었다. 불사의 군단과의 전쟁, 하벤 제국의 침략도 어디
까지나 새로운 시작을 위한 진통이라 봐도 되리라.

"미래란 불안하기에 노력을 하면서 만들어 가는 거지. 확
정된 미래는 존재할 수가 없는 것이야."

마레이는 불현듯 궁금해졌다.

위드는 미개척 지역이나 다름없는 북부에 새벽을 깨웠다.

'아침이 오고 나면… 마침 공교롭게도 아침이 오기 직전의
새벽에는 새들이 시끄럽게 우는데, 억지스럽기는 해도 조인
족의 도시 라비아스까지도 아르펜 왕국에 있군. 과연 위드는
아르펜 왕국을 어디까지 키울 것이고, 최종적으로는 어느 단

계까지 바라볼 수 있을까?'

그가 지을 노래의 제목도 결정되었다.

〈떠오르는 아침의 왕국〉.

하벤 제국과의 전투만을 노래한다면 스케일이 너무 작다.

아르펜 왕국의 종합적인 발전사를 노래로 만들 작정이었다.

마레이의 노래는 대륙 전체에서 불린다.

그렇게 되면 당연히 아르펜 왕국의 국가 명성이 증가할 뿐
만 아니라 그곳에서 살아가는 주민들의 자긍심도 높아질 것
이다.

Moonlight *The Legendary* *Sculptor*

북부 봉쇄령

대륙에는 하벤 제국의 이름으로 포고령이 내려졌다.

- 아르펜 왕국과의 모든 교역과 물자 운송을 차단한다.
- 북부 유저의 중앙 대륙 활동을 금지시킨다. 사냥과 의뢰,
여행 등 모든 것들이 금지된다.

북부 대륙 봉쇄의 시작이었다.

하벤 제국이 북부 대륙에 차지하고 있는 땅도 상당하지만,
군대를 파견하여 북부로 향하는 모든 지역에 국경과 검문소
를 설치·운용했다.

제국군의 보급 외에는, 모든 상인들의 물류 운반과 여행자

들의 이동을 가로막았다.

철저한 고립정책!

아르펜 왕국의 발전을 늦추고 낙후시키기 위한 헤르메스 길드의 작전이 개시된 것이다.

중앙 대륙과의 교역을 하던 상인들이 당장 큰 피해를 입게 되었으며, 아르펜 왕국으로 향하던 관광객들과 여행자들의 발길도 뚝 끊어졌다.

아르펜 왕국이 침략을 물리쳤다고는 해도 하벤 제국의 역량은 약간의 피해를 입었을 뿐 건재하다.

새로 로열 로드에 들어오는 유저들도 아르펜 왕국에서 시작하는 것을 심각하게 다시 고려해 보기 시작했다. 북부 출신이라면 향후 받을 불이익과 차별을 걱정하게 되었다.

"꾸아아아악!"

서윤은 와삼이를 타고 모라타의 흑색 거성에 내려앉았다.

"고마워. 여기 간식이야."

그녀는 배낭에서 미리 준비해 두었던 말린 말고기를 꺼냈다.

와구와구, 쩝쩝, 촤촤참!

맛있다는 듯이 받아먹는 와삼이!

서윤이 와삼이를 보는 눈빛은 따뜻하기 그지없었다.

위드의 와이번들은 레벨이 올라서 장거리를 빠르고 편안하게 비행할 수 있을 뿐만 아니라 하늘에서 대기의 흐름을 따라 활강하는 실력도 다들 놀라울 정도였다. 그러나 그 어떤 와이번도 와삼이만큼 안락하지는 못했다.

'와삼이는 과학이야.'

항공운송 수단으로서 완벽한 가치를 인정받은 와삼이!

서윤은 창문을 통해 집무실로 들어왔다.

위드는 그녀가 온 것도 모르고 집중해서 조각품을 깎고 있었다. 남자로서 일에 몰두하는 멋진 모습이라고 생각하기 쉽지만, 실상은 그렇지만도 않았다.

"늦기 전에 확실히 해 둬야지."

–만드신 조각품의 이름을 정해 주십시오.

"아르펜 왕국을 이끄는 멋진 국왕."

–아르펜 왕국을 이끄는 멋진 국왕이 맞습니까?

"훗. 뭐, 부인할 수 없는 사실이지."

달빛 조각 걸작! 아르펜 왕국을 이끄는 멋진 국왕상을 완성하셨습니다!
시간과 빛의 아름다움을 표현할 줄 아는 조각사 위드의 작품이다.

베르사 대륙의 북부에 자리 잡은 아르펜 왕국.

이 신생 왕국에는 최근 많은 어려움이 있었지만 푸릇푸릇한 싹이 돋아나고 곡식들이 자라면서 수확 철이 다가오고 있다.

많은 생명이 태동하는 아르펜 왕국에서 가장 존경받는 국왕 위드의 동상은 주민들에게 자긍심과 친근함을 더해 주게 될 것이다.

특히 통치에 소홀히 하며 여행을 다니기 좋아하는 국왕에 대해 불만이 많은 주민들에게는 이 동상이라도 있어서 다행일 것이다.

예술적 가치 : 조각술의 한계를 뛰어넘는 위드의 작품.

　　　　6,700.

특수 옵션 : 아르펜 왕국을 이끄는 멋진 국왕상을 본 이들은 생명력과 마나 회복 속도가 하루 동안 20% 증가한다.

　　　　지역 주민의 충성도 상승.

　　　　통치 건물들의 효과를 2% 늘림.

　　　　국가 명성 +1.

　　　　지역에서 생산된 예술품들의 가치를 높임.

　　　　예술 계열의 직업을 가진 유저들의 매력을 38 증가시킴.

　　　　카리스마가 영구적으로 1 증가.

다른 조각품과 중복 적용되지 않음.

지금까지 완성한 달빛 걸작의 숫자 : 12

–조각술 스킬의 숙련도가 향상되었습니다.

–손재주 스킬의 숙련도가 향상되었습니다.

–명성이 2,230 올랐습니다.

–인내력이 5 상승하셨습니다.

"후후후후, 크하하하하하!"

자기 자신의 조각품!

성형 미인이라는 말이 절로 떠오르게 할 정도로 위드의 외모와는 차이가 엄청난 조각품이었다.

오뚝한 콧대와 날렵한 턱 선, 부드러우면서도 이지적인 눈의 윤곽도 다르다.

몸에서 차지하는 다리의 길이와 완벽하게 다져진 상체, 달빛 조각술을 통해서 은은한 광채까지 발산하고 있었으니 그 야말로 미남!

위드는 꼼꼼하게 조각품을 살폈다.

"화장실에서 막 세수를 마친 후에 거울을 보는 느낌이군."

눈 · 코 · 입만 같을 뿐 인종 자체가 다르게 느껴질 정도의 심각한 차이였다.

"과연… 어쩌면 난 관리만 잘했어도 외모로도 먹고살 수 있었을지 몰라."

위드는 고개를 끄덕였다.

자칫하면 엄동설한에 여동생과 함께 굶어 죽었을지도 모를 위험한 망상!

서윤은 그 광경을 보면서 고개를 끄덕였다.

그녀의 눈에는 위드가 조각상보다 훨씬 나아 보였다. 심지어는 호남형의 미남인 제피나, 연예인과 모델을 비롯해 다른 잘생긴 남자들보다도 위드가 훨씬 나았다.

거의 수면 안대 수준으로 제대로 콩깍지가 씌워진 상황이 었다.

위드는 흑색 거성의 집무실에서 오랜만에 서윤을 대상으로 조각품을 깎았다.

"음, 거기 그쪽으로 팔을 조금 더 높게 들어 봐."

"이렇게요?"

서윤에게 여러 복장들을 입혀 보고 조각품을 만든다.

"이게 다 예술을 위한 거야, 예술을."

"네?"

"아냐, 아무것도."

순수하게 예술혼이 불타오르기 때문만은 아니다.

정말 여러 가지 복장들, 여행복부터 시작해서 검사와 기사의 갑옷, 마법사의 로브, 댄서의 무대용 복장까지 전부 잘 어울렸다.

단정하게 몸을 감싼 옷에서부터 다소 노출이 있는 복장까지 완벽하게 소화하는 서윤.

"패션의 완성은 역시 얼굴과 몸매로군."

서윤처럼 아름다운 여자를 보면서 똑같은 조각상을 만드는 것은 너무나도 경이로운 광경이기도 했다.

아름다움을 창조하는 작업은 항상 새로울 수밖에 없다.

밤새도록 이어지는 조각.

지루할 수도 있었지만 서윤은 위드의 지시를 잘 따라 주었다.

"이 옷도요? 제가 입기에는 치마가 너무 짧은데."

"예술을 위해서는 끊임없는 시도를 해야 하지. 아름다움을 위한 숭고한 도전이라고 해야 할까. 그런 헛된 망설임이 있어서는 예술계는 영원히 발전하지 못할 거야."

"지금 침을 흘리고 있어요."

"……."

서윤과 같은 여자 친구가 있다면, 남자라면 누구나 음흉해지게 되리라.

조각을 하다 보면 많은 것을 알 수 있다.

그녀를 그저 아름답다고만 느끼는 게 아니라, 세세하게 다듬으면서 그 대상에 대해 조금 더 알아 가는 과정이 된다.

표정과 눈빛, 몸 전체를 조각하면서 끊임없이 새롭게 발견한다.

오래전 서윤을 조각하면서 그녀가 웃었으면 하는 바람을 가졌다. 예쁘지만 딱딱하게 굳어 있는 얼굴이 너무나 아쉬웠기 때문이다.

지금도 큰 소리로 웃진 않지만 잠깐씩 부드럽게 웃는다.

그때 발산되는 미모는 다이아몬드급!

'과거보다 더욱 예뻐졌군.'

세상에 신이 있다면 최소한 아름다움에 대해서는 그녀에게 전부 다 주었다.

약간 과장하면, 신이 주택 담보대출을 끝까지 당겨서 받고 제2금융권은 물론이고 카드깡과 사채까지 끌어다 주었을 정도!

서윤은 과거보다는 훨씬 좋은 표정과 편한 태도로 그를 대한다. 평소보다 자연스럽고 더욱 예쁜 모습이 드러났다.

'내 모습을 저렇게 조각해 주고 있어. 내게도 이런 면이 있었구나.'

그녀는 자신을 대상으로 하는 각양각색의 조각품들을 보며 감동을 받았다.

눈가에 신뢰와 애정을 듬뿍 담아서 쳐다봤다.

그 느낌들까지도 조각품에 여운처럼 남았다.

위드의 손에서 완성된 조각품은 더할 나위 없는 예술품이 되었다.

−사랑에 빠진 여인상.

−천사의 미소.

−타오르는 미모.

–영원히 꺼지지 않을 아름다움.

달빛 조각 걸작들이 연달아 탄생!

"음, 예술가로서 성공을 하려면 조건들이 까다롭겠군."

위드는 다시금 깨달음을 얻었다.

남다른 관찰력과 안목이 있어야 하고 돈에 연연해도 안 된다.

음악이나 시, 연극, 소설, 조각품 등은 모두 일맥상통하는 부분이 있었다.

비싼 예술품을 만들려 한다고 해서 무조건 그렇게 되진 않는다. 욕심을 부리기보다는 예술가 자신의 모습이 그대로 작품에 나타나게 되기 때문이다.

작품에 대한 열정과 몰입은 필수.

예쁜 여자 친구가 있으면 확실히 작품 활동을 하기도 더 편리해지리라.

위드는 그렇게 밤새도록 조각품을 깎으며 스킬 숙련도를 올렸다.

다음 날.

위드는 흑색 거성의 집무실에서 국왕으로서 해야 할 일을 했다.

"투자다, 투자!"

하벤 제국을 상대해야 할 아르펜 왕국을 성장시키기 위한 투자!

현재 아르펜 왕국의 내정을 위한 자금은 무려 7천만 골드나 되었다. 몇 달간의 세금 수입이 알차게 모인 것이다.

지속적으로 발전이 이루어지면서 아르펜 왕국의 세금 수입은 위대한 건축물을 비롯하여 내정에 대부분 다시 투입되었다. 그럼에도 약간씩 축적된 자금이 남아서 국왕에 의해 집행될 수 있었다.

7천만 골드!

개인과 단체에는 엄청난 금액이지만 아르펜 왕국의 현 규모를 감안한다면 그리 많지 않다.

군사력에 투자하더라도 30만의 병사를 양성하면 그걸로 완전히 소모되어 버리고 말 것이다.

사실 아르펜 왕국의 무역과 생산은 나날이 크게 확대되고 있었다. 주민들에게 특별세를 거두거나 세율을 조금만 더 높이더라도 지금과 비교하면 천문학적인 금액이 더 걷힐 것이다.

하벤 제국처럼 쥐어짜 내듯이 세금을 거둔다면 세금 수입은 3배 이상으로 증가하게 된다.

하지만 자유로운 북부의 특성상 그럴 수가 없는 점이 한계였다.

부족함이 많은 아르펜 왕국에서 시작한 유저들 중에는 세율이 낮은 걸 장점으로 생각한 사람들이 많다. 상인들은 낮은 세율을 바탕으로 위험한 무역을 성공시키고, 새로운 교역로를 개척한다.

지금 세금을 막무가내로 올렸다가는 아르펜 왕국은 그나마 가진 중요한 강점도 잃게 될 것이다.

"뭐, 왕궁 붕괴로 인해서 세금이 줄어들기는 했지만 다시 늘어나겠지."

유저들과 주민들이 지금처럼 증가한다면 반드시 그렇게 되리라.

7천만 골드, 대단히 아껴서 사용해야 하는 돈이었다.

한꺼번에 쓰기에는 물론 큰돈이지만, 자칫 엉뚱한 데 투자를 하게 되면 아르펜 왕국이라는 큰 호수에 이슬 몇 방울을 더한 것과 마찬가지의 결과가 되어 버린다.

"생산성이 높은 분야에 투자를 해야 해. 보통은 경제에 투자를 하는 것이 옳겠지만 얼마나 효과가 있을지 모르겠군."

왕국의 경제력을 확대하기 위해서 대장간을 많이 설립하거나 황무지를 개간하여 농업 구역을 늘릴 수 있다. 적극적인 광산 개발도 하나의 방편이었다.

그렇지만 위드가 어중간하게 손을 대기에는 아르펜 왕국이 너무 넓었다.

경제 발전에 다소 도움이 되긴 하겠지만 강제로 이끌어 가기에는 애매한 금액이었다.

"게다가 시기도 미묘한 편이야."

대장간을 설립하고 장인들을 고용한다면 왕국 내의 무기와 갑옷 생산량은 비약적으로 늘어나게 되리라. 전투 시에 필수적으로, 그리고 끊임없이 소모되는 품목이 검과 방패 등이니만큼 절대로 손해는 보지 않는 사업이었다.

평소라면 많은 자금을 꾸준히 투입해도 괜찮겠지만, 지금은 하벤 제국군으로부터 무기와 방어구 등의 전리품을 많이 얻었다. 이것이 비록 일시적 현상이라 해도, 돈을 효과적으로 지출하기 위해서는 이런 부분까지도 고려할 필요가 있었다.

세금 수입이 줄어들었을 뿐만 아니라 북부 대륙 봉쇄령이 떨어진 만큼 앞으로의 경제 상황은 더욱 힘들어지게 되리라.

당장 효과를 볼 수 있을 뿐만 아니라 장기적인 이익도 나오는 분야에 투자를 해야 했다.

"경제를 활발하게 만들기 위해서는… 상품 생산만 늘린다고 해서 해결이 되지는 않는단 말이야."

위드의 머리가 굴러가기 시작했다.

뚜렷하게 경제학을 배워 본 적은 없지만 상식적인 선에서는 충분히 생각을 했다.

북부에 유저들은 많고, 앞으로는 더욱 늘어날 것이다. 굳이 간섭하지 않고 내버려 두더라도 그들이 소비할 물건들은 크게 부족하지 않도록 알아서 생산되고 공급될 것이다. 대장장이들과 상인들이 자신이 해야 할 일을 알고 있기 때문이다.

"시장에서 무조건 많은 상품들만 판다고 해서 다 되는 건 아니었단 말이지."

책이나 강의가 아니라 새벽 시장을 다니면서, 도매상인들과 대화를 나누면서 터득한 지혜다.

시장에서 어떤 상품이 특히 잘 판매된다면, 그럴 만한 충분한 이유가 있는 법이다. 상인이 주로 값이 싸고 양이 많은 물건들 위주로 들여놓는다면 그게 고객들이 원하고 자신에게도 최대의 이익이 되기 때문이다.

국왕이 대장간을 사방에 건립하여 물건 생산량만 늘린다고 해서 왕국의 전체적인 경제력이 부강해지진 않는다. 상품이 부족하면 문제가 되지만 지금은 충분하니까 국왕이 개입할 필요도 없다.

위드에게 약간의 이득은 있더라도, 왕국 차원에서 본다면 내버려 둬도 어차피 누군가는 생산할 품목에 불과했다.

아르펜 왕국의 경제력은 최소한 스스로 부족함을 메꾸고 발전해 나갈 수 있는 기본 단계는 이루어 냈다. 왕국 차원의 경제성을 따지자면 더 높은 부가가치를 창출해 내야 했다.

"상인들의 일에 개입할 필요 없이 왕국 전체의 경제력을 부강하게 만들 수 있는 방법이라……."

위드의 머리가 계속 굴러가고 있었다.

그러다가 불현듯 상인들이 무엇을 원하고 있을지를 생각하게 되었다.

"더 큰 시장 그리고 활발한 교역, 아르펜 왕국이 부유해지는 것을 원하겠지."

어려운 문제였다.

위드는 아르펜 왕국 전체를 놓고 생각해 보았다.

지금 상태에서 과연 무엇이 부족할까.

따지고 보면 아주 많았다.

아르펜 왕국에서 그나마 풍족한 것은 초보 유저들뿐이었다.

"대지의 궁전이 부서졌지. 모라타와 항구 바르나, 바르고 성채가 아르펜 왕국의 핵심이라고 할 수 있고……. 모험가들은 북부 대륙 전역을 돌아다닌다. 상인들도 마찬가지. 왕국의 구석구석에 있는 작은 마을들을 개발하고 있고. 몬스터의 위협에도 불구하고 그들이 현재를 만들어 놓은 것과 마찬가지다."

상인들의 공헌은 말할 필요도 없다. 이곳에서 시작한 초보 유저들도 왕국 발전의 든든한 밑거름이 되어 주었다.

하지만 언제까지나 그들만 믿고 있을 수는 없다.

아르펜 왕국에는 활기와 즐거움이 있었다.

그러나 현재는 상당한 혼란을 겪고 있는 하벤 제국도 점점 나아질 것이다. 중앙 대륙의 전쟁이 종식된 지금 하벤 제국이 안정된다면 발전된 기술력과 도시들에 반해서 그곳의 인기가 높아지지 말란 법도 없다.

북부 봉쇄가 시작된 만큼 아르펜 왕국의 인기도 식어 버리고 초보 유저들이 중앙 대륙을 선호하게 될 수도 있을 것이다.

하벤 제국의 강압적인 통치 방식이 변할 가능성은 별로 없지만, 만약에 모든 점에서 개선이 이루어진다면 굳이 아르펜 왕국에서 살아가야 할 이유도 없는 셈이니까.

북부에 초보 유저들이 많은 데에는 다분히 모라타의 영향이 크다.

중앙 대륙에는 이름을 다 외우기도 힘들 정도로 온갖 대도시들이 도처에 널려 있다. 그러나 북부에서는 대부분 모라타에서 생활을 시작했기 때문에 상대적으로 초보 유저들이 훨씬 많은 것처럼 느껴진다.

실제로 꽤 많기도 하겠지만, 로열 로드를 시작하는 초보 유저들이 언제까지고 북부를 선택하리라고 믿는 것도 환상이었다.

"어떤 브랜드나 회사도 변하지 않으면 금방 쇠락해 버리지."

위드는 근본적으로 아르펜 왕국의 경쟁력을 계속 유지시켜야 할 필요성을 강하게 느꼈다.

그렇게 생각하니 아르펜 왕국은 너무 좁았다.

실제로 다스리는 영토는 아주 넓지만, 대부분은 몬스터들이 실컷 활개를 치는 영역이다.

마을들의 거리도 아주 멀었고, 조금만 변방으로 가면 사람들이 거의 돌아다니지 않는다.

아르펜 왕국에는 발전된 도시들이 너무 적었다.

모라타와 바르고 성채, 항구 바르나에만 사람이 북적댄다.

벤트 성과 모드레드도 최근에는 방문객들을 중심으로 유저들이 늘어나고는 있다. 그 외에 수많은 마을들도 조금씩 나아지고 있었다. 오크 성채들도 날로 늘어났다.

그럼에도 불구하고 사람들이 살아가는 대도시의 숫자는 매우 모자랐다.

오크들이 늘어나 봐야 사람들을 위한 여러 종류의 건물들이 형성되지는 않는다.

교역과 생산을 위한 상업 도시, 땅에서 자원을 채취하는 광업도시, 기술을 개발하고 마법을 융성하게 만드는 교육도시 등이 필요했다.

여행객들을 유입시키고 정착하게 만드는 관광도시도 반드시 필요할 것이다. 예술을 활짝 꽃피우는 문화의 도시도 있으면 더할 나위 없을 테고.

아르펜 왕국을 효과적으로 다스리기 위해서, 그리고 넓은 북부의 영토를 통치하기 위해 절대적으로 필요한 것은 그 지역을 관할할 수 있는 대도시들이었다.

각 마을과 도시를 다스리는 영주들이 노력은 하고 있을 테지만 내정 모드로 살펴보면 인구나 기술력, 세금 수입 등은 다 고만고만하다.

모라타와 바르고 성채를 제외하면 발전도에서 비슷비슷했다.

"사람들이 유명한 곳 위주로 가고 있으니까. 아르펜은 신생 왕국이야. 영주들이 노력을 하더라도 대부분 비슷한 시기에 시작된 마을들인 만큼 지금은 차별화가 어렵지."

위대한 건축물들이 지어진 마을들은 금방 도시처럼 규모가 커졌다. 그렇더라도 정착해서 살아가는 사람보다는 여행자들이 많아서, 도시의 모습이 기형적인 면이 있었다.

모라타가 아르펜 왕국을 만들어 냈다. 장점도 많았지만 정치와 경제, 상업, 문화, 기술이 모두 모라타에만 집중되어 있었다.

"내가 할 일은 도로를 연결하고, 거점 역할을 하는 광역도시들을 형성하는 것이로군."

모라타를 중심으로 놓고, 거리에 따라서 북부 대륙을 관할하는 8개의 광역도시들을 건설하기로 했다.

물론 평원이나 강가에 완전히 새로운 도시를 건설하는 게 아니라 기존에 자리 잡고 있는 마을과 도시를 이용하기로 했다.

마을 안에 중요한 건물들을 짓는 방식이다.

아직은 부족하지만 사람들이 모라타를 떠나서 아르펜 왕국을 편하게 돌아다닐 수 있도록 광역도시들을 짓는 것이다.

북부에서 시작한 유저들이 모라타 인근은 좁다고 느끼는 지금이 적기였다. 모험가들에 의해서 탐험이 이루어지고, 상인들이 위험을 무릅쓰고도 돌아다니는 지금을 놓칠 수 없다.

꼭 지금이어야 했다.

더 미루어지면 아르펜 왕국은 모라타 때문에 한계에 부딪쳐 버리고 말게 될 것이다.

"동쪽으로는 이벨린 성을 확장시켜야지. 필요한 건물들을 지어 주고 초보 유저들도 활동하기 편하게 만들어 줘야 돼."

이벨린 성에서는 크루거 항구와 르네이 항구가 가깝다.

이벨린 성이 있는 동쪽 지역까지는 르포이 대평원을 지나간다. 상인들이 마차를 끌고 다니면서 여행자들을 옮겨 주기에도 좋았다.

모험가나 초보 유저가 이벨린 성을 거점으로 삼고 그 주변에서 활동을 한다면 여러모로 좋을 것이다.

모라타와는 다른 새로운 환경에서의 정착은 큰 기회를 안겨 주게 된다.

위드는 이벨린 성에 무려 1,584만 골드를 투자하기로 했다.

어중간하게 투자해서는 유저들이 식상하게 느끼기 마련이다.

식료품 가게와 잡화점을 비롯한 상업 건물들에서부터 검

사 길드, 기사들의 연무장, 정령사와 마법사 길드까지 종류별로 갖춰 놓았다. 프레야 교단에 지부 건설 요청도 하고, 주택가까지 새로 충분히 형성했다.

다행인 점은, 워낙 안전한 지역이고 오래된 성이라서 굳이 성벽까지 건설할 필요는 없다는 것이었다.

"하르셀 산악 지역도 개척해야 해. 왕국이 발전하기 위해서는 많은 자원이 필요할 테니까."

벤트 성에서 하르셀 산악 지역으로는 작은 강이 흐른다.

산악 지역의 입구에 형성되어 있는 입툰 마을을 발전시키기로 했다.

광업과 관련된 건물들을 지어 주고, 주민들을 위한 편의시설들을 대거 건설했다. 강가에는 물류 이동을 위한 소규모 내륙항도 건설하도록 했다. 가을이면 몬스터의 침입이 잦은 곳이기 때문에 성벽 건설과 레인저 모집도 지시했다.

입툰 마을이 도시가 된다면 하르셀 산악 지역도 자연스레 탐험과 개발이 이루어져서 아르펜 왕국의 경제력에 도움이 될 것이다.

명목상의 영토가 아니라 실질적인 영토로서 가치를 생산해 내게 된다는 것.

입툰 마을에서 고레벨 유저들이 많이 활동해 준다면 산악 지역의 넘쳐 나는 몬스터들도 퇴치되어서 왕국의 치안에도 긍정적이었다.

그 주변에서 활약하는 몇 개의 파티들이 지금처럼 힘들게 모라타나 바르고 성채까지 돌아오지 않아도 된다.

"죽음의 계곡 근처도 개발하도록 하고, 동쪽 바다도 놓칠 수 없지. 아예 한가롭게 돌아다닐 생각도 못 하고 현지에서 사냥과 생산에만 빠져서 살도록 해야 돼."

악덕 국왕의 마인드!

"하르셀 산악 지역, 바르고 산맥은 치안이 더 확보된다면 관광도시도 만들 수 있겠지."

물론 몬스터의 습격이라도 있으면 떼죽음을 당할 것이다.

그것도 잘만 부각시키면 장점으로 작용할 수도 있지 않겠는가.

돈맛을 떠올린 위드의 머리가 초고속 회전을 시작했다.

막연하게 왕국 개발이라고 하면 거시경제학이니 뭐니 복잡하기 마련이다. 위드는 그런 식으로 인생을 살지 않았다.

남다른 시력과 후각!

눈에 보이는 돈은 반드시 자신의 것으로 만들었으며, 돈냄새도 귀신처럼 맡았다.

아르펜 왕국 전역에서 진한 돈 냄새가 풍겨 오고 있었다!

"최근 발견되는 동쪽 섬들은 묶어서 몇 곳을 개발해야지."

항해자들에 의하여 발견되는 작은 어촌들.

혹은 니플하임 제국이 몰락하고 나서 바다로 떠난 정착자들의 소도시.

이곳에도 교역소와 선박 수리소 등을 비롯하여 필요한 건물들을 지어 주기로 했다.

지금은 작은 마을에 불과해도, 섬들이 개발된다면 넓은 바다를 영역으로 얻게 된다. 브렌트 왕국이나 로자임 왕국과의 무역 항로에 따라서 투자를 진행한다면 장기적인 경제적 이익은 매우 커지게 될 것이다.

"크흐흐흐, 파도가 심해서 개발하기 힘든 섬 중에 1~2개는 항해 자유무역 지대로 설치해야겠어."

정확하게는 해적 섬!

해적 더럴 생활을 하면서 얼마나 재미가 있었던가.

끝없이 펼쳐진 수평선!

바닷속에서 헤엄치는 수많은 생선들은 낚싯대를 던져서 건져 올리면 몽땅 자신의 것이었다.

바다에서 지나다니는 무역선들도 약탈하면 아주 짭짤하다. 물론 위드가 활동할 당시에 북부 해안에 무역선들은 거의 없었지만, 해적의 행복이 무엇인지는 너무 잘 알았다.

"개발할 것이 너무 많군. 부가가치가 엄청난 산업들이 널려 있었어."

위드는 또다시 자신을 반성했다.

너무 어렵게 생각하면 정말 어렵다.

인생을 살다 보면 과거를 돌아보며 왜 그곳에 투자하지 않았는지 후회할 때가 많다.

아침에 눈을 뜨면 하루하루에 얽매여서 살다 보니 남의 일처럼 지나쳐 버리고 나서 어렵게 돈을 벌려고 한다.

땅바닥에 돈을 깔고, 혹은 묻어 놓고 나서 팔 생각을 못 하는 정직한 삶!

위드는 그것이야말로 정말 바람직하지 못한 착실한 인생이라고 생각했다.

"관광지들을 묶어서 아르펜 왕국에서 꼭 방문해야 할 10대 명소라는 유언비어도 살포해야지. 풀죽신교를 위한 순례 장소도 만들어야겠어."

마판과 비밀리에 협상을 해서 바가지를 듬뿍 씌우기 위한 상점 개설은 필수!

"안전한 모라타에서 평화를 즐기면 곤란하지. 왕국을 마구 돌아다니면서 죽거나 돈을 써 줘야 돼. 돈은 또 열심히 벌게 될 테니까 그때마다 세금을 수확할 수 있겠지."

아르펜 왕국에 위기가 닥칠 때마다 발 벗고 나서 준 풀죽신교까지 이용하는 데에도 거리낌이라고는 전혀 없었다.

내정을 하고 있는 위드의 혓바닥이 점점 길게 튀어나왔다.

벌써 돈맛을 본 것이다.

새로운 변화

진홍의날개 길드가 벌이는 모험의 생방송!

전쟁 때문에 사람들의 관심도가 떨어졌다고 생각했지만 시청률은 무려 23%나 나왔다.

-우리 거인들의 삶은 신이 부여한 신성한 의무로서 이 세계를 지탱하는 중요한 요소 중의 하나지. 그대 인간이여, 진심으로 죽음을 원하는가?

테로스의 곁에 남아 있는 사람은 불과 10명가량밖에 되지 않았다. 가지고 있던 자금을 탈탈 털어서 NPC 용병들을 데리고 왔지만 그들 중에서 생존자는 거의 없었던 탓이다.

박진감이 넘치다 못해서 사람들이 마구잡이로 죽어 나갔다.

진홍의날개가 벌인 던전 탐험은 상당한 인기를 끌면서 생방송이 되었다. 그리고 마지막으로 잠들어 있던 거인을 만난 것이다.

　　테로스는 고개를 끄덕였다.

　　"죽음을 원합니다. 죽음이 다가온다고 해도 기꺼이 싸우면서 살아갈 것입니다."

　　-훌륭하다. 용기란 공포를 직시하고 그것을 뚫고 나갈 수 있을 때 발휘되는 것이다. 인간이여, 생명을 바쳐서 어긋나고 거슬린 것을 바로잡을 수 있는 용기가 있는가?

　　"이런."

　　게일과 마커의 눈이 마주쳤다.

　　게일 : 이게 끝인 줄 알았는데…….
　　마커 : 거절해야 합니다. 우리의 전력으로는 이미 한계입니다.

　　난이도 S급의 어려운 퀘스트.

　　많은 지역을 돌아다니고 던전에서도 간신히 마지막까지 왔다.

　　동료 중에서 플라인과 바스텐이 몬스터들을 따돌리기 위해서 희생하지 않았다면 이루어 내지 못했을 성과.

　　S급 난이도 퀘스트를 무사히 성공한 것만으로도 대단한 이야깃거리가 되기에는 충분했다.

전쟁의 신 위드 외에는 성공시키지 못한 수준의 퀘스트.

그런데 던전에 누워 있는 이 거인은 또 다른 퀘스트를 주겠다는 것이다.

테로스는 잠시 고개를 숙인 채로 생각하더니 동료들에게 말했다.

테로스 : 여기서 물러나지 말자.

프시케 : 무슨 소리예요, 우린 할 만큼 했는데.

게일 : 대장, 그만 포기합시다. 뭐가 나오든지 우리의 전력으로는 깰 수 없습니다.

테로스 : 그렇지만 이대로라면 너무 아쉽지 않아? 좀 어려운 퀘스트를 성공했을 뿐이지 우리가 얻은 건 없어. 다시 조금 유명해진 정도로 우리가 이 대륙에서 존경받을 수 있을까? 세력을 일구어 내고 힘을 발휘할 수 있겠어? 우리가 저지른 멍청한 일들은 사람들의 기억 속에 영원히 남아 있을 것이다.

마커 : 대장…….

테로스 : 거인이 말하는 것에도 일리가 있다. 가진 게 많았던 과거와는 달라. 우리가 걸어야 할 건 목숨 하나뿐. 정말 마지막까지 가 보고 난 이후에야 후회라는 것도 할 수 있지 않을까.

테로스의 말에 다른 동료들은 더 이상 반대를 하지 못했다.

퀘스트는 퀘스트라고만 생각했다. 어렵고 복잡한 것보다

는, 단순하고 유리한 보상을 주는 의뢰들이 좋았다.

초보 시절에는 돈이나 장비, 명성을 원했고, 나중에 캐릭터를 성장시키면서는 스텟을 주는 퀘스트들을 달성했다. 물론 그 지역을 떠나게 되면 시간이 많이 걸리기 때문에 자신들이 원하는 퀘스트 위주로만 수행했다.

누군가의 공략이 나오거나 이미 알려져서 인기가 있는 퀘스트들만 골라서 진행하는 것은 상식 중의 상식이었다.

유명한 퀘스트에 필요한 물품들은 비싼 가격에 미리 거래되기도 하는 게 일반적으로 벌어지는 일이었다.

진홍의날개 길드에서는 이번 퀘스트에서 과거와는 다른 모험을 맛보았다.

앞으로 진행이 어떻게 될지도 알지 못하고, 걷잡을 수 없이 위험한 상태에서도 어떻게든 극복해 가는 과정. 간신히 성공을 거두었지만 실패를 했을 가능성도 그 이상으로 충분히 있었다.

게일 : 까짓거, 해 봅시다. 어차피 남아 있는 게 목숨밖에 없다니 망설일 것도 없습니다.

마커 : 안 하고 후회할 바에야 저질러 봅시다.

테로스는 거인에게 말했다.

"우리에게는 용기가 있다."

"모래바람처럼 거친 남자, 전사 포그낙이 인사드립니다."

"팔로스 제국이 사라지고 나서 우리는 오랜 기간 길을 잃어버렸지. 사막의 투르카 부족이 그대 올바른 길의 인도자들을 인정하겠소."

"고요의 사막에서 무사히 살아 돌아왔다니 놀랍기 짝이 없군. 사막 부족이 아니라고 해서 그 숭고한 용맹을 무시할 수는 없지."

사막 부족들은 은링과 벤, 엘릭스가 속해 있는 모험단 대지의그림자를 존중해 주었다. 대지의그림자 파티가 사막의 대제왕 연계 퀘스트를 수행하면서 벌어지게 된 일이었다.

"엠비뉴 교단을 깨웠던 일보다는 훨씬 보람이 있군."

"다행스럽게도 그 뒤처리를 하려고 오매불망 뛰어다녔던 과거도 잊히는 것 같고요."

"무엇보다 막연하지 않아서 좋아."

그들은 이번에는 의뢰를 수행하면서 불안감이 덜했다.

로열 로드 최고의 모험가 파티!

그렇지만 다소 엉뚱한 모험들에 휘말려서 큰 고생을 하며 소중한 시간을 낭비했다.

모험에 따른 결과를 알 수 없다는 점도 여러모로 걱정이 컸다.

소위 대륙급의 퀘스트들은 그 수행이나 중간 분기에 따라서 선과 악의 서로 다른 결과를 가져오기도 했다.

엠비뉴 교단을 조금 일찍 깨웠던 것이 그 전형적인 예!

이번에 사막의 대제왕 퀘스트는 일찍부터 결과를 예상할 수 있었다.

거칠고 황량한 사막을 통합하는 진정한 사막의 대제왕의 부활!

사막 전사들을 이끌어서 사막의 대제왕 위드의 후계자를 만드는 것이다.

은링이 중간에 이런 불안감을 이야기하기는 했다.

"그 대제왕의 후계자가 나쁜 인물이라면요?"

"무슨 말인가."

"예를 들어서 사막을 제패하고 난 이후에 중앙 대륙을 침략할 수도 있잖아요? 대제왕의 후예라면 마땅히 해야 하는 운명이라거나 하면서요."

"일리가 있는 말인데."

대지의그림자 파티에서는 그에 대한 고민에 빠졌다. 그리고 10분 후에 명쾌하게 결론을 내렸다.

"남부 사막을 통합하고 침략할 곳이라고 해 봐야 공국과 자유무역지대. 지금은 전부 하벤 제국의 땅이 되었으니 우리가 관여할 부분이 아니긴 하네요."

"암, 헤르메스 길드 녀석들이 알아서 뒤처리를 하면 되겠지."

"뭐, 꼴 보기 싫은 놈들이었으니까."

"다 똑같은 놈들이지."

독자적으로 활동하는 모험가들 중에서 명문 길드들을 좋아하는 부류는 없었다.

베르사 대륙에는 헤르메스 길드 소속의 유명한 모험가들도 상당히 많이 있었다. 그들은 온갖 경로를 통해서 퀘스트에 대한 정보들을 얻었으며, 심지어는 강제로 빼앗기도 했다. 보물이 매장된 위치에 대한 독점적인 발굴권도 인정받았다.

각 명문 길드별로 그들의 영토에 있는 특별한 보물이나 퀘스트에 대해서는 사전에 신고를 해야 했다.

모험이 성공했을 때에는 영토 내에 속해 있다는 이유만으로도 발굴품의 절반 이상을 세금으로 바쳐야 한다.

처음부터 모든 정보들을 공개하게 해서 퀘스트를 빼앗거나 아예 발굴품을 모조리 가로채기도 했다.

모험가들이 길드를 상대로 할 특별한 무력을 갖추지 못하는 이상 속수무책으로 당할 수밖에 없었다.

위드가 존경해 마지않을 정도로 착취를 일삼았던 명문 길드들!

자유로운 모험가들이 그들 때문에 입은 피해와 고생은 이루 말할 수 없을 정도였다.

헤르메스 길드 역시 다른 명문 길드들 못지않게 박해와 착

취를 했고, 하벤 제국을 건국한 이후로는 약탈해 가는 정도
가 더욱 심해졌다.

헤르메스 길드 차원에서 모험가들에 대한 공식적인 정책
이 바뀐 건 아니었다.

라페이를 비롯한 수뇌부는 모험가들의 활동이 제국에 이
롭다는 사실을 알았다.

하지만 실제 영토를 지배하고 있는 영주들은 달랐다. 자신
이 지배하는 땅에 보물이 숨겨져 있다면, 혹은 매우 훌륭한
사냥터가 있다면 그에 대한 사용료를 받아야 마땅하다고 생
각했다.

영주들마다 모험가들에게 막중한 세금을 물렸다.

군사력과 영토를 소유한 그들의 입장에서는 모험을 성공
시키면 큰 수익을 얻는 모험가들의 입장까지 고려해 줘야 할
필요성을 느끼지 못했다. 모험가들은 다른 직업에 비해서 숫
자가 적었기 때문에 불합리하게 빼앗아 가더라도 탈도 나지
않았다.

대지의그림자에서는 모험의 성공으로 인한 결과에 대해서
는 신경 쓰지 않고 퀘스트를 지속했다.

위드는 내정을 마친 후 아르펜 왕국의 발전상을 확인하기

위해 마냥 기다릴 생각 따위는 없었다.

"내가 할 일은 다 한 것 같으니 잘되기만을 빌어야지."

7천만 골드를 남김없이 투자!

전쟁 중에 얻은 전리품을 판매하고 얻은 493만 골드까지 국고에 집어넣었다.

띠링!

-국왕 위드가 자신의 개인 재산을 왕국에 투자합니다.

국가와 주민들을 위해 앞장서는 것은 귀족의 덕목입니다. 숭고한 국왕의 희생은 매우 커다란 미담으로 남게 될 것입니다.

모라타와 주변 지역의 치안이 3 증가합니다.

명예를 1 얻었습니다.

명성이 493 증가합니다.

-호칭 '명예로운 왕 중의 왕'을 획득하셨습니다.

주민들의 존경을 받는 왕이 되기란 매우 어렵습니다.

높은 치안과 경제 발전도의 유지 그리고 최고의 주민 충성도를 장기간 유지해야 한다는 조건을 달성하기란 힘들 것입니다.

주민들의 생활을 적극적으로 보살피고, 전쟁에서는 병사들을 이끌고 앞장서는 왕에게만 부여될 수 있는 명예로운 호칭입니다.

지역 명성에 따라 주민들의 친밀도와 충성도가 높게 유지됩니다.

주민들이 통치자의 무능을 쉽게 비난하지 않습니다.

왕국 내에서 좋은 일이 벌어지면 국왕의 명성이 더 큰 폭으로 증가하게 될 것입니다.

"크흐흑!"

가지고 있는 개인 돈까지 모조리 넣어서 왕국 발전에 쓰도록 했다.

쌈짓돈까지 털어 넣어야 하는 서글픈 심정!

"이딴 쓸모없고 수치스러운 호칭이나 얻다니. 이거야말로 최악이 아닌가."

위드는 그래도 밝은 미래를 믿었다.

"당장은 하벤 제국의 침략을 물리쳤으니까. 나중에 그들에게 정복을 당하더라도 약간의 여유는 있겠지. 그때까지 부지런히 발전시켜서 세금을 걷으면 더 큰 돈이 되어 줄 거야."

회수까지 염두에 둔 투자!

현대사회에서는 재테크의 기본이라고 할 수 있었다.

어떤 분야에나 투자를 하기는 쉽다. 하지만 결국 회수할 수 없는 돈이라면 올바른 투자가 아니었다.

위드는 내정을 마치고 서윤과 함께 흑색 거성을 떠났다.

"지금부터 해야 할 일이 너무나도 많군."

사냥과 단순 퀘스트, 조각술!

개인적인 역량을 키우는 일을 결코 소홀히 할 수가 없었다.

팔로스 제국을 건국했던 대제왕의 황금기는 지나갔고, 현실은 헤르메스 길드의 웬만한 유저보다도 더욱 낮은 레벨이었으니까.

하지만 높은 스텟과 새로운 스킬을 가지고 있는 만큼 기회는 많았다.

시간 조각술만 하더라도, 스킬 레벨을 2개만 더 올리면 새
로운 세상이 열릴 테니까.

"갈까."

"네."

　위드는 서윤과 함께 던전을 격파하며 조각품을 깎았다.

　모라타 근처의 던전들은 시작에 불과했다. 로열 로드의 게
시판, 다크 게이머 연합의 게시판을 통해서 이미 까다로운
던전들에 대해서는 정보가 상당히 알려져 있었다.

펠카 황무지

밤에 가면 상당히 위험함.

땅을 뚫고 나오는 펠카들을 사냥할 수 있음.

놈들을 처리하고 나서 그 구멍을 통해서 던전 진입 가능. 따
로 입구와 출구가 없는 던전.

다수의 마나석을 획득할 수 있으며 펠카 퇴치 가능. 최근 펠
카 가죽과 뿔, 이빨은 화염 마법의 원료로 비싼 가격에 판매됨.

추천 사냥 레벨 440.

"우리 정도라면 충분하겠는데."

"빨리 쓸어버려요."

"가죽과 뿔, 이빨이 비싸게 팔린다는데… 아깝지만 조각
품을 만들어야겠지."

위드는 서윤과 같이 펠카 황무지와 이어진 던전을 격파했다.

정보 게시판에 공개된 추천 사냥 레벨이 높다고 해도 위드는 거뜬히 버틸 수 있었다. 실제 전투 능력이 그보다 훨씬 뛰어나기도 했지만, 온갖 역경을 거쳐 왔기 때문이다.

서윤의 경우에는 이미 레벨도 충분히 높으니 적절한 사냥터였다.

"콜 데스 나이트 반 호크, 콜 뱀파이어 로드 토리도!"

"불렀는가, 주인."

"무능한 놈들! 너희도 나와서 밥값이나 해."

"알았다."

반 호크와 토리도에 대한 신뢰도는 높지 않았지만 그래도 사냥에는 상당히 도움이 되었다.

이들이 없다면 둘만으로 사냥하기에는 성가신 경우도 많았다. 몬스터들을 퇴치하고 회복 시간을 기다려야 한다는 점은 상당한 장애다.

위드는 휴식 시간과 사냥 시간을 최적으로 조율했다.

휴식 시간에는 무조건 조각술!

그렇기 때문에 반 호크와 토리도가 사냥에 가세를 하고 또 일부 몬스터만 나타난다면 그들에게만 맡겨 놓을 수도 있어서 여러모로 좋았다.

반 호크는 어둠의 기사로서 높은 생명력과 집단 공격 스킬을 가졌다. 토리도는 현혹과 세뇌 등 뱀파이어 스킬들을 사용하여 지성이 떨어지는 몬스터들을 지배할 수 있어서 유용했다.

그리고 몬스터들이 아주 많을 때에는 조각 생명체들도 아낌없이 불렀다.

"조각 소환술!"

바하모르그, 누렁이, 금인이, 세빌, 켈베로스 등을 언제든지 소환해서 써먹었다.

"음머어어어어."

"불평하지 말고 열심히 사냥해라. 축사에 지푸라기 새로 깔아 줄 테니까!"

최소 5쿠퍼에서 2실버 정도의 금액으로 부려 먹기에는 누렁이가 최고였다.

신성력을 가진 사제의 경우에는 프레야 교단이나 루의 교단을 통해서 임대해서 썼다.

알베론은 공헌도를 많이 필요로 해서 함부로 낭비할 수 없는 귀중한 인재. 그러나 평범한(?) 고위급 사제들은 공헌도를 제법 많이 소모하더라도 계속 부려 먹을 수 있었다.

위드의 선택에 따라 데려간 사제들이 사냥으로 강해지는 건 교단에도 좋은 일이다. 사제들이 레벨 업을 하면 데려오느라 소모했던 공헌도도 일부 회수할 수 있었다.

국왕으로서 통치하는 아르펜 왕국을 통해서도 매일 일정

하게 각 교단의 공헌도를 획득했다. 신도들이 기부를 하거나 신앙심이 강해질 때마다 국왕에게도 공헌도가 약간씩 축적되었던 것이다.

아르펜 왕국의 주민들이 교단을 믿을수록 무섭게 쌓여 가는 공헌도!

위드는 사제들을 아쉽지 않게 필요에 따라 2~3명씩 고용해서 사냥으로 이끌었다.

"시, 신이시여! 저에게 이런 고난을……."

"으, 으허억!"

그 사냥 속도를 어떻게든 버텨 내기만 한다면, 사제들은 확실하게 강해졌다.

페일과 이리엔, 로뮤나 등 다른 동료들은 자주 부르지 못했다. 그들은 아무래도 위드 자신처럼 하루 중에 많은 시간을 로열 로드에만 집중하기가 어려웠다.

더군다나 집중 사냥 기간에는 필요에 따라서 금방금방 다른 사냥터로 이동을 해야 했다.

보스급 몬스터가 경험치에 좋다면 즉시 던전을 돌파하고 들어가서 사냥을 하고 다른 곳으로 옮겨 가 버리는 신속함.

파티의 인원이 많아지면 빠르게 따라다니기가 어려워진다는 단점이 생긴다.

또한 원래의 일행에게는 이런 지독한 사냥이 괴로울 수도 있기에 사전에 양해를 얻었다.

페일은 덥석 두 손을 잡고 기뻐했다.

"정말요? 고맙습니다, 위드 님!"

"그동안 조금 고생하셨으니 당분간 편히 쉬셔도 됩니다."

"마치 길고 긴 어두운 터널 아래로 떨어져서 지옥의 밑바닥에 머리까지 담그고 있는 기분이었는데요. 이 배려와 은혜는 잊지 않겠습니다."

"궁수는 파티 사냥에 아주 유용한 직업인데, 제가 잊고 있었군요."

"……."

"나중에 아주 잘 이용하겠습니다. 메이린 님, 그래도 되죠?"

"물론이에요. 페일 님, 대신 다녀오셔서 이야기를 해 주셔야 돼요."

"커억!"

페일을 공략할 때는 메이린에게 말을 붙이는 것이 효과적.

일행 중 몇몇은 시간이 충분할 때에는 기꺼이 함께하기로 했다.

화령과는 다시금 서먹함이 있었다.

로열 로드를 통한 친분만이 아니라, 아주 조금은 마음을 터놓을 수 있는 상대였다. 그런데 서윤과 함께 있는 모습, 그리고 옆집에 산다는 이야기까지 듣고 나니 풀이 팍 죽어 버렸다.

그러나 화령은 구차하게 여자들끼리 다투지는 않을 정도로 시원한 성격이었다.

　　"서윤 님이라고 했나요? 뭐, 위드 님이 매력 있기는 하죠? 그 매력을 나만 알아본 건 아니라니까."

　　"맞아요."

　　그리고 당연하다는 듯이 고개를 끄덕이는 서윤.

　　"전 포기하지 않을 거예요. 다시 돌아오게 할 자신이 있으니까."

　　"저도… 놓지 않아요."

　　그녀들의 모습에 페일과 제피는 아무 말도 할 수가 없었다.

　　"세상이 참 말세에 가까워지기는 했죠."

　　"이미 지옥일지도 모릅니다."

　　"위드 님이 성군으로 불리고 있는데……."

　　"지옥의 밑바닥이 확실하군요."

　　마판은 여자 친구인 가몽과 함께 교역을 나서서 만나기 어려웠다.

　　마판이 조금이라도 바가지를 씌우고 식료품으로 횡포를 부리려고 하면 가몽은 저렴하게 팔았다. 악덕 상인 마판이었지만 여자 친구 앞에서는 꼼짝도 못한다는 소문이 있었다.

　　위드는 아르펜 왕국의 영토에서 활동하면서 유저들의 증가로 인해 정보들이 많아진 것을 느꼈다. 정보 게시판을 보면 북부의 이야기가 상당했고, 웬만한 던전이나 지형은 거의 대부분 모험가에 의해 분석이 되었다.

위드가 원하는 던전은 경험치 2배가 적용되는 최초 입장의 장소!

빠른 성장을 위해서는 필수적이라고 할 수 있었지만, 단점도 있었다.

전투 스킬 숙련도를 위해서는 경험치만 빨리 얻는 것도 그다지 좋지만은 않은 것이다.

위드의 스킬들은 숙련도가 높았지만 검술의 비기들을 포함하여 워낙에 다양했으므로 골고루 성장시켜 주어야 할 필요성이 있었다.

사냥을 하면서 조각 파괴술을 활용하지 않으면 서윤보다 훨씬 약하다는 점도 약점.

"위, 위드 님이다."

"위드 님이 우리 던전에 오셨다!"

"꺄아아아악!"

여러 개의 층으로 구성된 지하 던전의 경우에는, 몬스터들이 가장 약한 입구와 1층에는 유저들이 상당수 있었다.

시기상 북부에서 시작하지는 못하고 이주해 온 고레벨 유저들!

그들은 사냥을 하는 사람이 위드라는 걸 알아차리면 팬클럽처럼 따라붙었다.

물론 위드는 조각 변신술로 모습을 바꿀 수 있었지만, 휴식 시간에 잠깐씩 조각품을 만들 때에는 그럴 수가 없었다. 그럼에도 워낙 평범한 외모라서 알기가 어려웠지만 여신의 기사 갑옷과 반 호크, 토리도, 누렁이의 존재가 결정적이었다.

위드는 사람들이 몰려드는 것을 보며 인상을 찌푸렸다.

"인기인은 피곤하군. 역시 나의 인품과 외모가 사람들을 끌어들이는 매력으로 작용하는 거지."

"……."

사실상 즐기는 수준!

고레벨 유저들이 사냥에 지장을 주는 정도까지는 아니라서 방치해 두었다.

그렇게 하더라도 위드와 서윤을 따라서 더 험한 곳까지 빠르게 따라올 수 있는 이들은 극히 드물었다.

"저기, 무리한 부탁인 줄은 알고 있는데요, 위드 님께서는 대륙 최고의 조각사이십니다. 제가 아내와 딸에게 선물을 해야 하는데……."

고레벨 유저 중의 1명이 다가와서 말했다.

온몸이 신성력과 마법이 부여된 특수 재질의 장비들로 도배되어 있었다.

"눈에 차진 않으시더라도 이 비상하는 날개 부츠를 드릴 테니 조각품을 좀 만들어 주시면 안 될까요?"

덥석!

"잘 찾아오셨습니다."

고레벨 유저들이 가까이 있다 보면 조각품 의뢰도 쏠쏠하게 받을 수 있었다.

위드가 스킬 숙련도를 올리기 위해서 혼자서 만드는 것들은 나중에 마판 상회를 통해서 처분하든가 해야 한다. 예술 직업의 조각사이기는 하지만 모험과 지위로 인한 인기도가 워낙에 높아서 제품 처분에는 문제가 없다.

하지만 이런 식의 주문 제작 상품이야말로 원하는 만큼 바가지를 덮어씌울 수 있는 수준.

"재질은 최고급으로 해야겠죠? 어중간하게 싼 티 나는 걸 선물해 봐야 안 하는 것만 못하니까요."

"네."

"크기도 너무 작은 것은 곤란하겠고…….."

"그렇죠."

"흠흠, 눈에 잘 보이지 않는 미세 세공과 다듬기 작업까지 들어가면 요금이 추가될 수 있는데."

"알아서 잘해 주세요."

대답을 할 때마다 무섭게 가산되는 요금!

"근데 제가 가지고 있는 금괴가 더 이상 없어서요."

"뭐, 아쉽지만 어깨 보호대 정도면…….."

위드는 조각술로 부수입까지 쏠쏠하게 거둘 수 있었다.

하벤 제국을 휩쓸고 일어난 반란군!

−칼라모르 해방전선.
−툴렌 영웅단.
−아이데른 왕국의 패잔병.
−노튼 귀족군.
−루가 강 저항군.

대반란의 날 이후 제국의 혼란은 걷잡을 수 없을 정도로 크게 번졌다.

"과연 기회가 주어지니 기어 나오는군. 생각보다는 빠른데… 그렇다고 해도 힘의 우열이 뒤집어지진 않지."

라페이는 이에 대응하기 위해 제국 군대의 통솔권을 발휘했다.

"군대는 대도시와 요새 위주로 주둔하고, 반란군이 출현한 지역은 신속하게 제압하라."

헤르메스 길드의 유저들도 비상경계와 전투에 들어갔다.

중요 요새들에는 확실한 군사력을 동원하여 주둔시킴으로써, 반란군들이 연합하거나 인근 지역으로 확산되는 것을 최대한 방지했다.

하벤 제국은 중앙 대륙의 실질적인 패자!

과거 대륙을 분할하여 장악했던 명문 길드들의 잔존 세력이 다시 일어났다고 하더라도 전력상의 우위는 과거와 비교가 안 될 정도로 확고하게 유지하고 있었다.

날고뛰는 헤르메스 길드의 유저들이 반란군 소탕에 나서면서 주민들이 일으킨 작은 반란들은 순식간에 제압되었다. 하지만 전투들이 평원이나 도시 외곽에서 벌어지는 게 아니라 시장과 상업 거리, 관청 등 사방에서 일어났다.

"도시의 화염이 심각합니다."

"빌어먹을! 마법사들을 동원한 것이 잘못이었어."

"목조건물들을 통해서 계속 불길이 번지는데요. 바람까지 불어서 걷잡을 수 없습니다."

"어쩔 수 없이 도시는 포기한다. 반란군의 요충지나 마찬가지니까 잿더미가 되어 버리는 것도 깔끔할 테지."

유구한 역사를 가진 도시 페이터스는 반란군과 싸우는 도중에 방화로 인하여 사라지고 말았다.

엠비뉴 교단에 장악되었던 적도 있지만 위드의 모험으로 인하여 더욱 융성해졌던 대도시. 하지만 지금은 시커먼 화재의 흔적만 남고 모든 것이 사라지고 말았다.

"들었는가? 제국군이 우리를 죽이기 위해서 도시에 불을 지르는 모양이군."

"아이고 어른이고 가리지 않고 전부 태워 죽인대."

"잔악한 놈들. 그놈들이야말로 악마임에 틀림이 없어."

하벤 제국에 대한 흉흉한 소문들이 불길을 타고 계속 번져 나갔다.

점령 지역 주민들이 제국을 싫어하는 태도는 너무 당연했다. 점령군이 들어오고 나서 막중한 세금을 수탈당하고 있었던 만큼 반란군에 합류하는 지역도 계속 늘어났다.

라페이가 사전에 경계하고 있던 불안 요소들이 현실이 되어 크게 번져 나가고 있었다.

"기병대, 도시 진입을 마쳤습니다."

"반란군은 오늘 내로 소탕하고 다음 지역으로 이동한다."

그럼에도 불구하고 하벤 제국의 군사력은 강력했다.

대도시와 요새를 중심으로 하여 지키면서, 반란군이 일어나더라도 그 지역을 통째로 빼앗기는 경우만큼은 절대적으로 막아 냈다.

반란군은 하벤 제국의 정예 군단이 이동하는 족족 격파되었다.

"우리를 도와주시오. 모든 걸 잃어버리기 전에 하벤 제국에 맞서야 하오."

"시간이 얼마 남지 않았어. 지금이 아니면 우리 네스트 왕국의 부활을 위한 꿈은 사라지고 말 것이야."

퀘스트가 발생하면서 일반 유저들까지 저항군과 반란군에 제법 합류했지만 하벤 제국에서는 막강한 군사력을 과시하며 격파했다.

"우린 안될 거야, 아마…….."

"헤르메스 길드는 정말 지독하게 강하네. 질린다, 질려."

중앙 대륙의 유저들이 자포자기의 기분이 들 정도로, 신속하게 군사력을 동원했다.

하지만 라페이조차도 의도하지 못한 일들은 제국의 곳곳에서 일어났다.

하벤 제국의 막대한 곡물 생산량에도 불구하고 굶주리는 지역들이 나타났다. 반란군, 저항군, 산적이 속출하면서 일부 지역에서 농산물 수확이 불가능해졌으며 물류 운송도 원활하지 못했기 때문이다.

하벤 제국에서는 그런 지역들마다 군대를 통해서 식량을 공급해 주었다.

"식량 지원? 돈으로 따지면 100만 골드가 넘겠는데……."

"영주님, 어떻게 할까요? 굶주린 주민들이 기다리고 있습니다."

"뭘 물어봐. 창고에 다 집어넣어야지. 나중에 식량난이 심해지면 시장에서 더 높은 가격으로 팔 수 있을 거야. 창고에 경비병을 더 배치해라."

"옛!"

영주들은 중앙에서 내려오는 지원 식량을 주민들에게 풀지 않고 자신들이 가졌다. 내정을 통해서 지배하고 있는 도시와 마을을 부강하게 만들어야 할 필요성을 전혀 느끼지 못했던 것이다.

오랜 시간이 걸려서 기술을 개발하고 상업을 확대하는 정책 같은 건 쓰더라도 효과가 아주 늦게 나온다.

중앙 대륙을 지배하려는 헤르메스 길드의 영주들은 전쟁에 혁혁한 공을 세운 강자들!

그들은 통치하고 있는 도시의 주민들을 쥐어짜 내서 군대를 키우고 중앙에 바칠 뇌물을 마련하기를 원했다. 전쟁 공적을 세우거나 수뇌부의 마음에 들어서 더 좋은 땅을 다스리게 되면 모든 것을 복구하고도 남기 때문이다.

-제국에 납부해야 하는 세금을 낮추고, 주민들의 복지를 향상시키도록 한다.
각 영주들은 반란군이 발생하지 않도록 주민들의 삶을 개선시키는 데에 신경을 쓰라.

라페이는 전후 복구 계획, 경제 재건 계획, 상업 지원 계획 등을 연속으로 발표하면서 정복 지역들의 경제 발전을 강하게 추진했다.

마법 연구, 기술 개발, 도로 건설, 도시 재건, 관광지 복원 등이 한꺼번에 추진되었다.

중앙 대륙이 들썩일 정도로 천문학적인 자금이 집행되었

다. 하벤 제국으로서도 그동안 거두어들여서 보관하고 있던 국고의 삼분의 일 이상을 풀어 전면적인 투자에 나선 것이다.

경제가 발전되고 중앙 대륙이 살기 좋아진다면 반란군이 일어나거나 북부로 사람들이 떠날 까닭이 없다. 재정 지원을 해 준다면, 시간이 지나면 북부의 유저들이 중앙 대륙으로 건너오기 위해서 안달하고 말리라.

경제로 승부를 거는 정책!

유저들과 주민들에게 거두어들이던 막대한 세율도 조금 낮추고, 물품 거래세도 낮추는 정책을 제국 전체에 지시했다.

그러나 영주들은 이것도 마지못해서 받아들이는 시늉만 했다.

세금을 낮추면 당장 거두어들이는 수입이 감소한다. 그렇게까지 해야 할 이유가 없었다. 반란군이 발생하더라도 자신의 지역은 알아서 처리하면 된다.

반란군이 생겨도 군대를 동원하여 해치우면 병사들에게는 좋은 기회이고 훈련이 된다. 완벽한 승리를 거두면 당분간 치안이 향상되는 효과도 있었다.

다만 그 지역에서 반란군이 일어나게 되면 인접한 다른 지역의 치안도 떨어뜨리는 효과가 생겼다.

어쩌다가 영주의 손에서 해결이 되지 않을 정도로 반란의 규모가 커지면 중앙에 손을 내밀어야 하는 경우도 생겼다. 일단 반란군이 무기고와 보급 물자를 약탈하여 기본적인 무장을 갖추고 산속으로 들어가면 토벌에도 많은 시간이 걸렸다.

그들을 완벽하게 토벌하기 전까지는 치안과 민심에 극도의 악영향을 끼쳤을 뿐만 아니라, 일정한 확률로 구왕국군의 군대까지도 다양한 방식으로 출현하게 되었다.

라페이는 아르펜 왕국을 견제하기 위한 비밀공작에도 착수했다.

"하벤 제국의 피해가 막심하니 아르펜 왕국도 조금쯤은 뒤틀어 놓을 필요성이 있겠어. 현재의 사태만 진정되면 전쟁으로 정복해 버릴 곳이지만, 확실한 국력의 차이를 보여 주어야겠지."

위드가 아르펜 왕국의 몇 군데 거점 도시들에 투자를 했다는 보고는 라페이도 받았다. 자신이라도 그 상황이라면 그렇게 했을 정도로 적당한 대처였다.

위드를 단순한 모험가나 전사로만 생각할 수 없는 부분이 바로 이런 통치자로서의 자질이다.

맨바닥에서 모라타를 세우고 지금의 왕궁을 일으킨 입지전적인 인물.

좋은 계획을 세우고 정치력도 발휘해야 한다. 우연이나 행운만으로는 절대 불가능하다고 생각했다.

"우리도 북부의 점령지에 투자를 한다. 아르펜 왕국보다 더 빨리 발전도를 높인다면 주민들이 옮겨 올 수도 있겠지."

하벤 제국은 북부의 사분의 일을 정복하고 있었다.

아르펜 왕국에는 여전히 부족한 것들이 많다. 하벤 제국 측의 도시 발전도가 비약적으로 증가한다면 이주민들이 생길 수도 있으리라. NPC 주민들을 비롯해서 유저들도 살기 좋은 곳을 원하기 마련이니까.

"북부의 사분의 일이라. 대륙 정복의 교두보가 되기에는 훌륭하군."

하벤 제국의 점령지가 눈부시게 발전하여, 향후 아르펜 왕국이 무너지게 되었을 때 북부의 중심지가 된다는 정복 계획.

제국 총독부를 비롯하여 호화찬란한 최고의 건물들이 들어서게 될 것이고, 자유도시들처럼 무역을 기반으로 한 도시들을 만들어 낸 이후까지도 염두에 두었다.

북부 대륙에는 중앙 대륙과 다른 장점이 많이 있었다.

넓고 비옥한 땅에서는 곡물이 생산될 것이며, 광산 개발도 대거 진행될 수 있다. 주민들의 수를 늘리고 더 많이 정착시킨다면 아주 큰 경제력을 가진 지역을 대거 만들어 낼 수 있었다.

중앙 대륙과 북부의 교역이 활발해지면서 상호 간에 부족한 부분을 돕게 되리라.

원래 북부 정복 계획은 완전한 파괴 후의 재건이었지만 라페이가 생각하기에 지금의 변화도 나쁘지는 않은 것 같았다.

"급하게 먹는 떡이 체할 수 있어. 상황을 잘 맞춰서 이끌어 간다면 더 나은 결과를 만들 수도 있겠지."

장차 하벤 제국에 의해서 북부의 미래라는 큰 그림이 그려지게 되리라.

"북부에 자리를 잡은 영주들에 대한 지원을 더 해 줘야 되겠군. 앞으로 도시들이 생기면 새로운 영주들에게 나누어 주기에도 좋다."

헤르메스 길드의 날고뛰는 유저들에게 영주 직위와 땅을 넘겨준다면 스스로 개발을 하게 될 것이다.

베르사 대륙에서 영주란 대단한 자랑거리였다. 라페이에게서 전면적인 북부 개발 계획을 듣고 나면 막대한 자금을 바쳐서라도 영주의 자리를 얻으려고 할 것이다.

라페이는 위드와 직접 무력을 겨룰 일은 없다고 생각했다.

헤르메스 길드에서 내세울 수 있는 칼은 많다. 그리고 바드레이라는 최강의 칼은 이미 준비되어 있다.

그렇지만 위드와 정치력이나 국가 개발의 큰 밑그림을 겨루는 것도 상당히 재미가 있었다. 위드가 힘겹게 쌓아 올려 놓은 아르펜 왕국을 압도하고 박살 내 버리게 될 테니까.

"이걸로는 조금 모자라. 이기기에는 충분하지만 짓밟았다고 하기에는 약하지."

라페이는 밝은 쪽의 전략만 선호하진 않았다. 음험한 계략이 훨씬 큰 효과를 불러오는 경우도 대단히 많다.

원하는 대로 큰 그림을 그리기 위해서도 물밑 작업은 필수적이다.

그는 헤르메스 길드의 정보대를 총괄하는 스티어를 불렀다.

"스티어 님."

"네."

"북부 유저들을 포섭하는 일은 어느 정도나 진행되었습니까?"

"전쟁에서는 헤스티거가 느닷없이 등장하여… 그 충격이 너무나 강해서 별로 효과를 못 봤지만, 약 1,000명 정도 됩니다."

"좋군요. 큰 기대는 하지 않더라도 언젠가 결정적인 때에 쓸모는 있을 것 같습니다."

"저도 그렇게 생각합니다."

북부의 강자들이라고 해도 헤르메스 길드의 눈에는 들지 않는 수준에 불과했다. 그럼에도 배반자들이 나타난다면 북부의 결속력은 약해질 수 있을 것이다.

지난 전쟁에도 라페이의 여러 가지 계략들이 있었지만 너무나 갑작스러운 전개에 제대로 발동되지 못했다. 헤스티거가 등장하고 대지의 궁전이 통째로 무너져 버리는 것까지는 누구도 예상할 수 없는 일이었다.

"위드에 대한 암살은 어떻게 되고 있습니까?"

"암살대가 계속 추적하고 있습니다만 상당히 어렵습니다. 신출귀몰에 가까울 정도로 빠르게 돌아다녀서 추적이 힘듭니다."

"와이번을 타고 다닌다는 이야기는 저도 들었습니다. 던전에 들어간 이후에도 척살이 안 됩니까?"

"던전 돌파 속도가 빠릅니다. 그리고 유명한 던전에는 북부 유저들이 있는 경우가 많아서……."

"우리 헤르메스 길드에서 암살대를 보내고 있다고 하면 별우스운 소문들이 다 나올 수 있겠지요. 소란스럽게 굴 것 없습니다. 조만간 기회가 올 겁니다. 몰래 처리하도록 하세요."

"암살대를 대대적으로 보강하여 준비하고 있습니다."

사람들이 모르는 가운데 위드를 방해하고 약화시키는 것이다.

위드는 아마 조각술 마스터를 코앞에 두고 있을 테고, 다른 생산 기술들의 숙련도도 대단히 높았다. 한 번의 죽음만으로도 레벨뿐만 아니라 잃어버리는 스킬 숙련도가 엄청날 것이다.

헤르메스 길드에서 이 정도까지 신경을 쓰고 있는 이유는 전적으로 조각술 최후의 비기 때문이다.

위드가 스킬을 얻은 것이 분명한 이상, 그리고 어떤 이유에서든 지난 전쟁에서 사용되지 않은 만큼 더 경계하고 있었다.

조만간 벌어질 수밖에 없는 다음 전쟁에서는 바드레이와의 맞승부가 벌어질 가능성도 있기에 위드를 약화시키거나 적어도 스킬의 정체만이라도 확인하려고 했다.

'불안하고 껄끄럽다. 미리 알고만 있다면 대처가 어렵지 않다. 도저히 상대하기 까다로운 스킬이라면 집중 공격을 해서 바로 죽여 버리면 될 것이고. 고작 1명의 힘으로 전쟁을 바꿀 수는 없겠지.'

라페이는 아크힘에게 새로운 지시를 내렸다.

"위드의 동료들에 대해서는 파악하고 있지요?"

"물론입니다. 초보 시절부터 사냥을 함께 다녔던 동료들부터 전쟁에서 활약한 500여 명의 묵사발 기사단, 그들에 대해서도 전원 주시하고 있습니다."

"유명인도 있는 것으로 아는데……."

"메이런. 베르사 대륙 이야기 진행자입니다. 하지만 단순한 동료로 보이며 전쟁에서는 별다른 활약을 하지 않았습니다. 방송 관계자이기 때문에 중립을 지킨 것으로 보입니다. 그리고 다른 1명은 화령이라는 유저입니다. 가수 정효린 씨. 현실에서는 모르는 사람이 없을 정도의 유명인이고, 로열 로드에도 그녀의 추종자가 대단히 많습니다."

모라타의 대극장에서 화령이 무대를 꾸몄을 때에는 도시가 온통 들썩였을 정도다.

마법에 의한 빛과 화염, 물방울, 얼음 꽃까지 날리는 화려한 공연은 음악 방송국들이 그녀의 단독 콘서트로 중계를 하게 만들었다.

새로운 시도에 폭발적인 인기는 당연!

그 후 여러 가수들이 공연장에서 무대를 꾸미는 것이 일반화되었다. 하지만 화령의 공연 퀄리티만큼은 따라올 수가 없었다.

"위드와 그들의 관계는 어느 정도나 밀접합니까?"

"상당한 것으로 알고 있습니다. 그의 모험이나 전쟁 때마다 나서서 도움을 주었으니까요."

"매수가 절대 불가능한 정도일까요?"

"그것은……."

대외적으로 위드의 동료들도 많이 알려진 유명인이었다.

하지만 사람의 욕심은 끝이 없기 마련이다. 절친한 사이라도 이권이 걸리면 배신할 수 있다. 위드처럼 큰 인물이라면 그 그늘도 더 어둡기 마련.

초창기부터 함께했던 동료들이라면 명성과 업적에 대한 질투로 배신을 할 수도 있으리라.

헤르메스 길드에서는 충분히 위드에게서 등을 돌릴 만한 보상을 해 줄 수 있었다.

"동료들과 묵사발 기사단. 매수가 불가능하지는 않으리라고 생각합니다. 접촉을 해 보겠습니다. 어느 정도까지 부를까요?"

"동료들에게는 북부 점령지의 영주 자리 그리고 1년간의 전면적인 재정 지원. 묵사발 기사단은 강함을 추구한다고 했으니 스킬과 성장하기 위한 장소들, 개인 용병이면 되겠지요. 남은 것은 메이런과 화령인가요? 원한다면 중앙 대륙의 영주 자리라도 줄 수 있을 것입니다. 그만한 가치가 있을 테니까요."

2,000평의 조각품

위드는 아르펜 왕국에서 사냥을 하면서 느꼈다.

"여긴 심하게 척박하구나. 이름난 특산품도 없고 주민들도 변변치 않군. 오죽하면 잡화점도 찾기가 힘들 정도니."

모라타와 그래도 이름이 알려진 몇몇 마을들을 지나서 북서부의 변방으로 가면 인간의 손이 전혀 닿지 않은 완전한 자연이 펼쳐졌다.

끝도 모르게 펼쳐진 들판, 무성하게 자란 숲, 발목까지 들어가는 늪.

수백수천 마리의 산양 무리가 몰려다니고, 들소들이 강가에서 살아간다.

상인들이 무엇을 실었는지 모를 교역 마차를 타고 용병들과 함께 느리게 이동하는 모습이 가끔씩 보였다. 모험가들도 비슷하게 눈에 띄었는데, 말을 타고 쏜살같이 지나가곤 했다.

"와이번이 확실히 이동용으로는 편하군."

북부에는 개발되지 않은 땅이 너무 많다.

마을들의 인구가 늘어나더라도 연결 도로는 부족하고, 넘쳐나는 짐승들로 인해 돌아다니는 몬스터들도 어마어마하다.

아르펜 왕국의 치안이 어느 정도 안정적이라고 해도 그것은 대도시나 큰 성, 바르고 성채 인근에 한정되었다. 문화적 교류를 통해 왕국의 영토가 된 변방 마을들은 몬스터의 침략에 의한 위기가 잦았다.

"다 함께 놈들을 막아 내죠. 방책에 의지해서 아침까지만 버티면 됩니다!"

"용병님들, 보수를 올려 드릴 테니 절대 도망가시면 안 됩니다."

여행자로 방문한 유저들이 마을을 지켰다.

마을이 위기에 빠지면 퀘스트가 발생, 인맥이 있는 다른 마을에서 구해 주기 위해 유저들이 찾아온다. 상인들은 자신의 교역로와 물품의 생산지를 지키기 위해 용병을 고용했다.

아르펜 왕국은 위드에 의해서 시작되었지만 유저들이 함께 키워 가고 있었다.

유저들이 살아간다는 것!

중앙 대륙에서는 뭘 하든 헤르메스 길드에 의해 억압을 받는 약자의 신세가 될 뿐이지만 북부에서는 다르다.

자신의 삶과 운명을 스스로 결정할 수 있었으며, 모험가나 상인, 장인, 예술가 등의 꿈을 이루어 나가기 위해 도전하면서 살았다.

위드는 아르펜 왕국이 발전할 것이라는 희망을 가졌다.

"여긴 더 늦기 전에 무조건 땅을 사야 되겠군. 상가들도 매입해서 월세를 주다 보면 매매가도 올라서 웃돈을 주고 처분할 수 있겠지."

평원에 있는 변방 마을이라도 앞으로의 발전 가능성이 보였다.

몬스터들의 침략에 대항하며 마을 주변에서부터 조심스럽게 곡창 지역을 늘려 가고 있다.

옥수수와 감자, 고구마 밭에 가득가득 담겨 있는 정성.

광산 마을들은 제대로 된 금광, 은광이라도 개발이 되면 대박의 꿈이 이루어진다.

-아르펜 왕국의 영토를 벗어났습니다.
그루드 촌락의 사람들은 아르펜 왕국 사람들의 자유분방한 생활을 부러워하고 문화적인 성취를 동경합니다.

왕국이 잃어버린 변방의 영토도 넓었지만 위드는 개의치 않았다.

"멀리 떨어져 있는 작은 마을들이 국가를 형성할 수도 없을 테고, 훗날 다시 돌아오게 될 테지. 두고 보자, 그때는 막중한 세금을 거두어 주마!"

위드는 서윤과 함께 변방을 여행했다.

와삼이를 타고 한밤중에 눈 덮인 산의 정상에 내려섰다.

달빛과 별빛을 조명 삼아 눈 덩어리를 굴려서 조각 재료들을 모았다.

보는 사람이라고는 서윤밖에 없었지만 분위기는 진지했다.

"이번에는 세기의 걸작을 창조해 내야지. 그러면 단숨에 조각술 마스터의 경지에 오르고, 시간 조각술까지도 단숨에… 꿀꺽!"

사심이 듬뿍 담겨 있었다.

"어디 보자, 이 부근은 역사적으로 광산 마을이었군. 니플하임 제국 몰락 이후로 닫혔던 폐광을 복구하면 구리 광석이 다시 나올 수 있겠어. 구리라면 큰돈은 안 되겠지만 그럭저럭 쓸 만하겠지. 구리 광석이 부족하기도 하고, 상인들이 방문하여 이 부근이 발전한다는 것도 장점이니까."

위드는 니플하임 제국의 역사책과 과거에 쓰던 지도를 가지고 있었다.

"이곳에 만들어질 조각품은… 그래, 그냥 단순한 게 좋지. 광부로 하자!"

조각칼로 나무를 깎거나, 모루와 정을 사용해서 바위만 다듬을 필요는 없다. 재료를 한정 짓지 않고 무엇이든 표현해

낼 수 있다는 점에서 제한을 갖지 않았다.

자연 조각술로 눈을 쌓아서 광부 마을 주변의 풍경을 꾸미고, 내부에는 구리를 재료로 해서 마을과 그 안에서 살아가는 사람, 드워프의 조각품을 표현했다.

특징이라면 여자들과 어린아이들까지 전부 일을 하고 있었으며 드워프들이 많이 보인다는 점이다.

원래 이곳의 광산 마을에는 드워프가 없었다.

광산 부근은 드워프들이 좋아하는 거주 장소다. 그래도 고급 인력이라고 할 수 있는 드워프들이 고작 구리 광산 때문에 찾아오진 않는다.

위드는 예술품을 만들면서 현실에 기반하기보다는 철저하게 실속을 추구했다.

어둑어둑한 하늘, 싸늘한 바람을 맞으며 사냥으로 얻었던 구리 조각과 구리 물품들을 녹이고 조각품의 틀을 짰다.

"결국 조각사는 모든 분야에서 노가다 정신이 필요한 거지."

품위 있고 고상한 화가와는 차원이 다르다. 조각사야말로 굵은 땀방울을 흘리며 육체노동을 해야 하는 지독한 3D 업종인 것이다.

서윤과 누렁이, 금인이는 옆에서 감자와 고구마를 익혀 먹었다. 와삼이는 달구어진 돌덩어리를 앞발로 꺼내서 그 위에 말고기를 자글자글 구워 먹었다.

"실수가 있어서는 안 돼."

위드는 구리를 녹인 물을 진흙 형틀에 계속 부었다.

대장장이들이 흔히 하는 주조 작업!

붕어빵을 만드는 방법과 비슷했다.

과거에는 간단한 형상만 다듬었다면 이제는 특색 있는 방법을 썼다.

형틀 내부의 연결 부위 등을 최소화하면서도 마감에서 독창적인 무늬들을 그대로 유지했다.

현대 건물들 중에는 시멘트 거푸집 흔적을 고스란히 드러낸 것들도 있었다. 이음새 자국, 구멍, 페인트를 칠하지 않고 시멘트의 흔적도 그대로 놔둔다.

건물의 본질을 보여 주는 방식인데, 아주 흔하진 않아도 나름의 멋스러운 면이 있다.

조각술은 원재료에 따라서 느낌이 많이 달라지게 된다. 질감과 형태를 중요하게 여기는 것이다.

"옷깃 하나까지… 완벽하게!"

위드는 익숙하게 광부의 옷차림을 만들어 냈다.

오래되어 색이 바랜 느낌을 주는 구리의 특성상 나이 든 광부의 조각품은 그럭저럭 쓸 만하게 완성되었다.

물론 위드의 기준으로나 쓸 만한 것이었지 다른 조각사들은 중급 대장장이 스킬을 접목시키는 것만으로도 기가 막혀할 것이다.

-으악, 이게 조각사라니…….

-가야 할 길이 멀군요. 그만두겠습니다.

조각사 특유의 노가다 정신으로 만들어 낸 세밀한 무늬들은 솜씨 있는 대장장이들이라도 꿈도 못 꾼다.

"사실 대장장이들은 효율을 중시하니까 재료의 강도에 충실하기 마련이지. 구리 따위의 하급 재료를 쓸 리도 없을 테고, 이런 쓸데없는 짓은 절대 하지 않을 거야."

위드는 새벽이 찾아오기 전에 작품을 마무리했다.

-만드신 조각품의 이름을 정해 주십시오.

"쉬지 않고 일하는 광부."

당연히 절대로 쉬어서는 안 된다.

아르펜 왕국의 번영, 나아가서 위드의 안락한 노후를 위해서는!

-쉬지 않고 일하는 광부가 맞습니까?

"확실해."

명작! 쉬지 않고 일하는 광부상을 완성하셨습니다.
대륙을 떠도는 아르펜 왕국의 존엄한 국왕이며, 신의 의지를 잇는 모험가이고, 대자연과 시간의 힘을 배워 가는 조각사 위드가 만들어 낸 조각품.

구리를 녹여서 실제 사람 크기로 만든 광부의 조각품은 최소한의 과정만을
거쳐서 완성되었다.

틀을 만들고, 재료를 녹이고, 붓고, 마지막으로 깎고 두들기는 단계에서 불
필요한 부분은 전혀 없다.

조각사 위드가 여러 영역에 걸쳐서 얼마나 완벽한 실력을 가지고 있는지
알게 해 주는 작품.

부어서 축 처진 눈가와 커다란 딸기코, 뱃살이 한껏 늘어져 있음에도 불구하
고 어깨에 걸쳐 멘 곡괭이는 숙련된 광부의 모습을 그대로 표현하고 있다.

이 조각품은 카이락카 광산 마을의 상징이 될 것이다.

예술적 가치 : 3,749.

특수 옵션 : 쉬지 않고 일하는 광부상을 본 이들은 체력 회복 속도가 하루
동안 24% 증가한다.

채광 스킬 +2

행운 68 상승.

인내 43 상승.

희귀 광물을 발견할 가능성을 높인다.

지금까지 완성한 명작의 숫자 : 27

-조각술 스킬의 숙련도가 향상되었습니다.

-대장장이 스킬의 숙련도가 향상되었습니다.

-손재주 스킬의 숙련도가 향상되었습니다.

-명성이 121 올랐습니다.

-인내가 2 상승하셨습니다.

-힘이 1 상승하셨습니다.

-통찰력이 1 상승하셨습니다.

-시간 조각술의 숙련도가 증가합니다.

-명작 조각품을 만든 대가로 전 스탯이 1씩 추가로 상승합니다.

-카이락카 광산 마을의 주민 충성도가 증가합니다.
주민들은 국왕이 직접 만들어 준 조각품에 큰 고마움을 느끼고 축제를
벌일 것입니다.
축제 이후에 일시적으로 출생률이 증가하게 됩니다.
범죄 발생을 강하게 억제합니다.
드워프들이 이 지역에 대한 친밀감을 아주 조금 느낍니다.

"크후흐히히! 명작이다, 명작이야. 스탯을 얻었어."

위드는 괴성을 터트리며 웃었다.

거의 마스터에 다다른 조각술과 손재주로 자신의 왕국에
작품을 남기는 기분은 직접 경험해 보지 않고서는 모를 것
이다.

"그야말로 길거리를 걷다가 누런 금괴와 당첨된 로또 복권
을 줍는 기분이랄까."

열심히 노력을 하기는 했지만 그렇더라도 짭짤한 재미가
있었다.

"얼쑤얼쑤."

오랜만에 조각품에 몰입을 하기도 했고 특별히 기분이 좋아서 웃음이 더 나왔다.

그렇게 괴성을 흘리며 웃다가 문득 옆에서 서윤이 보고 있다는 생각을 뒤늦게 떠올렸다.

위드가 고개를 돌려 보니 서윤이 가만히 쳐다보고 있었다. 옆에는 누렁이와 금인이도 앉아 있었다.

"……."

상당히 많은 모험을 혼자서 다녔기에 이렇게 민망한 상황이 벌어지기도 한다.

서윤이 말했다.

"조각사라서… 작품을 만들고 기뻐하는 모습이 참 좋아 보여요."

예술의 길을 걷다 보면 일어날 수 있는 일로 이해해 주는 착한 여자!

"아, 그렇지. 예술이란 감정을 주체할 수 없게 만드는 오묘한 것이니까."

위드는 자신이 정말 여자 복은 있다고 생각했다. 한평생 살면서 여자 복이 있을 거란 생각은 못 해 봤는데 서윤을 만난 걸 보면 그것도 아닌 모양이었다.

서윤이 조용히 덧붙였다.

"조각사라서 다행이지, 흑마법사나 네크로맨서였다면 조

금 아니었을 것 같아요."

기괴하게 생긴 키메라를 보며 웃거나 해골들을 보면서 웃는……. 위드는 아무 말도 못 했다.

사실 그동안 그가 걸어온 길 중에는 리치로 활동하며 썩은 해골들을 소환하던 때도 있었다. 과거에는 해골들과 다 함께 턱뼈를 달그락대며 즐겼던 것이다.

'그 맛을 모르는군.'

일출이 시작되려는 것인지, 저 멀리서 하늘이 붉어지고 있었다. 위드는 서윤에게 말했다.

"이리 와 봐."

"……."

둔한 사람이라도 충분히 알 수 있는, 의도가 명백한 부름.

위드는 얼굴을 붉히며 다가온 서윤의 어깨를 붙잡고 진하게 입을 맞췄다.

그 순간 막 태양이 떠올랐다.

"골골골, 나도 여자를 만나고 싶다."

"음머어어어어, 암컷이 그립다!"

탕탕탕!

"무슨 일이죠?"

"헤르메스 길드에서 왔습니다. 좋은 제안을 하려고요."

"물건 안 사요!"

닫힌 문을 보며 헤르메스 길드의 정보대 소속 요원 벤자임은 황당했다.

위드의 동료 중에 수르카를 찾아왔는데 당한 반응!

"물건을 팔기 위해 온 것이 아닙니다. 우리는 수르카 님에게 영주의 자리를 드리려고 합니다."

벤자임은 다시 문을 두들겨서 수르카가 나오자 그 취지를 설명했다.

위드의 동료들 중에서도 어리고 만만한 느낌의 여성 유저. 그녀를 포섭하는 일은 쉬울 거라고 짐작하고 있었다.

"그러니까 저더러 헤르메스 길드와 뒷거래를 하고 위드 님을 배신하라구요?"

"그게 아니고, 수르카 님 정도면 그 명성과 무력이 영주가 되기에 충분하십니다. 헤르메스 길드에서는 그 능력을 인정하여 더욱 큰일을 부탁드리고 싶습니다. 북부에서 평범한 일반 유저로 남아 있기보다는 재능을 적극적으로 발휘하시는 편이 좋지 않을까요?"

"그니까 영주 자리 줄 테니까 양심을 팔아먹으라는 거네요, 치사하게?"

"사람은 자신의 가치에 맞는 일을 해야 합니다. 이성적으로 생각해 보세요. 영주로서 사람을 다스리는 위치에 있으면 얼마나 더 많은 일을 할 수 있을지, 알고 계시지 않습니까."

"전 그냥 지금이 편한데요. 아저씨, 인생 그렇게 살면 안 돼요."

탕!

거세게 닫혀 버린 문.

헤르메스 길드 소속의 정보대에 있는 다른 요원은 그때 로뮤나를 만나고 있었다.

"이 마법 책을 준다고요? 선물로요? 와, 마침 구하고 있던 건데."

"북부의 영주 자리를……."

"이 마법 열심히 익힐래요. 다음 전쟁에서 헤르메스 길드를 싹 태워 버려야지."

"……"

이리엔은 평판이 아주 훌륭한 유저였다.

도시에서 초보들에게 신성 마법을 아낌없이 퍼부어 주고, 또 위험하고 어려운 일이 있으면 기꺼이 일행이 되어서 도와주었다. 착한 성품 때문에 그녀의 인맥도 널리 퍼져 있었다.

그 덕에 혼자 있는 경우가 드물어서, 정보대 요원은 광장에서 사람들이 구경하고 있는 한가운데에서 그녀에게 다가가야 했다.

그는 이리엔에게 사정을 설명했다.

"흑, 저더러 어떻게 그런 나쁜 짓을 하라고 하실 수 있는 거예요?"

"나쁜 게 아닙니다. 기회이지 않습니까? 헤르메스 길드는 겉보기와는 다릅니다. 능력에 따라 인재들을 공평하게 대우하고 있으며 다른 분들에게도 이와 같은 제의가 갔을 겁니다."

"너무, 너무 나빠요. 아아, 불쌍한 위드 님."

이리엔은 눈물을 펑펑 흘렸다.

그러잖아도 어제 본 드라마에서 여자 주인공이 남자에게 배신당하는 모습을 봐서 눈물을 글썽이던 상황이었다.

"우리 이리엔 님이 울고 있다!"

"이 사람 뭐야?"

광장에서 사람들이 무섭게 모여들었다.

"당신 누구야! 무슨 이야기 했어!"

"여러분, 진정하십시오. 저는 이리엔 님에게 좋은 제안을 했을 뿐입니다."

"이 사람이 한 말 사실입니까, 이리엔 님?"

"모르겠어요. 저한테는 너무너무 나쁜 사람이에요!"

그것으로 정보대 요원은 모라타에서 쫓겨나게 되었다.

페일과 메이런도 제안을 단칼에 거절했다.

"위드 님을 배신하라고요? 하아, 그러면 사냥 지옥에서 벗어날 수가 있는 겁니까? 아니야, 안 될 거야. 저는 평생 사냥 노예로 살아가야 할 운명입니다. 영혼을 팔 수도 없는 노릇이고, 팔면 위드 님이 사 버리게 되겠죠. 틀림없어요. 다 끝났어요. 우리 부모님도 모라타에서 장사를 하는데, 언제 또 위드 님과 사냥을 가냐며 부추기고 있어요."

"싫어요. 근데 이 제안, 방송에 내보내도 되나요?"

위드의 동료들에 대한 포섭은 연거푸 실패!

그런데 화령과 벨로트에게 접촉한 정보대 요원들은 전혀 다른 반응을 얻었다.

"영주라고요? 그것도 중앙 대륙의? 음, 위드 님과는 멀리 떨어지게 될 텐데. 밀당이 필요할 테니 좋은 제안이네요. 알겠어요. 가요, 어서."

"저를 영주에……. 훗, 역시 사람 볼 줄 아시네요. 파티는 매일 열어 주실 거죠? 그리고 드레스와 가방도 몇 개 사 주셨으면 하는데요."

그녀들은 당당하게 제안을 수락!

정보대 요원들이 당혹스러울 정도로 많은 보물을 얻어 갔지만, 화령을 영입한 것만으로도 큰 성과였다. 벨로트도 유명한 연예인이라는 사실을 알고 정보대에서는 더 기뻐했다.

"원하신다면 벨로트 님도 중앙 대륙의 영주 자리를 드리겠습니다."

"자유도시의 영주도 가능할까요?"

"그곳들은… 이미 다른 영주가 있어서 어렵습니다."

"그럼 전 북부에 자리를 마련해 주세요."

"원하는 땅이라도 있으십니까?"

"교통이 편리한 곳으로. 그래야 파티를 열면 사람들이 많이 오지 않겠어요?"

"원하시는 대로 해 드리겠습니다."

정보대에서는 역시 허영심이 많은 연예인은 어쩔 수 없다고 비웃었다.

'북부의 점령지에서 파티를 열어 봐야 방문객들이 얼마나 되겠어?'

헤르메스 길드를 북부에 홍보하기 위한 좋은 수단이라서 파티를 적극 지원해 주기로 했다.

검치와 사범들, 수련생들에 대한 접촉도 개시되었다. 하지만 그들과 대화를 하기는 쉽지 않았다.

아주 위험한 사냥터로 들어가 있어서 정보대 요원의 추적이 불가능한 경우가 많았다. 혹 도시에 있더라도 인상이 연쇄살인범 수준이었다.

"저기······."

"왜유."

"아, 아닙니다."

"여, 영주님의 방문을 환영합니다."

"어서 오십시오. 기다리고 있었습니다."

로빈은 도열해 있는 병사들의 환영을 받으며 자신의 통치 지역인 아스 마을로 들어왔다.

1,000명의 병사들이 일찍부터 주민들과 함께 하벤 제국에서 파견되어 있었다.

"막 시작하는 마을의 모습이 좋군. 개발의 여지가 매우 많이 남아 있겠다."

로빈은 돈으로 북부 영주의 자리를 사고 나서 바로 달려온 것이었다.

약 200여 채의 작은 개척 마을.

전쟁이 끝난 지 얼마 안 된 시기이기도 했지만 특산물도 없고 퀘스트를 부여받을 수 있는 용병 길드도 설립되어 있지 않기에 유저들은 1명도 찾아볼 수 없었다.

"어디서부터 손을 대야 빨리 발전할 수 있을까. 기본적인 마을의 모습은 우선 제대로 갖춰 놔야겠지?"

로빈은 영주의 내정 모드를 활용하기로 했다.

그가 가져온 900만 골드를 전부 마을의 재정에 투입했다.

-아스 마을이 재정적인 풍요로움을 경험하고 있습니다.
막 정착한 주민들은 부유한 영주의 엄청난 배포에 놀라고 있습니다.
주민들은 편의 시설, 치안, 경제활동에 대한 투자가 이루어진다면 앞으로 마을의 미래가 밝을 것으로 기대합니다.
마을 명성이 5 증가합니다.
치안이 조금 안전해집니다.

"돈은 쓸 때는 제대로 써야지."

로빈은 내정 모드를 통해서 마을의 중심가를 넓게 확장했다.

"도시의 골격을 만들 때 대도시로 성장할 미래까지도 충분히 감안해야 마땅하지. 도시의 교통계획에 있어서 인구와 여행자가 늘어났을 때 비좁은 것만큼은 용납이 될 수가 없지 않은가."

중앙 광장에 초대형 분수대를 설치하고 마차들이 달릴 수 있는 넓은 대로들을 연결해서 개통했다.

상업 지구에는 영주의 권한으로 주민들에게 붉은 벽돌과 흰 벽돌을 사용하여 석재 건물들을 짓도록 지시했다. 석재 건물은 주민들이 재료를 옮겨 와서 직접 건설해야 했다.

영주는 일을 맡기면서 임금을 정할 수 있었다. 강제 노역으로 아예 안 주는 것도 당연히 가능했다.

"충성도가 떨어지지 않게 하려면 하루에 2실버만 주어도 된다고? 마을의 주민들이 돈이 많아야 발전이 빠르겠지. 돈은 아끼는 게 아니야."

동원된 주민들에게 하루에 5골드씩을 지급하도록 했다. 그러자 어린아이에서부터 노인까지 전부 상업 지구 건설에 투입되었다.

"무기점, 방어구점, 잡화점, 특산품 매장 같은 건 기본으로 설치를 해 주고… 어디 보자, 이 마을은 입지가 나쁘지 않으니 장래 마시장이 지어질 수 있겠군. 가까이에 초원 지역이 있으니 양 떼나 말 등을 키우는 목축업이 발달하게 되지 않을까?"

북부 지역에서는 소를 키우는 목축업이 크게 유행했다. 우수한 소의 종자를 쉽게 얻을 수 있었고, 넓은 초원에서는 원하는 대로 방목을 하기도 편했다.

사냥꾼 직업을 가진 유저가 1,000마리의 말 떼를 끌고 다니는 것도 은근히 흔히 볼 수 있는 장면이었다.

"소가 도시 내부로 들어오면 거리가 더러워지는데. 마시장 같은 건 낮은 수준의 도시에서나 발달해야지."

로빈은 과감하게 목축업은 포기했다.

농업 분야도 썩 내키지 않았다.

사실 농부 유저들은 그 직업의 특성상 생산을 하지만 소비력이 큰 편은 아니다. 그들은 마을 외부의 땅을 개간해서 사용해야 하기 때문에 경치도 상당히 나빠졌다.

넓은 평야에서 농사를 지을 유저들은 몇천 명도 되지 않으니 땅의 활용도가 높은 편은 아닌 것이다.

현실적인 이유로 당장은 마을 외부의 치안까지는 완벽하게 책임질 수 없으니 몬스터들의 난입도 막지 못한다.

곡창지대를 만들어 놓고도 몬스터들의 약탈을 계속 당하면 치안이 나빠지고 주민들의 충성도가 저하되는 것은 물론이었다. 훗날에는 몬스터 무리가 침략해 올 확률을 크게 높이게 되니, 로빈은 소득이 적은 농업 분야도 포기했다.

"내 도시는 관광, 금융, 고급품 생산의 중심지가 되어야 한다. 그러자면 초기 투자를 많이 하는 전략이 옳은 거였어. 아버지가 그러셨지, 투자는 과감하게 남들보다 앞서 가야 한다고."

북부의 마을들에는 로빈처럼 새로 영주로 임명된 이들이 많았다.

하벤 제국 입장에서는 영주들을 빨리 임명해야 안정화와 발전이 촉진된다.

공짜로 영주의 자리를 주는 것도 아니었고, 상당한 재물을 대가로 받는다. 마을과 도시가 안정되는 시점까지도 돈과 자재들을 팔아 치울 수 있다. 하벤 제국에는 매우 이득이 큰 거래였다.

로빈은 북부에 그 이상의 가치가 있다고 생각했다.

마을이 대도시로 성장한다면 자신의 명예나 지위는 보장되는 것이다. 대륙의 주요 영주 중 한 사람이 되어 영향력을 발휘한다면 얼마쯤의 돈이 아까울 까닭이 없었다.

"대장장이 훈련소, 귀금속 장인을 위한 훈련소를 짓자. 경매장도 설립하고, 관광산업이 발달하려면 다양한 숙박 시설은 필수겠지. 미리미리 만들어 놔야 한다."

희귀 나무를 심어서 마을 외부의 조경을 꾸미는 것은 물론이고, 고급 숙박 시설도 약 150여 채가량을 지었다.

"일감이 있으니 빠르게 늘어나는군. 이 주변에서는 내 마을의 인구가 가장 많아. 예정보다 초기 발전이 더딘 편이기는 하지만… 어느 순간부터 확 늘어날 것이야."

900만 골드가 들어간 마을에는 이제 과거의 낙후된 느낌이 전혀 없었다. 모두가 새 건물이고, 고급스럽고 새롭게 꾸며져 있었다.

로빈은 하벤 제국을 통해서 400만 골드를 추가로 지원받았다. 물론 공짜는 아니었고, 상당히 큰 금액을 현금으로 지불했다.

"이 돈으로는 영주성을 지어야겠다. 누구도 따라오지 못할 크고 멋진 성을 지어 놓으면… 마을의 명성이 오르고 관광객이 늘어나는 것은 물론이고 장차 영주의 권위가 세워진다. 나에게 충성을 바치는 기사들도 뽑을 수 있겠지."

영주성은 통치를 위해서 필수적인 건물이었다. 막대한 돈이 투자되어야 하지만 분명히 긍정적인 효과가 있었다.

중앙 대륙의 상인들은 아스 마을에 와서 건축자재와 사치품을 팔기 시작했다. 건축 일감이 너무 많아서 건축자재들을 미처 직접 조달하기 어려울 지경이었다.

과거 자유도시와 공국 지대에서 나오는 고급 석재들로 마을 건설이 이루어졌다.

주민들은 나날이 부유해져 갔고, 경제력도 빠르게 늘어났다.

마을은 상인들과 중앙 대륙에서 온 관광객들로 북적였다.

"이 부근의 주민들까지 모두 나에게 오게 되면… 전쟁으로 피해를 입은 중앙 대륙의 이주민들도 받아들여야겠지. 그래, 돈으로 모라타의 발전 속도를 따라잡을 수도 있는 거야."

로빈은 주택 건설을 개시했다.

건설 원가에도 미치지 못하는 매우 싼 주택과 거의 없는 세금, 훌륭한 시설들로 인하여 아스 마을에는 하루가 다르게 주민들이 늘어나기 시작했다.

위드는 아르펜 왕국의 변경 지대를 위주로 돌아다녔다. 정보 게시판에 떠 있는 유명한 사냥터들을 찾아다닌 것이다.

-호칭 '사냥을 즐기는 투사'를 획득하셨습니다.
위험한 몬스터들을 잡아서 스스로의 강함을 갈고닦는 자에게 주어지는 호칭.
이 별명을 가지고 있는 사람이라면 적을 만나더라도 위축되지는 않을 것입니다.

사냥에 의한 눈부신 성과 달성!

단기간에 레벨도 5개나 올라갔다.

그렇더라도 아직은 427밖에 되지 않아서 마음에 들지는
않는 수준이었다.

"아직 갈 길이 멀어."

위드는 서윤에게 물었다.

"레벨이 몇이야?"

"조금 늘었어요."

"얼마인데?"

"471이에요."

"크흐흐흐흠! 갑자기 배가 더부룩하군. 일주일 전에 먹은
파전이 체한 것 같아. 참, 별로 중요한 건 아닌데, 검술 스킬
은 몇이야?"

"고급 8레벨이에요. 오늘 9레벨이 될 거예요."

"커허허헉, 파전이 역류할 것 같아."

조각술 최후의 비기 퀘스트를 하면서 너무 많은 레벨을 잃
어버렸다.

비공식적으로 바드레이가 레벨 500을 달성했다는 추정이
나오는 마당에 고작 이 정도는 약과였다. 일주일 내내 꼬박
굶다가 고구마 하나 캐 먹은 수준이었다.

"내가 성장하는 동안 다른 사람들이라고 놀지 않겠지."

위드는 아르펜 왕국에서 모라타와 벤트 성 사이의 중심 지역도 돌아다녔다. 정보 게시판에는 어쨌든 압도적으로 중심 지역에 대한 사냥터 설명이 상세했던 것이다.

이미 유저들에 의해서 파훼가 끝난 장소부터 금단의 던전까지, 괜찮은 사냥터도 다양했다.

"맛있는 해산물 수프를 사냥터에서 바로 요리해 드립니다. 사람이 많은 던전까지만 데려가 주세요."

"다양한 꽃 장식 팜. 가격 저렴, 야생화임. 출처는 묻지 마세요."

"풀죽신교의 새로운 지부가 탄생했습니다. 일명 야식죽 부대! 통닭죽과 족발죽, 보쌈죽. 신규 풀죽회원을 받아요. 보리죽 부대에서 제공하는 보리술을 기본 제공!"

유명한 던전들인 만큼 사람들로 인해서 시장처럼 북적거렸다.

변방 지역에서 중심지로 돌아오니 북부에 유저들이 많이 늘었다는 사실이 실감이 났다.

입지 조건이 좋은 평원이나 강가에는 나무로 건설된 마을들이 점점 규모를 갖추어 나갔다.

마을을 구성하는 주민들도 특히 젊은 사람들이 많았다.

"아르펜 왕국이라면 국왕 위드 님께서 다스리는 곳. 왕이나 귀족들은 다 똑같은 놈들이지만 위드 님은 믿을 수가 있소."

"지옥에 있더라도 위드 님이 우리의 손을 잡아 주시면 믿고 일어날 수 있지."

이런 말을 하면서 처자식들을 데려오는 사냥꾼이나 벌목꾼의 행렬이 아직도 계속 이어지고 있었다.

과거 니플하임 제국 도시들의 흔적이 있는 자리에도 큰 마을들이 형성되었다.

대부분 큰 마을은 교통이 편리하고, 강이나 넓은 평원을 끼고 있었다. 역사서에 나온 니플하임 제국 도시들이 융성했던 이유들이 지금도 그대로 재현되고 있는 것이다.

몇몇 마을들은 유저들이 사냥과 모험을 위하여 정착하고, 초기부터 일찍 발달하면서 커지게 되었다.

여행을 통해 전체적인 아르펜 왕국의 발전 모습들을 경험할 수 있었다.

도시마다 발전되는 특징들이 확연하다.

농촌에는 고전 시대 아르펜 제국의 건물들이 있었다.

주민들의 출생률이 높아지고 초급 전사들이 빠르게 양성된다. 몬스터들로부터 수비를 하는 데 도움이 되는 돌 성채, 곡물 창고 등도 지어졌다.

마을에 주민들이 많아지고 상업이 발달하게 되어 크게 성장하면 색다른 건물들도 지어진다.

켈튼 왕국의 병사 훈련소, 마폰 왕국의 교역장, 부르고아의 양조장 등 조건이 갖춰지면 전쟁의 시대의 건물들이 스스로 들어선다.

벤트 성과 같은 경우에는 니플하임 제국의 우아하고 고급스러운 석조 건축양식을 고스란히 유지하고 있다. 건설 시간과 인력을 많이 필요로 하지만 일단 지어지고 나면 역사적·문화적인 가치를 가진다.

위드가 국왕으로서 모험을 하며 여러 지역들을 돌아다녔기에 부여되는 혜택.

특징이 강한 건물들은 전체적인 조화를 깨뜨릴 수도 있었지만 일단은 부여되는 혜택 때문에라도 도시로의 발전에 있어서 긍정적인 면이 많았다.

아르펜 왕국을 다채롭고 지루하지 않게 만드는 것이다.

초록색 옷과 모자를 쓰고 있는 요정 에르리얀들은 북부에서 빠르게 퍼져 나갔다. 요정의 특성상 이슬을 먹고, 밤이 지나면 새로운 친구들이 생겨나는 방식으로 번식한다.

처음에는 자연 속에서 지냈지만 곧 마을에까지 출몰했다.

에르리얀들은 광산을 개발하고, 농지에서 뛰어놀면서 곡물의 성장률과 생명력을 높였다.

아르닌도 가축들을 돌보면서 톡톡히 그 역할을 했다.

소와 돼지, 양 들은 그들이 가끔 돌봐 주는 것만으로도 새끼를 마구 낳았다.

아르닌은 몇 명 되지 않아도 각자가 가축들을 수만 마리씩 관리할 수 있었다.

특히 위험한 맹수인 샤벨타이거, 그리핀 등도 길들였기 때문에 훗날을 기대해 볼 만했다. 유저들이 익숙해지면 샤벨타이거 기병단, 그리핀 기사단이 생겨날 수도 있는 것이다.

전쟁에서의 활약도 뛰어나겠지만, 다양한 탈것들이 있으면 사냥과 모험에서의 효율도 높아진다.

북부 대륙의 변경까지 도로가 완전히 연결되려면 많은 시간을 필요로 했다. 유저들의 활동 지역도 천천히 넓어지겠지만, 그리폰을 적극적으로 이용할 수만 있게 된다면 그런 제약 따위는 단숨에 뛰어넘게 된다.

"흠, 발전이 빠르군. 그리고 보면 퀘스트들이 꽤나 유기적인 면이 있었단 말이야."

북부 대륙의 정상화.

중앙 대륙에 비하면 낙후된 지역이지만 몇 가지의 장점은 가지고 있었다. 위드의 모험으로 그러한 장점들이 나타났다.

그리고 모험가와 상인 들이 아르펜 왕국을 위하여 공헌을 하고 있었다.

다만 하벤 제국에도 개발이나 국가 특색과 같은 장점들은 지역별로 수십 개씩은 되었지만.

니플하임 제국의 수도 모드레드에서도 대대적인 재건이 이루어지고 있었는데, 이쪽은 상인들에 의하여 진행되었다.

"물품 운송을 위해서는 매번 여길 지나치게 되는군."

"강을 이용하기도 좋고, 평원 지역이 연결되어 있다 보니 멀더라도 확실히 목적지에 빨리 도착할 수 있어."

"유물들도 자주 발견되고. 왕국을 발전시키는 건 우리 상
인들이란 걸 잊지 말도록 하세."

모드레드는 북부의 교통망이 완전히 복원되고 나면 중심
을 차지하게 되는 위치에 있다.

지도상의 위치만 놓고 보자면 모라타가 북부의 한가운데
였지만 산맥과 강줄기에 의하여 모든 지역과 직접 통하지는
못했다. 현재 아르펜 왕국에서도 북부와 서부 지역을 연결하
는 핵심 장소가 바로 모드레드인 것이다.

과거 니플하임 제국의 수도였지만, 쫄딱 망하고 나서 몬스
터들의 천국이 되어 버리고 말았다.

-폐허 도시 모드레드로 가실 일행 구합니다. 닷새 정도는 꼬
박 사냥만 하고 돌아올 예정입니다.

-마법사 구함! 마법사 10명 이상의 대형 파티가 모드레드 사
냥에 나섭니다.

던전이 아니다 보니 마법사들에게는 천국이다.

원정대가 구성되고 유저들이 1,000명 이상씩 활동하면서
각양각색의 몬스터들을 때려잡았다.

몬스터들이 워낙에 많이 있어서 놈들이 떼를 이루어 맹렬
하게 돌격해 오면 곤란하기 짝이 없었지만, 산으로 숨거나

던전으로 들어가는 방법도 있었다.

아르펜 왕국의 군대도 전쟁 이후에 이곳에서 주기적으로 활동하면서 몬스터 무리를 퇴치했다.

그 결과 몬스터들이 어느 정도 감소했고 잔해들을 치우면서 재건 작업도 이루어지고 있었다.

모드레드는 니플하임 제국 시대에 인구가 100만 명이 넘었던 대도시다. 그 건축 규모의 방대함이 이루 말할 수 없었지만, 외곽에서부터 조금씩이나마 복원이 이루어지고 있다.

건축가들이 먼저 대지의 궁전을 다 짓고 나면 모드레드에도 많이 배치될 것이다.

또 아르펜 왕국에는 건축에 관심을 갖는 사람들이 대단히 많았다.

중앙 대륙에는 이미 건물들이 있고 도시들이 완성된 형태를 가졌다. 그러나 북부에는 건축가들이 도로와 마을, 기간 시설, 사람들이 살아가는 장소를 직접 만들어야 하다 보니 할 일이 많았다.

초보 건축가들도 모드레드를 복원하면서 많은 경험을 얻을 수 있으리라.

아르펜 왕국은 상인과 건축가의 협력을 통하여 개발이 이루어지고 있다는 점이 최고의 장점이었다.

"건축가도 정말 뛰어난 매력이 있는 직업이란 말이야. 노가다의 정수를 가지고 있으니 훗날의 가능성도 무궁무진하겠지."

위드는 아르펜 왕국의 거리에 머무르며 발전상을 감상하기도 했다.

시작은 로자임 왕국이었지만, 어느새 고향처럼 느껴지는 아르펜 왕국. 자신의 집처럼 편안한 기분이 들었다.

바쁘게 무언가를 해내려는 유저들, 새침 떼며 앉아 있는 여성 유저, 물건을 싸게 구매하기 위해서 상점을 돌아다니는 유저들 모두가 자신의 주민.

"조각술 마스터도 멀리 있는 것만은 아니고."

아르펜 왕국을 떠돌면서 걸작과 명작의 훌륭한 조각품을 만들었다.

위드의 손재주와 조각술 숙련도는 현재 고급 9레벨 97%를 넘어선 상태였다. 마스터까지는 거의 마지막 단계만 남아 있는 수준.

조각술 최후의 비기 퀘스트를 하면서도 숙련도가 쌓여서 마지막에 근접해 있었다.

시간 조각술도 초급 8레벨 64%의 숙련도를 달성했다.

조각술 마스터가 아주 어렵고 상징적인 의미라면 시간 조각술은 중급만 되더라도 큰 기대가 되는 절대적인 기술.

"내가 이 정도라면 아직 직업 마스터가 누구도 나타나지 않은 게 이해가 될 정도로군."

직업 마스터 퀘스트는 정말 큰 화제를 뿌렸다. 하지만 아직은 누구도 자신의 직업을 마스터했다고 나타나는 사람이 없었다.

조각술은 수많은 시도 끝에 새로운 작품을 만들어야 숙련도가 늘어난다. 비슷비슷한 조각품들을 아무리 계속 만들어 대더라도 숙련도는 별로 증가하지 않았다.

위드는 온갖 지역을 다니며 모험을 하고 별별 재료들을 다 써서 조각품을 만들었지만 마스터는 되지 못했다. 달빛 조각술, 때때로 대장장이 스킬까지 동원했음에도 마스터에 근접해 있을 뿐이다.

'아니, 어쩌면 다 때려치우고 조각술만 했다면 진작 마스터를 했을지도.'

위드는 직업 스킬을 마스터했던 경험이 있었다.

비록 조각술 최후의 비기 퀘스트 도중이었지만, 검술을 마스터해 냈다.

그때는 레벨이 680 정도가 되었을 무렵이다. 정신없이 강한 몬스터들을 때려잡아서 달성한 경지다.

진정한 노가다의 방식으로 이루어 낸 검술 마스터!

"정상적으로 조화롭게 성장했다면 그보다는 훨씬 낮은 레벨에서 마스터를 할 수 있었겠지, 아마도."

400대의 레벨에서도 충분히 검술 마스터를 이룰 수 있으리라.

바드레이에 대한 염려도 들었다.

검치나 사형들과 비교한다면 충분히 검술 마스터를 이루었을 정도의 레벨이 되었을 테니까.

"계기만 있다면, 그리고 정복할 수 있는 최적의 사냥터들이 지체 없이 제공된다면 마스터를 완벽하게 이루었을 거야."

하지만 바드레이의 경우는 기초 스킬에 대해서 맹목적인 수련을 하진 않는다. 전체적으로 레벨과 공격 스킬들의 다양하고 효과적인 성장을 고려하기 때문에 아직 검술의 마스터를 달성하지 못했다.

무기와 방어구, 퀘스트, 뛰어난 부하 등 모든 면에서 필요한 부분을 다 가지고 있기 때문에 검술에만 매달릴 필요가 전혀 없었다.

"바드레이뿐만이 아니야. 현재 단계에서는 누구도 직업 마스터를 해내지 못했어."

위드는 다른 마스터들이 나타났다는 소문을 듣지 못했음을 떠올렸다.

몇몇 직업들 중에는 충분히 대가라고 부를 수 있는 사람들이 있다.

전투 계열 직업들이야 워낙 많은 사람들이 경쟁을 하고 있었으니 바드레이가 아니더라도 누군가가 목표를 달성하게 될 것이다. 다만 그들은 전투 중에 목숨을 잃으면 스킬 숙련도가 뚝뚝 떨어지기에 쉽지 않은 입장이었다.

하지만 재봉이나 대장장이 계열은 다르다.

특히 직접 만나 보았던 대장장이 파비오의 경우에는 그 당시에도 크게 앞서 나가 있던 상태였다.

"그 사람도 대장장이 스킬 마스터를 눈앞에 두고 있을 텐데. 으음……."

위드는 순서 자체에는 집착하지 않았다. 최초의 직업 마스터라는 영광이야 누가 차지한들 어떻겠는가.

조각술의 완전한 마스터, 그리고 당장은 시간 조각술을 마음대로 쓸 수 있으면 그걸로 충분했다.

"물론 그리고 최초의 마스터도 내가 차지하면 좋겠지."

위드는 다른 일 없이 계속 사냥을 하며 조각품을 깎았다.

그에게는 별다른 일이 있을 수가 없었다. 아르펜 왕국은 알아서 발전하고 있고, 자신이 할 일은 다 해 두었다.

"인생 뭐 있나. 밤에는 다리 쪽 펴고 자고, 아침에 일어나 화장실 가서 시원하면 됐지."

위드의 성장 비결이란 게 별다른 게 없었다.

거창한 모험을 하거나 하지 않는다면 사냥을 하고 조각품을 깎을 뿐!

하루나 이틀에 걸쳐서 해결할 수 있는 간단한 던전 소탕 퀘스트 정도는 받아서 해결했다.

"조각술 마스터나 시간 조각술의 스킬을 올리기 위해서는 확실한 작품을 만들어 줘야 하는데 말이야."

자잘한 조각품은 한 가지 스킬로도 그럭저럭 완성할 수 있다.

빛나는 여우상, 실제와 똑같이 생긴 늑대.

유저들에게는 큰 인기를 끌 수 있는 작품들이 계속 탄생했다.

그럼에도 현재 조각술 마스터를 바라보는 위드의 성에 차진 않았다. 걸작 이하의 작품으로는 숙련도를 0.1%도 얻지 못하기 때문이었다.

아마 다른 예술이나 생산직 직업들이 스킬 마스터를 하지 못하는 것도 이런 까닭에서이리라.

"이런 건 남들도 할 수 있는 것에 불과해. 예술품이라고 부르기는 힘들지."

위드는 문득 자신만이 만들 수 있는 조각품이 무엇일까 하는 의문을 떠올렸다.

'자연 조각술이나 달빛 조각술 같은 것은 당연히 활용해야 되겠고. 정말 엄청난 대작… 남들이 따라 하지 못할 정도로. 그리고 나만이 만들 수 있는 조각품.'

조각술 마스터를 앞두고 있는 지금은 고민이 갈수록 깊어졌다.

그러다가 불현듯 떠오른 생각.

"지식이라… 대륙을 떠돌아다니며 몸으로 겪은 지식이 많긴 하잖아. 내가 가장 잘 아는 건 베르사 대륙이야. 물론 완벽하게 실제와 똑같이 알고 있진 못하겠지만."

위드는 솔직히 큰 자신은 없었다. 하지만 시도는 해 볼 수 있다고 생각했다.

"좋아, 해 보자!"

그렇게 해서 만들기로 결심한 것은 초대형 조각품!

위치는 모드레드 인근, 사람들이 찾아오지 않는 구석으로 정했다.

위드가 지금 만들기로 한 조각품은 무려 2,000평에 걸쳐서 제작되는 단 하나의 작품이었다.

베르사 대륙.

지골라스가 있는 북쪽 끝에서부터 고요의 사막 아래까지.

동쪽으로 섬들이 있는 큰 바다와, 서쪽의 대수림 너머까지도.

호수와 산맥, 바다, 도시 들이 있는 이 베르사 대륙을 그대로 조각하기로 한 것이다.

이 장대하기 짝이 없는 규모를 위해서는 강물을 끌어와서 바다를 표현하는 정도는 기본이었다.

"자연 조각술로 실제로 눈도 내리게 하고 비도 오게 해야지. 사막 지역에는 햇볕이 쨍쨍 내리쬐게 해야 되겠군."

생각만으로도 몸이 떨려 오는 노가다.

"난 아직 한참 겸손해져야 돼. 진짜 예술가로 불리기에는 어림도 없어."

중세에 실존했던, 이름만 들어도 알 만한 천재 예술가들.

그들도 몇 년, 몇십 년간에 걸쳐서 예술품들을 완성했다.

크기가 큰 것은 아니더라도 그만한 고심과 노력이 있어야 예술품이 완성된다.

"예술이란 노가다야. 노가다 없이 거저먹는 예술이란 없다니까. 일단 노가다에 감탄을 하고 나면 없던 예술성도 생기는 법이지."

위드는 조각칼이 아닌 곡괭이와 삽을 들고 북부 대륙부터 조각을 시작했다.

가장 최근에 변경 지역까지도 다녀 봤던 만큼 지형에 대한 지식은 상당하다고 자부했다. 그러나 막상 대륙을 조각하다 보니 긴가민가 어렴풋하게 떠오르는 경우가 잦았다. 대충 생각은 나지만 산봉우리가 몇 개인지, 해안선이 어떻게 되어 있는지까지는 애매했던 것이다.

예술품인 만큼 실제와 완벽하게 똑같이 할 필요는 없으리라. 그럼에도 제대로 알지 못하는 부분은 책을 통해서 지식을 찾아보든가, 아니면 직접 다녀와야 했다.

단거리는 와삼이를 이용하면 되었고, 장거리에는 또 방법이 있었다.

"유린아, 옷 사 줄까."

"오빠, 내가 뭘 하면 돼?"

"그건……."

과거에 가 보고 경악을 금치 못했던 지골라스!

화산이 축제 때의 폭죽처럼 펑펑 터지는 장소에 다시 방문하여 사냥도 하고 지형을 파악했다.

그 후로는 남극 근처에도 갔다.

사실 남극 지대는 아직 알려지지 않은 미개척 지역이었다. 하지만 유린이 어떤 그림책을 가지고 왔다.

"오빠, 대도서관에서 발견한 건데 말이야, 남극에는……."

"관심 없어. 책이 있다면 그냥 거기에 맞춰서 조각을 하면 될 거야."

"보물이 산더미처럼 쌓여 있대."

"어디야! 당장 가자!"

그림책에 있는 장소를 그리고 그림 이동술을 통해 방문했다.

과거 북부의 혹독했던 추위를 감안하여 위드와 서윤은 철저히 옷을 입었다. 누렁이와 금인이도 두껍게 차려입었으며, 불사조까지 함께 데려갔다.

어떤 장소이더라도 이 정도의 대비라면 충분히 버틸 수 있지 않겠는가.

그러나 남극은 차원이 달랐다.

―남극 지역에 도착하셨습니다.
넓게 펼쳐진 빙하 지대를 봄으로써 용기가 영구적으로 6 증가합니다.

―극심한 추위를 느끼고 있습니다.
행동력이 감소합니다.

숨결까지 그대로 얼어붙는 추위에 옷들은 굳어서 내구도
가 떨어졌다.

쐐애애애애앵!

바람 소리마저 다르다.

집어삼킬 듯이 빠르고 차갑게 부는 바람.

"처…음에는 다 이래. 곧… 적응할 수 있을 거야."

바퀴벌레를 능가하는 스스로의 생존력을 믿었다. 하지만
곧 펭귄들까지도 얼어서 죽어 있는 모습을 보고 깨끗하게 마
음을 바꿔 먹었다.

근처에 돌아다니는 사냥감이라고는 눈의 정령·얼음의 영
혼과 같은, 살아 있는 생명을 갖지 않은 신비로운 것들뿐이
었다.

간신히 사냥을 해 봤더니 극심한 한기를 퍼뜨리며 깨져서
목숨을 잃을 위기를 간신히 넘겼다.

불사조가 신음하며 말했다.

"여긴 지낼 곳이 못 된다. 주인."

"나도 그렇게 생각… 아니, 나는 상관없지만 네가 정 그렇게 생각한다면 돌아가도록 하자."

몸을 숨길 던전도 없어서 불사조와 함께 오들오들 떨다가 간신히 귀환.

누렁이는 냉동 소가 될 뻔하다가 겨우 살아남았다.

눈으로 보고 몸으로 겪은 경험을 바탕으로 대륙을 조각한다. 10대 금역과 같은 곳들은 그 특수한 생존 환경까지도 표현해야 하기 때문에 까다로운 측면이 있었다.

사냥과 지형 확인 그리고 조각!

그래도 유린과 서윤이 많은 도움이 되었다.

유린은 어디든 그를 데려다 주었으며, 서윤은 대도서관에서 지형에 대한 책들을 읽었다.

조각 지역이 워낙 넓다 보니 누렁이와 와이번들, 빙룡까지도 동원되었다.

"음머어어어어."

바다와 강줄기를 표현하기 위해 쟁기를 지고 땅을 가는 누렁이.

"여긴 넓고 평평하긴 한데 조각 재료가 부족하군."

와이번들은 다른 곳에서 단단한 돌과 황토 등을 가져왔다.

빙룡은 북극과 남극을 표현할 때 반드시 필요했다.

"거기 쭉 서 있어. 입김 좀 잘 불도록 하고."

얼음 조각품을 만들기 위해서였다.

일주일에 걸쳐서 대륙 북부의 모습이 완성되었다.

이와 달리 중앙 대륙은 잘 알려져 있고 자료도 많아서 탐색과 조사를 할 필요는 거의 없었다. 대신 강과 도로, 마을들이 워낙 복잡하게 연결되어 있어서 표현하기가 힘들었다.

남부 대륙은 사막이 넓어서 거저먹기 수준!

동부와 서부는 결코 쉬운 건 아니지만 정교하게 표현할 수는 있었다. 절망의 평원 너머 오크 성채들까지도 확실하게 표현을 해 놓았다.

위드가 이 조각품을 만들기 시작한 지 무려 2개월이란 긴 시간이 흘렀다.

열 군데 넘게 직접 방문하여 탐험을 할 필요가 있었고, 더 뒤처지지 않기 위해 사냥도 어느 정도는 해 주어야 했다. 유명한 던전, 사냥터에 대한 정보가 들어올 때마다 서윤과 함께 쓸고 돌아왔다.

사냥에만 집중한 것은 아니라서 레벨은 고작 2개 올랐을 뿐이다.

"이제 80% 정도 완성이 되었군."

위드는 조각을 할수록 자신감이 떨어졌다.

대륙을 완전히 똑같이 넣을 수 있는가.

그것은 너무나도 불가능한 일.

최대한 정교하게 작업을 했지만 세밀하게 본다면 약간씩의 오차는 있을 수밖에 없으리라.

그럼에도 2,000평에 달하는 대작업이라서 농사가 다 떠오를 정도였다.

특히 나중에 투입된 금인이의 경우에는 특별히 중요한 역할을 맡았다.

"조각품 밟아서 훼손시키지 않도록 잘해."

"골골골골, 조심하고 있다."

"예술에 참여시켜 주니 얼마나 좋냐. 금인아, 이런 경험이 흔치 않겠지?"

"이 귀한 몸이 잡초나 뽑아야 하다니, 주인을 잘못 만났다."

조각품에서 솟아나는 잡초 뽑기!

사실 위드는 조각품을 보면서도 불안하게 여기고 있었지만 다른 유저들은 경악할 수준의 작품이었다.

한눈에 다 보이지 않을 정도로 넓은 면적에 베르사 대륙이 그대로 있다.

성과 요새, 마을, 산과 들.

도시의 내부에는 거리와 상업 지구, 주택가까지 재현되어 있었으며 위대한 건축물들도 빠짐없이 있다.

강처럼 실제로 똑같은 방향으로 흐르는 물줄기, 푸르른 바닷물. 항구에는 작은 나무로 조각한 범선들이 정말로 떠 있고, 돛을 활짝 펼치고 큰 바다에서 해류를 따라서 맴돌았다.

엘프들에게 부탁하여 특수하게 작은 씨앗을 받아서 필요한 곳에 심어 놓았다. 그리하여 황금빛 들판과 곡창지대도 있다.

광산이 있는 자리에는 갱도까지도 뚫려 있었다.

비가 오면 대지가 적셔지고 강물이 불어나서 바다로 흘러들어 갔다.

지골라스나 몇몇 화산섬들은 이따금 실제처럼 불과 연기를 뿜어낸다.

대륙을 조각하면서 중요하게 느꼈던 건 끊임없이 영향을 주고받으며 순환한다는 것이다.

위드가 처음에는 지도의 개념으로 대륙을 조각했지만 깨달음을 얻어서 훨씬 더 복잡하고 정교한 작품을 만들어 냈다.

중앙 대륙이 크게 번화하고 발전했다면, 아르펜 왕국은 아직 시골스러운 느낌이 심했다.

빛의 탑과 여신상 등의 작품은 조각품 내에서도 아름다웠다.

지상에는 더 이상 도저히 조각할 것이 없는 상태!

위드는 하늘로 시선을 돌렸다.

"이 세상은 땅만 있는 건 아니니까. 물론 부동산이 아주 중요하지만 말이야."

구름 조각술로 이미 비는 내리게 해 놓았다. 하지만 하늘에는 태양과 별들이 있어야 했다.

"달빛 조각술!"

빛을 빚어내는 조각술로 하늘에 별자리들을 생성했다.

은은하게 빛나는 별과 달 그리고 마지막에 만들어 낸 태양!

시간 조각술은 자연을 흐르게 만든다.

조각술의 기적이 만들어 낸 태양과 달과 별들이 움직이면서 지상을 비춘다.

그때에야말로 베르사 대륙이 훨씬 더 아름다워진 느낌이 났다.

"실수였어. 2,000평은 너무 좁았어. 1만 평 정도는 했어야 되는 건데."

땅에 표현해야 한다는 한계상 일출과 일몰이 완벽할 수는 없다.

위드는 그럼에도 여기까지만 하기로 했다. 끝없는 욕심으로 작품에 탐닉하다 보면 영원히 완성할 수 없는 조각품이기 때문이다.

자연 조각술, 달빛 조각술 그리고 시간 조각술이 없었다면 만들어 내지 못했을 작품.

"다 끝났다. 아쉬움은 여전하지만… 라면도 면발이 꼬들꼬들할 때가 맛있는 법이니까."

–만드신 조각품의 이름을 정해 주십시오.

"베르사 대륙."

–베르사 대륙이 맞습니까?

"음, 잠깐. 더 멋진 이름으로… 살아 숨 쉬는 베르사 대륙 으로 할까?"

─살아 숨 쉬는 베르사 대륙이 맞습니까?

"숨을 쉰다니 좀 이상한 것 같기도 하고. …그냥 아름다운 세상으로 하자."

─아름다운 세상이 맞습니까?

"그래. 어차피 내게 멋진 이름 따위는 떠오르지 않을 거야."

자연의 대작! 아름다운 세상상을 완성하셨습니다.

절대 불멸의 조각사가 자연을 조각한 작품!
위드라는 이름은 조각술의 역사에서 빠뜨릴 수 없는 이름이 되었습니다.
그가 만드는 장대한 작품들과 뛰어난 표현력은 현시대의 조각술을 이끌어
가며 이룰 수 있는 최고의 업적을 달성하고 있습니다.
베르사 대륙을 조각하였습니다.
놀라울 정도의 정교함과 생명력을 드러냈습니다.
예술적인 가치도 단연 뛰어나지만, 대륙의 감춰진 모습들이 드러나면서 지
리학계의 놀라운 발견이 이루어졌습니다.
이 살아서 숨 쉬는 조각품은 모든 이들이 좋아하게 될 것입니다.

예술적 가치 : 14,261.
특수 옵션 : 아름다운 세상상은 반경 100킬로미터 영역에 있는 동식물의
　　　　　　　생명력을 높여 줍니다.
　　　　　　　생명의 원천으로, 방문하는 이들의 생명력과 마나를 일주일간
　　　　　　　55% 늘려 줍니다.
　　　　　　　전 스텟 24 상승.

지리학에 대한 새로운 지식을 얻어서 지력과 지혜 스텟이 영구
적으로 2 오릅니다.
모험가들은 전용 스킬 '직관적인 관찰력'을 얻을 수 있게 됩니다.
주변 동물과 식물의 출생과 성장 속도를 높입니다.
자연을 정화합니다.
지금까지 완성한 자연 대작의 숫자 : 2

–조각술 스킬의 숙련도가 향상되었습니다.

–손재주 스킬의 숙련도가 향상되었습니다.

–명성이 9,384 올랐습니다.

–예술 스텟이 25 상승하셨습니다.

–지혜가 3 상승하셨습니다.

–지력이 14 상승하셨습니다.

–통찰력이 2 상승하셨습니다.

–생명이 숨 쉬는 대륙을 조각하여, 자연과의 친화력이 65 오릅니다.

–대작 조각품을 만든 대가로 전 스텟이 3씩 추가로 상승합니다.

-몬스터를 제외한 모든 종족들과의 관계가 더욱 우호적으로 바뀝니다.

-시간 조각술 스킬의 레벨이 100이 되어 중급 시간 조각술 스킬로 변화됩니다.
시간에 대한 큰 깨달음을 얻었습니다.
세상을 멈추게 할 수 있는 찰나의 조각술을 터득했습니다.
신들도 간섭하지 못하고 세계의 틀 밖에 있는 시간의 박물관을 창조할 수 있습니다.

"오오오오."

위드의 입가에 환하게 피어나는 썩은 미소!

TO BE CONTINUED

만렙닥터

13월생 현대 판타지 장편소설

리턴즈

인생 2회 차 경력직 신입
칼솜씨도, 인성도 '만렙'인 의사가 돌아왔다!

만성 인력난에 시달리는 흉부외과에 들어온 인턴
메스도 잡아 본 적 없는 주제에
죽을 생명을 여럿 살려 내기 시작한다?

"이 새끼, 꼴통 맞네."
"죄송합니다."
"잘했어!"
"네?"

출세만을 좇으며 살았던 전생
이렇게 된 이상 인생도 재수술 한번 가자!

무대뽀(?) 정신으로 무장한 회귀 의사
이제부터 모든 상황은 내가 집도한다!

魔帝南宮 남궁마제

문운도 신무협 장편소설

회귀한 뇌왕, 가족을 지키기 위해
정파의 중심에서 제대로 흑화하다!

세상을 뒤집으려는 귀천성에 맞서 싸우다
가족을 모두 잃고 제물로 바쳐진 뇌왕 남궁진화
마지막 순간 원수의 뒤통수를 치고 죽으려 했으나
제물을 바치는 진법이 뒤틀리며 과거로 회귀하다!?

남궁세가의 양자가 된 어린 시절로 돌아온 후
귀천성이 노리는 자신의 체질을 연구하다 기연을 얻고
회귀 전과 다른 엄청난 미모와 함께
뇌전의 비밀마저 알아내 경지를 뛰어넘는데……

가족들에게는 꽃처럼 사랑스러운 막내지만
적이라면 일단 패고 보는 패악질의 끝판왕!
귀천성 패러잡기에 나서다!